PETER WEHLE

Auge um Auge, Mord um Mord

MORD HOCH ZU ROSS Ein Ritterüberfall mit Helmen, Schilden und in Harnischen, mit Lanzen und Schwertern? Im Wienerwald des 21. Jahrhunderts, nur wenige Kilometer südlich der Bundeshauptstadt? Da auch Hofrat Magister Ludwig Halb und seine Angebetete Delia beinahe von diesen Raubrittergesellen überfallen worden wären, beginnen der Leiter des »Referats 3.2.1 – Gewaltkriminalität« im österreichischen Bundeskriminalamt und sein Team zu ermitteln. Weitere »Raubrittereien« folgen, es kommt zu einem ersten Mord. Rösser und Reiter wirken immer mysteriöser, erscheinen aus dem Nichts und lösen sich nach ihren Taten in Luft auf. Endlich erkennt Hofrat Halb den Bühnencharakter der Überfälle. Dass aber die »Aufführung« noch nicht zu Ende ist, begreift Halb erst, als Delia verschwindet. Noch einmal muss er seine, aber auch Delias Vergangenheit Silbe um Silbe durchgehen, um seine persönliche Hölle zu verhindern.

Peter Wehle, der Sohn des Autors und Komponisten DDr. Peter Wehle, stand von seinem fünften Lebensjahr an auf verschiedenen Konzertbühnen. Daneben war er in zahlreichen Radio- und Fernsehaufnahmen zu hören und zu sehen. Seit einigen Jahren widmet sich der promovierte Musikwissenschaftler und klinische Psychologe neben seiner Arbeit in der Erwachsenenpsychiatrie dem Schreiben. Dabei blickt er zum einen auf das Leben von berühmten Komponisten (Mozart, Haydn, Mahler und Beethoven), zum anderen spinnt er in seinen Kriminalromanen spannende Geschichten rund um die Figur des Wiener Kriminalisten Hofrat Halb.

PETER WEHLE

Auge um Auge, Mord um Mord

WIEN-KRIMI

GMEINER

Immer informiert

Spannung pur – mit unserem Newsletter informieren wir Sie regelmäßig über Wissenswertes aus unserer Bücherwelt.

Gefällt mir!

Facebook: @Gmeiner.Verlag
Instagram: @gmeinerverlag
Twitter: @GmeinerVerlag

MIX
Papier aus verantwortungsvollen Quellen
FSC® C083411
FSC www.fsc.org

Besuchen Sie uns im Internet:
www.gmeiner-verlag.de

Im Ehnried 5, 88605 Meßkirch
Telefon 07575/2095-0
info@gmeiner-verlag.de

1. Auflage 2022

Lektorat: Anja Kästle
Herstellung: Mirjam Hecht
Umschlaggestaltung: U.O.R.G. Lutz Eberle, Stuttgart
unter Verwendung eines Fotos von: © Hola53 / AdobeStock
und mozZz / AdobeStock
Druck: CPI books GmbH, Leck
Printed in Germany
ISBN 978-3-8392-0231-9

Personen und Handlung sind frei erfunden.
Ähnlichkeiten mit lebenden oder toten Personen
sind rein zufällig und nicht beabsichtigt.

SONNTAG, 1. JUNI 2014, 15 UHR

»Würde dir vorgestern in zwei Wochen passen?«

»Das wäre der …?«

Kaum, dass Ludwig Halb in seinem Kalender blätterte, begann er zu grinsen. »Der 13.«

»Willst du unsere Ehe an einem Freitag, den 13., beginnen lassen?«

»Egal, wann, Hauptsache, wir heiraten!«

»Oh, Ludwig, ich …« Inzwischen hatte Halb erlernt, Delias spontane Gefühlsäußerungen vorherzusehen, sodass ihre stürmische Umarmung ihn weder körperlich noch seelisch ins Wanken brachte. Und hier, in der Einsamkeit eines lieblichen Waldwegs rund 40 Kilometer von der Wiener Innenstadt entfernt, war sie ihm auch nicht unangenehm oder gar peinlich.

»Und, nehmen wir Freitag, den 13.?«

»Leider nein. Natürlich nicht wegen irgendeines Aberglaubens.«

»Natürlich nicht.« Halb bemühte sich, seine Stimme nicht allzu ironisch klingen zu lassen.

»Wirklich nicht. Aber mein Seminar …«

»Das, bei dem du etwas lernst, oder das, bei dem du lehrst?«

»Zweiteres. Ersteres ist eine Woche später.«

»Ich fasse zusammen: Nächste Woche habe ich keine Zeit, danach bist du zwei Wochen blockiert. Ich seh schon, bis wir einen gemeinsamen Hochzeitstermin finden, bin ich …«

»Ja?«

»… viel zu alt für eine strahlende junge Frau wie dich!«

Mit einem Lachen, in dem die Unbeschwertheit einer 18-Jährigen mit der Reife einer Enddreißigerin verschmolz, hängte sich Delia Schoitelmüller wieder bei ihm ein. »Dann werden wir weiterhin nur eine wilde Ehe führen und uns das Ja-Wort erst auf unseren Sterbebetten geben, weil …«

»Weil?«

»… weil wir dann endgültig keine Termine mehr haben werden.«

Halb schüttelte den Kopf. »Doch! Mit dem Notar, möglichen Erbschleichern, echten Erben, der Druckerei unserer Todesanzeigen, der Blumenhandlung für den Begräbnisschmuck, einem Grabkranzdesigner und einem Gedenkfeiermusikplaner, den Priester nicht zu vergessen.«

»Ludwig Halb, du bist ein Spielverderber! Aber gut, solltest du Recht haben, bleibt uns nichts anderes übrig, als vorher einen Hochzeitstermin zu finden, zu heiraten und irrtümlich bereits im Diesseits offiziell miteinander glücklich zu werden.«

Der Duft des Waldes, die Ruhe, die Gleichmäßigkeit ihrer Schritte und Delias Nähe ließen ihn in einen ungewohnten Zustand verfallen – eine Mischung aus Glücksgefühl und Tagtraum, wenngleich mit einer ungewohnten Schärfe mancher Erinnerungen. Das erste Treffen mit Delia, damals war er noch ein junger Polizist bei der »Sitte« gewesen und sie auf der anderen Seite des Gesetzes. Aber bald hatte sich ihr Lebensweg in eine Passstraße verwandelt, Kurve um Kurve entfernte sie sich – auch dank seiner Hilfe – von ihrem alten Milieu und stieg zu einer anerkannten Bankfachfrau auf, die nichts mehr als den Blick in die Schluchten ihrer Vergangenheit fürchtete. Sein Weg hingegen hatte dem Betonband einer amerikanischen »Inter-

state« geähnelt. Beinahe linear war er vom kleinen Polizisten und Nebenbei-Studenten zum absolvierten Juristen und Chef einer Ermittlergruppe aufgestiegen, bevor er die Leitung des »Referat 3.2.1 – Gewaltkriminalität« im österreichischen Bundeskriminalamt übernommen hatte. Quasi als »Karriere-Dekor« war er zum Hofrat ernannt worden, eine Position, die Halb ihrer scheinbaren altmodischen Steifheit wegen zeitweise gerne unter den Tisch fallen ließ. Aber trotz ihrer beider höchst unterschiedlichen Lebenswege war das Band, das sie seit ihrer ersten Verhaftung verbunden hatte, nie ganz abgerissen. Und vor einem Jahr …

»Ludwig?«

Halb war abrupt stehen geblieben, hatte die Augen geschlossen und hielt seinen Kopf schief. Nach einigen Sekunden fiel die Spannung sichtbar von ihm ab.

»Ich dachte, hinter uns … also, ein Geräusch, das …«

»Meinst du das Wiehern? Was ist damit?«

»Delia, ich muss dir ein Geständnis machen. Ich leide an einer Hippophobie.« Halbs verlegener Gesichtsausdruck ließ seine Zukünftige automatisch lächeln.

»Tatsächlich, du hast Angst vor Pferden? Das ändert natürlich … gar nichts, ich kann die Viecher auch nicht leiden. Umso besser, dass – sie entfernen sich von uns. Links die Hügel hinauf, glaube ich.«

»Das beruhigt mich doppelt. Also, dass auch du, und dass die … … weg von uns. Wollen wir vielleicht hier entlang weiterspazieren?«

Mit etwas zu raschen Schritten gingen sie weiter, aber da nur mehr das Pfeifen der Theresiental-Ausflugsbahn an ihre Ohren drang, löste sich ihre Anspannung, noch bevor sie das idyllische Ausflugs-Kaffeehaus »Zur geselligen Einschicht« erreicht hatten.

SONNTAG, 1. JUNI 2014, 15.10 UHR

»Mathilde, selbst du musst zugeben, dass die heutige Jugend …«

»Mein lieber René, gar nichts muss ich, schon gar nicht gegenüber einem so eklatant konservativen …« Wie jeden Sonntagnachmittag begannen Mathilde Berthner-Přihoda und René Koskovicz auf ihrem wöchentlichen Spaziergang zu streiten. Und ebenfalls wie jeden Sonntagnachmittag wussten deren »bessere Hälften« Leopold Berthner und Amelie Koskovicz nicht, ob sie lieber im Erdboden versinken oder vermitteln sollten. Aber da diese Diskussionen ein lieb gewordenes Ritual waren, das jedes Mal mit einem ebenso köstlichen wie versöhnlichen späten Mittagessen im »Schloßrestaurant im Burghof« belohnt wurde, trafen sich beide Paare Sonntag für Sonntag am Anfang des Theresientals, um eben ihrem wöchentlichen »Disputations-Spazier-Mahl« zu frönen.

»Aber …«

»Nix aber, du liegst wie immer völlig fal…«

»Deus lo vult!« Das Gebrüll wirkte umso barbarischer, da es aus dem Nichts kam. Was folgte, war so irreal, dass noch Tage später kaum jemand den Schilderungen der beiden Ehepaare nur den geringsten Glauben schenkte. »Ritter! Allen Ernstes, es waren Ritter, die aus dem Gebüsch um uns herausbrachen! Wie man sie aus den guten alten Filmen kennt. Hoch zu Ross, sieben an der Zahl. Und sie waren einfach plötzlich da. Wie aus dem Nichts! Natürlich waren sie furchterregend, aber irgendwie auch imposant.« Die Rüstungen hätten mit den Rossharnischen um die Wette

geglänzt, die Pferdedecken und Überwürfe in strahlendem Blau, Rot und Gelb geleuchtet. Und in Schwarz – dieser Reiter habe mit einer Bewegung seines rechten Panzerhandschuhs den wilden Haufen zum Schweigen gebracht. Daraufhin hätten sich sieben Schwerter auf ihre Kehlen gerichtet, in den anderen Händen hätten zwei der Ritter einen Streitkolben, zwei eine Armbrust, einer eine Axt und einer eine Lanze mit einem daran befestigten Lederbeutel gehalten. Nur der schwarze Befehlshaber habe als einzige Waffe ein Schwert geführt, mit dem er akrobatisch umgegangen sei. Dessen fließende Bewegungen hätten bedrohliche Gesten und unmissverständliche Signale vereint. Und seine Stimme, die sei »aus den Tiefen der Hölle« gekommen – zumindest, wenn man Amelie Koskovicz' Aussage glaubte. Laut dem Ehepaar Berthner-Přihoda hingegen habe sie »nach dem Blechdosen-Monster aus einer Kinderfernsehserie« geklungen. Aber die Kommandos »Geld, Schmuck, Uhr, schnell!« seien trotz des Vollvisier-Helms für sie vier deutlich zu verstehen gewesen. Sie beide und Frau Koskovicz hätten sofort die geforderten Wertsachen in den Beutel getan, nur »der René, mein Gott, wie kann man nur so geizig, dabei so schreckhaft sein« – Herr Koskovicz habe seine teure Armbanduhr nicht herausrücken wollen. Als aber der Ritter mit der Axt auf sein Handgelenk gedeutet und sie erhoben habe, habe René plötzlich geröchelt, und dann sei er bereits am Boden gelegen. Sofort seien die Ritter verschwunden, beinahe wie vom Erdboden verschluckt. Sie hätten gleich die Rettung verständigt, René sei mit einem Hubschrauber ins nächste Schwerpunktkrankenhaus geflogen worden. Nein, die Polizei sei erst viel später gekommen, da seien sie schon längst wieder bei ihren Autos am Theresiental-Parkplatz gewesen. Nein, sie hätten nicht den Ein-

druck gehabt, dass ihnen die zwei jungen Polizisten auch nur ein Wort geglaubt hätten, auf die hätten sie wohl wie »die Ausflugsgruppe einer Demenz-Wohnstätte« gewirkt.

MONTAG, 2. JUNI 2014, 8.55 UHR

»Geh, erzähl keinen Blödsinn! Mit Schwertern und Helmen und Lanzen und der ganzen Hollywood-Kostümierung? Hoch zu Rössern? Ritter Balduin der Schreckliche gegen Hugo den Verwerflichen?«

»Nein, eben nicht gegeneinander, sondern gemeinsam! Gemeinsam gegen diese vier alten Leute, die …«

»Erstens heißt das ›ältere Herrschaften‹ und zweitens von welchem schrecklich verwerflichen Hugo Balduin redet ihr? Und drittens guten Morgen.« Als Halb die Räume des »Referat 3.2.1 – Gewaltkriminalität« betrat, verstummte der allmontägliche Informationsaustausch von Selbsterlebtem und Polizeimeldungen.

»Guten Morgen, Chef! Nach Jahrhunderten sind wieder bewaffnete Ritter unter uns, sie stehen vor den Toren der Stadt und überfallen wehrlose alte Leu… also ältere Herrschaften. Hier, lies.« Grinsend hielt ihm Franz Haschek die Pressemeldung hin.

»Sieben Raubritter, vier Opfer, ein Herzinfarkt. Wo und wann? Jessas, das darf nicht wahr sein, das Wiehern, das waren die!« Halbs Gesicht wurde blass. »Allein der Gedanke, die hätten Delia und mich statt der zwei Ehepaare überfallen. Sieben Pferde! Nix wär's mit heldenhafter Verteidigung gewesen, den Herzinfarkt, den hätte ich bekommen, und zwar sofort.« Eine Sekunde lang schien Halb noch dessen Nachwehen zu spüren, bevor ein Ruck durch ihn ging. »Den Überfall nehme ich persönlich! Um den kümmern wir uns. Obwohl es keinen Toten gegeben hat. Besprechung in zehn Minuten. Nein, lieber erst um halb zehn, damit uns auch der ›Ingeniöhr‹ die Ehre gibt.«

MONTAG, 2. JUNI 2014, 9.30 UHR

»Noch einmal guten Morgen.« Als Halb den Blick über sein Team schweifen ließ, musste er lächeln. Er hätte nie gedacht, dass manche ihrer Charakterzüge so deutlich an ihren Sitzhaltungen abzulesen wären.

Zu seiner Linken saß Magistra Verena Planner mit geradem, aber nicht militärisch durchgestrecktem Rücken. Die studierte Pharmazeutin hatte sich im Laufe der Jahre als

wandelnde Vernunft gezeigt, die aber auch mit gefühlsbetonten Situationen glänzend umzugehen verstand.

Daneben hatte es sich Franz Haschek zwischen Tischplatte und Rückenlehne bequem gemacht. Schwejk – seinen Spitznamen verdankte er seiner tschechischen Herkunft, der Namensgleichheit mit dem Autor Jaroslav Hašek wie einiger Eigenschaften, die er sich mit Hašeks »bravem Soldaten Schwejk« teilte – nahm auch im Leben häufig eine schlampige Position ein, die es ihm erlaubte, rasch die Seiten zu wechseln. Meist nützte er diese geistige »Beweglichkeit« vor allem in der Auslegung enger Vorschriften, wenn diese seinem ausgeprägten Gerechtigkeitssinn widersprachen.

Rechts von Halb saß Anton Wilt ... und das war alles, was zu Tonis Sitzhaltung zu sagen war. Vom Typ her völlig unauffällig, ermittelte er unaufgeregt und effizient bis zum Ende eines Falles.

Schwejk gegenüber kauerte der »Ingeniöhr«. Ingenieur Perikles Mayer liebte lange Nächte, die er wechselweise an seinen Computern oder mit seinen jeweiligen Angebeteten verbrachte. Entsprechend war er vor den frühen Nachmittagsstunden kaum zu gebrauchen, weshalb er für die meisten Morgenbesprechungen eine »Generalamnestie« – O-Ton Halb – genoss.

An der zweiten Stirnseite des Besprechungstisches thronte Helene Drobatschnig. Egal, wo Helli saß, vermittelte sie den Eindruck einer Herrscherin, was auch an ihren 187 Zentimetern Körpergröße und ihrem – laut eigener Definition – »Kampfgewicht von knapp unter ... auf jeden Fall zu vielen Kilogramm« lag. Die leidenschaftliche Mehrfach-Mutter und Ehefrau eines Rechtsanwalts hielt Halb und seinem Team den »bürokratischen Rücken« frei.

Als Herrin über die Aktenzahlen und internationalen Termine diverser Inter- und Europol-Ausschüsse lehrte sie sogar Hofrat Doktor Ernst Straka das Fürchten – und das sollte etwas heißen.

Denn er, der heute ausnahmsweise durch Abwesenheit glänzte, war als Leiter des »Büro 3.2. – Allgemeine Kriminalität« der uneingeschränkte Herrscher über alle und alles im »Referat 3.2.1 – Gewaltkriminalität«, zumindest seiner Meinung nach. Halb überlegte nur kurz, welche Körperhaltung Straka eingenommen hätte. Keine sitzende – zumindest wäre er nicht länger sitzen geblieben, sondern nach maximal zwei Minuten aufgesprungen, um in raumgreifenden Bewegungen seinen Emotionen freien Lauf zu lassen.

»Und, wissen wir inzwischen mehr über diesen Raubritter-Überfall?« Halb bemühte sich, alle anzusehen und seinen Blick nicht nur auf dem beinahe schlafenden Ingeniöhr ruhen zu lassen.

»Etwas mehr. Ich habe inzwischen mit den Kollegen telefoniert, die als Erste vor Ort waren. Aber vorher würden wir alle gerne wissen, was du vorhin gemeint hast mit Wiehern, heldenhafter Verteidigung und Herzinfarkt?« Demonstrativ ließ Wilt seine Hände auf dem Blatt Papier vor ihm liegen.

»Toni, das erfüllt fast den Tatbestand der Erpressung mit und von Informationen. Aber gut! Gestern Nachmittag waren Delia und ich im Theresiental spazieren. Und, Achtung, jetzt kommt eine kleine Sensation! Ihr kennt mich wahrlich lange und gut, aber was ihr noch nicht wisst, ist, dass wir beschlossen haben, also, Delia und ich beschlossen haben, zu … zu gestehen, dass ich an einer Hippophobie leide. Und weil ich mich eben vor Pferden fürchte,

sind wir rasch wegspaziert, als wir gestern – wenngleich in einiger Entfernung – Wiehern gehört haben. Vielleicht war das aber unsere, vor allem meine Rettung, weil wenn diese sieben sechsbeinigen Kostümhelden uns statt … Toni, wie heißen die Opfer?«

»Berthner-Přihoda und Koskovicz.«

»Also statt diesen Herrschaften Delia und mich überfallen hätten, säße jetzt hier vor euch bereits ein neuer interimistischer Leiter. Mein Posten würde nächste Woche neu ausgeschrieben werden, und ihr müsstet übernächste Woche wohl oder übel bei meinem Begräbnis Spalier stehen. Mit anderen Worten, ihr würdet mindestens zwei Wochen keinen Handgriff arbeiten. Und weil ich das nicht verantworten kann, bin ich zum einen noch am Leben und fühle mich zum anderen verpflichtet, diese verkleideten Vollidioten zu verhaften. Wobei – natürlich werdet ihr sie verhaften, weil ich mich nicht in ihre Nähe traue. Zumindest nicht, solange sie auf ihren hohen Rössern hocken. So, und jetzt bist du dran, Toni.«

Halbs Pseudo-Outing und seine Selbstironie hatten sogar den Ingeniöhr geweckt, sodass nun alle Anton Wilt interessiert zuhörten.

»Wie erwähnt kam es gestern gegen 15.15 Uhr im Theresiental zu einem skurrilen Überfall auf zwei ältere Ehepaare. Leopold Berthner und seine Frau Mathilde Berthner-Přihoda, 74 und 75 Jahre alt, haben ihr ganzes Berufsleben als Ärzte in verschiedenen Wiener Spitälern gearbeitet. René Koskovicz, ebenfalls 74, stand im diplomatischen Dienst der Republik Österreich, seine Frau Amelie, mit ihren 68 die Jüngste des Quartetts, war ihr Leben lang nie berufstätig gewesen. Die Herren Doktor Berthner und Magister Koskovicz haben vor über 50 Jahren in derselben Klasse

maturiert und trotz der unterschiedlichen Lebenswege ist die Freundschaft immer erhalten geblieben, weshalb sie in der Pension begonnen haben, sich regelmäßig an Sonntagnachmittagen zu treffen. So auch gestern. Alles war wie immer, bis zu dem denkwürdigen Moment, als sieben Ritter über sie herfielen. Laut übereinstimmenden Aussagen seien diese aus dem Nichts gekommen und wieder dorthin verschwunden. Am Rande bemerkt, dieses ›Nichts‹ war undurchdringliches Gestrüpp entlang des Weges. Ebenfalls laut übereinstimmender Zeugenaussagen seien die Reiter und Pferde bunt gekleidet gewesen, mit Ausnahme des Anführers, eines schwarzen Ritters, der einen – ich zitiere Frau Koskovicz – ›höllenschwarzen Riesenhengst‹ geritten habe. Zu Beginn hätten die Täter ›Deus lo vult‹ geschrien, laut Herrn Koskovicz sei das eine okzitanische Verballhornung eines ursprünglich lateinischen Ausrufs, der um den ersten Kreuzzug Ende des elften Jahrhunderts herum …«

»Toni, wir bewundern die Geschichtskenntnisse von Herrn Magister Koskovicz. Bitte weiter!«

Wilt zögerte kurz, bevor er wieder den roten Faden aufnahm. »Also dieses ›Deus lo vult!‹ beziehungsweise ›Gott will es!‹ dürfte so eine Art akustisches Logo der damaligen Kreuzritter gewesen sein. Heute wird dieses Motto nicht nur verschieden zitiert, es wird auch von sehr unterschiedlichen Gruppierungen verwendet. Für viele ist es schlicht und einfach ein Synonym für die Ritterzeit, Ritterfeste, Ritterburgen, Ritterfilme …«

»… und Ritterüberfälle. Danke für deine umfangreiche Recherche in der kurzen Zeit! Sonst noch relevante Informationen?«

»Durchaus. Wie gesagt, zu Beginn hätten alle dieses ›Deus lo vult!‹ gebrüllt, danach habe lediglich der Anfüh-

rer mit Zeichen kommuniziert. Ah ja, gesprochen habe er doch noch, wenngleich nur die sehr modernen Worte ›Geld, Schmuck, Uhr, schnell!‹. Die Stimme beziehungsweise die Aussprache sei aber aufgrund der Verzerrung durch den blechernen Helm kaum näher zu beschreiben gewesen, auch diesbezüglich stimmen …«

»Lass uns raten, auch diesbezüglich stimmen die vier Aussagen überein.«

»Stimmt, Chef.« Da Wilt die Ungeduld seines Vorgesetzten seit Jahrzehnten kannte, brachte ihn dieser Zwischenruf nicht aus der Ruhe. »Alle waren mit einem Schwert bewaffnet, wobei die sechs bunten Ritter jeweils noch eine zweite Waffe – Keulen, Streitkolben, Armbrüste und Lanzen – trugen. Und mindestens eine Axt, weil die war schuld an Herrn Koskovicz' Herzinfarkt.«

»Wegen ihres zu hohen Cholesteringehalts?« Um nicht allzu ironisch zu klingen, schenkte Verena Planner Anton Wilt ihr charmantestes Lächeln.

»Nein, nichts Metabolisches, sondern etwas Diabolisches. Einer der Ritter drohte Herrn Koskovicz, ihm die Hand abzuhacken, woraufhin …« Wilt griff sich an die linke Brust, um sogleich die Augen zu verdrehen und den Kopf theatralisch nach hinten sinken zu lassen.

»Bravo, Toni, welch dramatische Todesszene. Aber wenn ich die Pressemeldung richtig verstanden habe, ist Herr Koskovicz erfreulicherweise noch am Leben. Sonst hätte er uns nicht mit seinem historischen Lateinwissen erfreuen können. Oder …«

»Nein, nein … also, ja, stimmt. Da habe ich wohl etwas übertrieben, Herr Koskovicz hat dank der perfekten Rettungskette überlebt. Im Gegensatz dazu haben sich die Kollegen von der örtlichen Dienststelle nicht mit Ruhm

bedeckt. Zuerst hielten sie den Anruf für einen Scherz, und als sie gnädigerweise zum Tatort fuhren, benahmen sie sich gegenüber den drei Opfern vor Ort laut deren Aussagen herablassend und geradezu kindisch. Sie hätten mit ihnen gesprochen, als ob ... ich zitiere Frau Doktor Berthner-Přihoda: ›Als ob wir demente Zombies wären.‹«

»Fragt sich nur, wessen Hirnfunktionen eingeschränkt waren.« Halbs Kiefer knirschten hörbar vor Ärger.

»Chef, aber ... also entschuldigt bitte, ich will die Kollegen nicht prinzipiell verteidigen. Aber wenn man uns von einem solchen Überfall – Ritter! Heute! Hier quasi um die Ecke! – erzählen würde, würden auch wir die Zeugen für ... offen gesagt, für völlig daneben halten. Und bei dem Alter nimmt man eben an, dass ...«

»Schwejk, eine Frage.« Halbs Lächeln verhieß nichts Gutes. »Würdest du von Demenzpatienten erwarten, dass sie sich Details merken können?«

»Nein, natürlich nicht.«

»Wie würdest du dann die beinahe völlig übereinstimmenden Aussagen erklären? Als Zufallstreffer? Als Gruppenhysterie?«

»Du meinst, dass ...«

»Natürlich!« Halb schüttelte genervt den Kopf. »Übereinstimmende Aussagen können nur gemacht werden, wenn die Beteiligten etwas tatsächlich erlebt oder aber sich abgesprochen haben. Gut, sie können auch nur glauben, etwas erlebt zu haben, aber auf jeden Fall bedarf es einer Gedächtnisleistung. In der vorliegenden Situation haben die Herrschaften sicher ordentlich Adrenalin ausgeschüttet, das heißt, um sich an die zahlreichen Details zu erinnern, bedarf es vielleicht sogar einer höheren Gedächtnisleistung. Also kann ich nicht automatisch von Demenz

ausgehen, nur weil die Zeugen nicht mehr taufrisch sind. Abgesehen von der fehlenden Kinderstube der Kollegen.«

Eine Sekunde lang schien Schwejk noch das letzte Wort haben zu wollen, aber er beließ es bei einem Nicken.

Noch einmal wandte sich Halb Wilt zu. »Toni, zum Schluss lass mich raten. Als die Spurensicherung aufgetaucht ist, hat sie nur in unmittelbarer Nähe des Überfalls zahllose Hufabdrücke entdecken können. Bereits ein paar Meter weiter war der Boden so glatt wie ein gepflegter Babypopo. Daher wissen wir weder woher diese Kostümaffen geritten kamen noch wohin sie geflohen sind. Stimmt's oder hab ich Recht?« Eine Sekunde lang schien Halb auf Beifall zu warten, aber als seine »Team-linge« keine Miene verzogen, begann er unversehens zu lachen. »Mir scheint, ich bin hier nicht der einzige Fan von Westernfilmen, der die Tricks der Indianer zum Spuren-Verwischen kennt.«

»Aber Chef, das weiß heutzutage jedes Kind! Die letzten Reiter ziehen dichte Äste wie Rechen hinter sich her, und schon sind alle Hufabdrücke und Pferdeäpfel wie von Geisterhand verwischt.« Verena Planner bemühte sich, möglichst belehrend zu klingen.

»Zuletzt reiten sie noch ein paar Kilometer fluss- oder bachaufwärts, um sogar mögliche Suchhunde abzuschütteln. Verena hat Recht, Chef, das alles«, Schwejk unterdrückte ein Gähnen, »lernt jeder spätere Kriminalist bereits in den Windeln.«

»Allerdings sind wir hier weder im Wilden Westen noch bei den Kreuzzügen, weshalb sieben Reiter in Ritterrüstungen irgendwem auffallen müssten. Und daher …«

»… wissen wir, dass sie vor wie nach dem Überfall einen geheimen Ort benötigen, an dem sie sich umziehen und die Ausrüstung verbergen können.«

»Und dieser muss in der Nähe des Tatortes sein, denn einen zu langen Ritt können sie nicht riskieren, um nicht von der Polizei gestellt zu werden.«

»Aber dieses Versteck werden wir wegen der Spurenlosigkeit kaum finden.«

»Ja und nein, Ingeniöhr. Würde es nur als Garderobe und Requisitenkammer dienen, würden wir es nie finden. Aber sie müssen auch ihre Pferde verschwinden lassen, und das stelle ich mir in der heutigen Zeit nicht so einfach vor. Sieben solcher Tiere, erst recht ein höllisch schwarzes Riesenexemplar, kann man nur schwer in einer Parkgarage oder in den Seitengassen rund um den Hauptplatz einfach so stehen lassen, ohne aufzufallen. Daher …«

»… müssen wir als Erstes alle Orte finden, an denen Pferde nicht auffallen. Reiterhöfe, Gestüte, …«

»Oder Schlachthöfe.« Wie meist erzielte Haschek die größte Aufmerksamkeit, wenn er etwas vor sich hin murmelte.

»Schwejk, du … also, manchmal bist du wirklich ein Ekel!« Verena Planners Augen schienen zu klein für ihr Entsetzen.

»Okay, ich entschuldige mich! Also Reiterhöfe, Gestüte und eventuell eine Pferderennbahn.«

»Und das Ganze in einem Tatort-Umkreis von nicht mehr als, sagen wir, zehn Kilometern. Gut, das wär's, auf zum …«

»Nicht ganz, Herr Hofrat!« Helene Drobatschnig hob ihre Hand wie eine aufmerksame Schülerin, was angesichts ihrer imposanten Erscheinung etwas skurril wirkte. »Da gäbe es noch ein Kriminalisten-Leben abseits unedler Raubritter, ganz besonders in einer Montagmorgen-Dienstbesprechung. Übers Wochenende sind drei Anfragen ein-

getrudelt. Erstens, die Kollegen vom Suchtgift verzeichnen in letzter Zeit mehrere Attentate auf angeblich friedliche Geschäftsleute, die so harmlos aber nicht sein dürften. Am vergangenen Freitag gab es die erste Tote, eine kleine, feine Autobombe. Die Anschläge fanden zwar alle in Wien statt, aber die Kollegen vermuten, dass dieser Krieg um neue Verteilungsrouten und -räume aus den Bundesländern geführt wird, weshalb wir um Mitarbeit gebeten werden. Zweitens wurden wir von polnischen Kollegen kontaktiert. Der Fall klingt etwas skurril. Weil ein Mann über Nacht die Zahlungen seiner Alimente gestoppt hat, wollte ihn die Polizei aufsuchen und siehe da, er war verschwunden. Daher steht Herr Zbigniew Wojciechowski inzwischen auf der internationalen Fahndungsliste. Und da seine Spur nach Österreich führt und ein Gewaltverbrechen nicht ausgeschlossen werden konnte, wurden wir angefragt ...«

»Moment, liebe Helli! Habe ich das richtig verstanden? Nur, weil so ein polnischer Lump die Alimente für sein Kind nicht mehr zahlt, wird ...«

»... die Alimente für insgesamt sieben Kinder nicht mehr zahlt! Sieben Kinder von sieben verschiedenen Frauen. Noch dazu ist eine davon die Tochter eines Ministers und der gute Mann ein bekannter polnischer Schauspieler und Model und Stuntman, weshalb ...«

»... der gute Mann die Einleitung einer internationalen Fahndung wert ist. Weil wir sonst eh nichts zu tun haben.« Grimmig schüttelte Halb seinen Kopf. »Sonst noch was?«

»Drittens eine Anfrage aus Lyon. Die kam auf Französisch, weshalb das für mich Chinesisch ist.«

»Das verstehe ich gut. Lyon? Vermutlich von Interpol. In dieser Runde kann niemand den Text übersetzen, oder? Non? Macht aber nichts, weil ...«

»Du fragst Monsieur Korber?«

»Oui, mon cher Toni. Also her damit.« Noch während der Zettel von einem Tischende zum anderen wanderte, wandte sich Halb Verena und Schwejk zu.

»Weil ihr zwei wieder ein Herz und eine Seele seid. Suchet und besuchet alle Orte, an denen Pferde verstaut werden können, ohne aufzufallen.«

»Chef, Pferde verstaut man nicht, man …«

»In meiner Welt schon! Sie werden verstaut oder – da muss ich Schwejk Recht geben – verdaut! Und ihr, Toni und Ingeniöhr«, um jeder weiteren hippologischen Diskussion zu entkommen, drehte sich Halb abrupt nach rechts, »ihr beschäftigt euch offiziell mit den Anfragen der Kollegen, aber inoffiziell dürft ihr gerne über fünf Fragen nachdenken und recherchieren. Ihr wisst ja …«

»Alles klar, Chef!« Wieder einmal bewies der Ingeniöhr, wie rasch seine grauen Zellen arbeiten konnten, wenn er munter war. »Welchem Zweck diente dieser Überfall? Warum wurde er just an diesem Ort verübt? Wieso wurden genau diese beiden Ehepaare überfallen? Weshalb überfällt ein kleines Heer von sieben Rittern gerade einmal vier Spaziergänger, bei denen logischerweise kaum was zu holen ist? Und die fünfte Frage …«

»Ist die, deren Antwort ich am meisten fürchte! Wozu diese Maskerade?«

MONTAG, 2. JUNI 2014, 10.30 UHR

Halb überlegte kurz. Vor über einem Jahr hatte er das Haus geerbt, seither hatte er es pro Tag mindestens ein, wenn nicht mehrere Male verlassen und war logischerweise auch jeweils wieder zurückgekehrt. Er hatte also – 13 Monate mal 30 Tage mal 2 – mindestens 780 Mal den Haustorschlüssel in seinen zahlreichen Taschen gesucht, gefunden, im Schloss umgedreht und daraufhin sein Haus betreten. Und trotzdem bereitete ihm dieses Ritual nach wie vor so viel Freude wie am ersten Tag!

Dabei hatte sein Hausherrentum völlig überraschend begonnen – klarerweise, denn von seinem damaligen Polizistengehalt hätte er sich ein Zinshaus mit elf Wohnungen nicht einmal in dieser Lage leisten können. Überraschend und irrtümlich – selbst heute noch musste Halb insgeheim grinsen, wenn er an seine Zeit im Sittendezernat dachte. Um ganz sicher als »harter Bursch« akzeptiert zu werden, hatte er sich damals in Kleidung, Sprache und Umgangsformen den ärgsten Zuhältern angepasst. Und genau zu diesem Zeitpunkt hatte ihn sein Onkel Alois nach Jahren wieder zufällig auf der Straße getroffen und ihn prompt für einen Zuhälter gehalten. Und da sein lieber Verwandter massenhaft Dreck am Stecken gehabt und sich wegen »geringfügiger Steuerschulden«, wenngleich in Millionenhöhe, nur kurz nach ihrem Wiedersehen nach Venezuela abgesetzt hatte, war ihm sein scheinbarer Zuhälter-Neffe in liebster Erinnerung geblieben. So lieb, dass er ihm einen Teil seines Vermögens in Form eines bestandsfreien Zinshauses vererbt hatte. In der Annahme, dass

Halb daraus ein Laufhaus machen und von den Erträgen seiner stundenweisen Mieterinnen ein vergnügliches Leben führen würde.

Ein absurder Gedanke … nicht nur, was die Art der Mieterinnen betraf. Natürlich war es für Halb undenkbar gewesen, eines der zahlreichen Kaufangebote diverser Unterwelt-Größen anzunehmen, die aus diesem Haus tatsächlich ein Etablissement der Erwachsenenunterhaltung hätten machen wollen. Aber darüber hinaus hatte sich Halb vom ersten »Erb-Moment« an schwergetan, überhaupt irgendwem eine Wohnung zu vermieten. Denn er, der als Waise bei einem höchst liebevollen Großvater aufgewachsen war, hatte zwar nie Liebe und Zuwendung missen müssen, aber richtig viel Platz, nein, den hatte er nie gekannt. Und plötzlich breiteten sich gefühlt Kilometer um Kilometer an leeren Wohnungen, Gängen und Stiegenhäusern vor ihm aus, die er genüsslich einem Geist gleich nächteweise durchwandelte.

Zwar war er selber bald in sein neues Haus gezogen, außerdem hatte er der jungen Familie eines besonders fähigen und sympathischen Justizbeamten und etwas später einer vielfach bemerkenswerten Gerichtsmedizinerin jeweils eine Wohnung zu sehr günstigen Konditionen vermietet, aber den verbliebenen Freiraum wollte er sich bewahren.

Wie immer begann sich an diesem Punkt einerseits sein schlechtes »Sozial-Gewissen« bemerkbar zu machen, er wusste nur allzu gut, wie viele Menschen verzweifelt nach bezahlbaren Wohnungen suchten. Dazu gesellte sich sein »Geld-Gewissen«, da die Erhaltung eines solchen Riesenkastens ohne entsprechende Einnahmen immer stärker Konto wie Seele belastete.

»Wie ma's macht, macht ma's falsch!«, murmelte er vor sich hin, aber bevor er noch in einer seiner Verdrießlichkeiten versank, riss ihn ein martialisches Gebrüll heraus.

»Ich bin der edle Ritter! Und du, Onkel Luzi, du bist … ja, schon auch mein Lieblingsonkel. Aber jetzt bist du der Böse. Und ich muss dich besiegen.«

Friedrich Korber hatte zu seinem vierten Geburtstag unter anderem ein Tretauto sowie eine Ritterrüstung geschenkt bekommen, weshalb das edle Ritterchen nun statt hoch zu Ross trabend tief im Sitz rollend mit Plastikschwert und -schild wild um sich schlug.

»Flitzi! Du weißt, dass du nicht auf den Gang – oh, grüß dich, Ludwig.« Gilles Korbers Lächeln ging unmittelbar in einen besorgten Blick über. »Alles in Ordnung bei dir?«

»Ja, warum nicht?«

»Weil du nie um diese Zeit nach Hause kommst.«

»Offiziell bin ich hier, weil ich deine Zweisprachigkeit brauche.«

»Und inoffiziell?«

»Auch. Außerdem muss ich nachdenken.«

»Dann … hereinspaziert in die wundersame Welt motorisierter Miniatur-Männer. Flitzi, ja, du auch!«

MONTAG, 2. JUNI 2014, 10.45 UHR

»… nos meilleures salutations! Um es kurz zu machen, sie bitten dich, bei fünf Fachsitzungen den Vorsitz zu führen.«

»Auf Französisch oder Mandarin?«

»Mandarin würden sie nicht akzeptieren. Nein, im Ernst, natürlich auf Deutsch, du würdest in insgesamt 23 Sprachen simultan übersetzt werden.«

»Zuerst einmal vielen Dank, Gilles.« Vorsichtig nahm Halb den Brief wieder an sich, als ob dessen Worte zerbrechlich wären.

»Gerne! Und weiter? Du machst ein Gesicht, als ob ich dir mindestens dein Todesurteil übersetzt hätte. So schlimm ist es doch nicht, nach Lyon eingeladen und als berühmter Spitzenkriminalist behandelt zu werden. Magst du keine roten Teppiche?«

»Überhaupt nicht! Die erinnern mich immer an Blut. Und gerade die, die man mir ausrollt, muten mich an, als ob es mein eigenes wäre. Eine Art Opferstein meiner Lebenszeit. Diese Repräsentations- und Netzwerk-Massenaufläufe sind für mich der reinste Masochismus. Lieber schlage ich einem Mörder das Messer aus der Hand, als dass ich diverse Hände wichtiger Leute schüttle. Apropos Handschütteln – wo sind Maria und das Füchslein?« Demonstrativ ließ Halb seinen Blick kreisen, als ob er Frau Korber und den einjährigen Antoine im Korber'schen Wohnzimmer übersehen hätte.

»Beim Kinderarzt. Und ich bin zuhause, weil ich Wochenend-Dienst …«

»Ah-Wah-Wah-Wah-Wah!« Ein wüstes Potpourri aus Gebrüll, geschwungenem Ritterschwert und modernem Spielzeugauto mit Hupe ließ beide Herren zusammenzucken.

»Flitzi, bist du wahnsinnig?« Dass Vierjährige noch kein Gefühl für soziales Timing hatten, schien Halb normal, aber offenbar schaffte es sein Wahlenkel Friedrich mühelos, selbst seinen eigenen Vater zu erschrecken. Da half nur eines – die Opa-Rolle zu übernehmen und Flitzis gekränktes Gesicht wieder aufzuhellen.

»Flitzi, hast du gewusst, dass echte Ritter oft sehr leise waren? Die haben sogar flüstern geübt.«

»In echt, Onkel Luzi? Wieso?«

»Weil, weil ...« Da Flitzis Miene puren Zweifel ausdrückte, sah sich Halb plötzlich unter Zugzwang, eine seriöse, aber kindgerechte Begründung zu liefern.

»... weil die Ritter nicht wollten, dass ihre Gegner hören, aus welcher Richtung sie kommen. Und weil ihre Rüstungen sowieso laut geklappert haben, haben sie sich extra bemüht, leise zu sein.« Offenbar hatte Gilles Korber viel mehr Übung darin, »pädagogische Nervenschonkost« gekonnt aus dem Ärmel zu schütteln, sodass sie Flitzi begeistert aufnahm.

»Dann geh ich«, das Flüstern des Vierjährigen hätte jedem großen Schauspieler zur Ehre gereicht, um selbst im Burgtheater in der letzten Reihe gehört zu werden, »leise sein üben ins Kinderzimmer, damit ich ein echter Ritter werd.«

Mit einer Mischung aus Erleichterung und Begeisterung blickten die beiden Erwachsenen dem Ritter in der kindlichen Gestalt nach, der mühsam Brustpanzer, Schwert und Schild in seinem Tretauto verstaute und dieses erstaunlich geschickt in sein Zimmer bugsierte.

»Maximal 15 Minuten.« Als Gilles Korber Halbs Ratlosigkeit sah, musste er lachen. »In spätestens einer Viertelstunde ist Flitzi wieder da. Länger hält er es nicht alleine im Kinderzimmer aus, erst recht nicht, wenn du zu Gast bist. Also, nützen wir die Ruhe. Was hast du vor? Wegen Lyon, meine ich.«

»Ich könnte … nein, ich habe eine bessere Idee! Du kennst doch unser aller Ernst, also Hofrat Doktor Ernst Straka, meinen Vorgesetzten und langjährigen Freund. Einerseits liebt er solche Repräsentations-Events, wobei er … na ja, ich will ihn nicht schlechtmachen, aber er ist anderen durchaus neidig, wenn die im Rampenlicht stehen. Andererseits kriegt er dauernd die Panik, ich könnte zu wenig von der verhassten Schreibtischarbeit erledigen, zu der er mich so gerne verdonnert. Daher werde ich ihn ganz unschuldig fragen, ob ich hinfliegen und einige Tage dort sein kann. Es wird ihm nicht recht sein, er wird … nein, natürlich wird er es mir nicht wirklich verbieten, aber herumdrucksen, sodass ich den Guten spielen und ihm großzügig anbieten werde, nicht zu fahren. Zum Schluss kann ich Interpol wahrheitsgetreu antworten beziehungsweise du übersetzen, dass … leider nein, weil … warte, ich hab's, wie gefällt dir Folgendes? ›Um atmosphärische Störungen mit meinem Vorgesetzten zu vermeiden, sehe ich mich leider zur Absage gezwungen.‹ Na, wie bin ich?«

Korber zog die Augenbrauen hoch, bevor er vorsichtig zu formulieren begann. »Ludwig, auch wenn du das jetzt nicht hören möchtest … und ich das nicht gerne sage, weil du immerhin unser Vermieter und ein wunderbarer Beute-Opa bist. Du bist viel mehr Hofrat, als du dir jemals hättest träumen lassen. Oder, vielleicht sogar befürchtet hättest.«

Halb seufzte tief. »Leider! Du weißt gar nicht, wie Recht

du hast! Ich bin inzwischen einer derer, die ich immer verachtet habe. Eine bürgerliche Fassade, die nur auf den Verputz schaut. Und das Schlimmste ist, ich stehe mir und meinem Glück damit derart im Weg, dass ich …«

»Onkel Luzi, hast du im Kindergarten mit den Rittern gekämpft?«

»Flitzi!« Weder Halb noch Korber hatten Flitzis Heranschleichen bemerkt.

»Wieso, ich mit Rittern? Im Kindergarten?« Dank Korbers amüsiert-entsetzten Gesichtsausdrucks ahnte Halb im selben Atemzug Flitzis Antwort.

»Weil du doch schon so alt bist. Wie die Ritter. Und die waren doch auch einmal Kinder und im Kindergarten. Und du auch. Und dort hast du mit den Rittern kämpfen müssen. Und gewonnen, gell?«

»Flitzi! Der Luzi-Opa ist doch nicht so alt, dass er …«

»Lass nur, Gilles!« Mühsam unterdrückte Halb ein schallendes Lachen. »Flitzi, ich bin zwar alt, aber nicht so alt. Nein, mit Rittern habe ich nie gekämpft. Aber, wieso bist du heute nicht im Kindergarten?«

»Der ist zu, weil dort haben wir was ganz Schlimmes, wir haben Haarmäuse.«

»Läuse, Flitzi, nicht Mäuse.« Prompt begann sich Gilles Korber am Kopf zu kratzen, nur um sofort verschämt innezuhalten. »Leider ja, aber bisher gab es bei uns in der Familie erfreulicherweise nur blinden Laus-Alarm. Und übermorgen …«

»… darf ich wieder in den Kindergarten und Ritter werden. Und dann kämpfe ich so und so und …« Mit den ersten beiden Fuchtel-Hieben schlug Flitzi lediglich »Luftpudding«, aber mit dem dritten landete er einen Volltreffer und eine Schreibtischlampe auf dem Boden.

»Nicht so wild! Du musst dir vorher überlegen, was du willst. Schau, so.« Noch bevor Tränen rannen, hatte Gilles Korber seinem Sprössling Plastikschwert und -schild aus den Händen genommen. Nebenbei hob er die Lampe wieder auf, platzierte sie auf dem Tisch und focht einige Paraden, als ob er die Lampe entwaffnen wollte. Einen Moment strahlte Flitzis Gesicht vor Begeisterung, um daraufhin in kindliches Entsetzen zu kippen.

»Papi, du bist ja ein ursuper Ritter! Aber das schaut so urschwer aus, das kann ich nie! Und wenn ich das nicht kann, dann werde ich nie ein toller Ritter, und dann werde ich nie im Kindergarten gegen die anderen kämpfen und ...«

»Du sollst auch nicht gegen die anderen kämpfen, sondern mit ihnen spielen! Und das kannst du, aber du musst es eben üben. Ich zeig's dir.« Bei Korber Senior sah es ganz einfach aus, die Bewegungen flossen ineinander über, die »gegnerische Lampe« schien keine Chance zu haben, obwohl sie Korber nicht im Geringsten berührte. »Siehst du, du musst immer auf deine Umgebung achten, schauen, was die Kinder um dich herum machen. So könnt ihr gemeinsam wunderbar Ritterburg spielen. Da hat jeder seine Aufgabe, und du bist eben einer, der auf die anderen aufpasst.«

Als Flitzi geradezu ehrfurchtsvoll Spielzeugschwert und -schild aufs Neue aus seines Vaters Händen entgegennahm, fühlte sich Halb in die Zeit von König Artus und seiner Tafelrunde versetzt. Die Feierlichkeit war aber noch im selben Atemzug zu Ende, als Flitzi im eifrigen Bemühen, die Bewegungen nachzuahmen, in sein Zimmer hopste.

»Danke für die Übersetzung! Und Gratulation dem Vater und Schwertkämpfer, in beidem bist du ebenso gelassen wie zielsicher.«

»Bitte gerne, Ludwig. Es geht doch nichts über drei Monate Ausbildung in einer Clownschule und zwei Stunden Aikido die Woche.«

»Ai... was bitte?«

»Aikido, eine japanische Kampfkunst, die nur auf Verteidigung ausgelegt ist. Glaube mir, in manchen Augenblicken sogar bei einem Vier- und einem Einjährigen durchaus zu empfehlen. Und sie hilft auch, manches leichter zu verstehen. Vielleicht sogar ›bürgerliche Fassade-Selbstzweifel‹, also wenn du willst ...«

Beinahe erschrocken hob Halb die Hände. »Sehr lieb, aber ich weiß leider ganz genau, weshalb mein Seelen-Verputz derzeit dermaßen abbröckelt. Nur will, nein, kann ich nicht ... doch, ich will nicht ... egal, es ist halt so! Aber solange ich liebe Freunde habe, bei denen ich mich ausjammern kann, ist alles in Ordnung. Handküsse der Maria und Onkel-Luzi-Bussi den zwei Wirbelwinden. Und noch einmal vielen lieben Dank!«

Als Halb die Tür hinter sich zuzog, hatte er das vage Gefühl, etwas Wesentliches erkannt zu haben. Nur was?

MONTAG, 2. JUNI 2014, 13.10 UHR

»Verena, wenn ich mich hier auf diesem Waldweg vor dir auf die Knie würfe …«

»… dächte ich, du wärst über eine Wurzel gestolpert.«

»Danke! Aber nein, ich würde dich nur formvollendet um Verzeihung bitten.«

»Wie lieb von dir, Schwejk. Weshalb?«

»Wegen meiner garstigen Worte bei der Besprechung.«

»Aber dafür hast du dich bereits entschuldigt. Erinnerst du dich nicht mehr? Oje, zu viel Stress, zu kurzes Kurzzeitgedächtnis?«

»Was hast du gerade gesagt? Nein, im Ernst«, genüsslich sog Franz Haschek die Luft ein, die trotz der nahen Bundesstraße beinahe nach Bäumen roch. »Ich habe mich geirrt, Pferde sind nicht erst als Leberkäse beeindruckend.«

»Zumindest dann, wenn es in ihrer Umgebung von hübschen jungen Damen nur so wimmelt, nicht wahr? Oder, sag bloß, dir wären die zahlreichen feschen Reiterinnen in den engen Hosen und den blitzenden Stiefeln vor lauter Konzentration auf die Ermittlungen gar nicht aufgefallen? Erst recht nicht, da du mindestens, wenn ich mich nicht verzählt habe, sieben Mal betont hast, dass du vom österreichischen Bundeskriminalamt wärst und in einem Kapitalverbrechen ermitteln würdest. Wohlgemerkt – du, nicht wir! Und in einem Kapitalverbrechen – bei dir klang das nach wenigstens einem Massenmord … der zwar einstweilen gar nicht stattgefunden hat, aber dafür waren dir die bewundernden Blicke umso sicherer.« Verena Planners Stimme war vor Ironie kaum zu erkennen.

»Ist ja gut! Wirklich sieben Mal? Außerdem, was ist schon dabei, wenn ich mich mit potentiellen Zeuginnen intensiv austausche? Du musst zugeben, dass wir erstaunlich rasch erstaunlich viele Details über die Stallungen dieses Nobelhotels herausbekommen haben.«

»Sogar viele Details, aber allesamt unwichtig. Dass das Fräulein ›Knappes-Top‹ lieber im weiten Gelände galoppiert, wogegen Fräulein ›Blondes-Haar‹ lieber auf Forstwegen trabt. Was aber unsere Hauptfrage anlangt – wo eine Bande, die warum auch immer im Ritter-Outfit zwei alte Ehepaare überfällt, ihre Pferde versteckt –, sind wir um keinen Millimeter weitergekommen. Doch, um einen – ganz sicher nicht im Stall dieses GREHTTA.«

»Ein blöder Name!«

»Aber er bleibt hängen. Und die scheinbar falsche Rechtschreibung tut ihres dazu, dass einem der Schriftzug ins Auge springt. GREHTTA, das klingt nach Garbo, nach Luxus, auf jeden Fall besser als ›Golf- und Reiter-Hotel im Theresiental‹. Hätten sie nur mit diesem Namen geworben, wäre dieser Nobelschuppen lediglich ein weiterer in jener an edlen Hotels wahrlich nicht armen Gegend. Vergiss nicht, wir sind hier im Umfeld eines Weltkulturerbes, da musst du dir etwas Besonderes einfallen lassen, um aufzufallen.«

»Und warum, liebe Verena, sollten diese Pseudo-Ritter ihre Pferde nicht gerade in diesem Stall unterstellen? Er ist sehr gepflegt, weil völlig neu, er ist …«

»Eben! Schwejk, ich bitte dich, blende das Aussehen deiner Bewunderinnen kurz aus. Was bleibt über? In diesem Stall läuft eine Menge an Menschen ein und derselben sozialen Schicht herum, die einander fast alle kennen beziehungsweise rasch kennenlernen, die ebenso das Pferd der

jeweils anderen – zumindest offiziell – schätzen, auf jeden Fall gut kennen. Dadurch verfolgen sie alle ganz nebenbei, was im Stall vor sich geht. Vom Personal ganz zu schweigen. Wie sollen da sieben Ritter … okay, selbst wenn sie noch nicht in ihren Rüstungen stecken, sieben von mir aus normal gekleidete Männer sieben Pferde wegführen und sie nach kurzer Zeit zurückbringen, ohne aufzufallen? Noch dazu wären die Tiere verschwitzt, man würde ihnen die Belastung ansehen, das würde wiederum Aufsehen erregen. Und weil die Täter mit großer Wahrscheinlichkeit nicht blöd sind, dürfte ihnen das bewusst sein und sie würden es gar nicht erst versuchen. Ganz abgesehen von der Videoüberwachung, die dir natürlich aufgefallen ist.«

»Kameras? Ach so, die … natürlich, sofort. Aber vielleicht haben sie ihre Tiere ganz offiziell im GREHTTA eingestellt, weshalb es gar nicht auffiele, wenn sie mit ihnen ausreiten und wieder zurückkehren würden?«

Verena Planner schüttelte kurz genervt den Kopf, bevor sie blitzschnell zu ihrem charmantesten Lächeln wechselte. »Schwejk, gerade dank deiner einfühlsamen Verhörtechnik der jungen Reiterinnen wissen wir, dass das GREHTTA erst Ende dieser Woche mit einem großen Empfang für die internationale Society eröffnet wird, weshalb derzeit nur eine Art Probebetrieb läuft, der sich lediglich an … wie hat das die mit dem rötlichen Pagenkopf formuliert? ›Der sich ausschließlich an lokale Pferdefreundinnen wendet.‹ Wohlgemerkt, nur Pferdefreundinnen, keine Pferdefreunde! Mit anderen Worten – jeder Mann und ganz besonders jeder ortsfremde Mann fiele derzeit dort auf wie eine Horde Zebras. Und wir sind uns vermutlich einig, dass sich hinter den sieben Raubritter-Kostümen keine sieben zarten Lady Marians ohne ihre Robin Hoods verborgen haben, oder?«

Widerwillig musste Haschek grinsen. »Eigentlich schade, aber … na gut, stimmt schon. Und, im Übrigen, Verena – bitte verrenke dir nicht die Mundwinkel. Du bist mir mindestens genauso lieb, wenn du mich angrobst, vor allem, wenn es stimmt, was du sagst.«

Planners schallendes Gelächter löste endgültig die Spannung der letzten Minuten. »Wir sind uns also einig, du bist der Verhörspezialist und ich die Fachfrau für Informations-Kategorisierungs- und Zusammenfassungssysteme. Und damit auf zu unserer nächsten möglichen Parkgarage für Ritterpferde, einem … ich hab's gleich, dem ›Bumbach'schen Haus des Pferdes‹. Jetzt stellt sich nur die Frage, ob auch Menschen in das Haus des Pferdes hineindürfen oder ob es Vierbeinern vorbehalten ist? Eigentlich ein blöder Name für ein Gestüt, oder?«

»Verena, kennst du nicht Puzi von Bumbachs neueste zukünftige Pleite? Zu der es übrigens hier entlang geht.« Schwejk deutete auf eine breite Allee, die im rechten Winkel vom umwaldeten Spazierweg zwischen dem GREHTTA und Baden bei Wien abzweigte. »Gehst du nie zum Friseur, liest du nie in den entsprechenden Illustrierten von den Reichen und Schönen? Wobei, das mit dem ›nie-zum-Friseur‹ nehme ich natürlich wieder zurück, bei deinem edlen Haupthaar …«

»Ist schon gut, ich gehöre nicht zur wöchentlichen Waschen-legen-föhnen-Fraktion. Selbst ist die Frau, wogegen du die Zeitschriften im Beauty-Salon für den modernen Herrn offenbar regelmäßig …«

»Nein, das nicht, aber … na hallo, was soll das!« Eine Gruppe asiatischer Anzugträger kam auf sie zu, nahm die ganze Wegesbreite in Anspruch und wich keinen Millimeter aus, sodass Schwejk in einen seitlichen Graben sprin-

gen musste, wollte er nicht grob aus dem Weg geschoben werden. Unerbittlich bewegten sich die insgesamt 14 auf die Kreuzung zu, wo sie wie auf Kommando stehen blieben. Erst, als ihr Gastgeber nach einer kurzen Entschuldigung in Schwejks Richtung wieder zu ihnen aufschloss, bog der Pulk nach Baden bei Wien ab.

»War das …«

»Eine Frechheit, wenn du mich fragst.« Kopfschüttelnd hielt Verena Planner ihrem Kollegen ihre Hand hin, die dieser dankend zurückwies, um aus eigener Kraft elegant auf den Weg zu springen.

»Ja, das auch. Aber was ich gemeint habe – der Herr im Schlepptau, das war Puzi von Bumbach. Das heißt, wir …«

»… können nur hoffen, dass in seinem Haus des Pferdes ebenfalls charmante junge Damen anzutreffen sind.«

»Verena, bitte! Die Frage ist, ob wir ihn persönlich sprechen wollen oder ob uns das Gestüt ohne seinen schillernden Besitzer nicht sogar lieber ist? Vielleicht erfahren wir mehr, wenn …«

Zuerst war es nur eine diffuse Änderung der Geräuschkulisse, die Haschek und Planner gleichzeitig herumfahren ließ. Aber binnen einer Sekunde wandelte sich das entfernte Stimmengewirr der 14 Herren zu einem Geschrei, in das sich weitere, noch beängstigendere Laute mischten – das Wiehern mehrerer Pferde schwoll deutlich an.

Vorsichtig näherten sich die beiden Polizisten mit gezogenen Waffen, Haschek links, Planner rechts des Weges.

Die Szenerie vor ihnen erinnerte in ihren Grundzügen an einen Western-Film. Elf der jüngeren Asiaten hatten sich wie Planwagen kreisförmig um ihre drei Ältesten gestellt … und ganz im Zentrum stand von Bumbach, dessen Angst man beinahe riechen konnte.

Auf der Seite der Ritter schien alles genauso wie beim letzten Überfall zu sein. Strahlende Rüstungen, glitzernde Rossharnische, zwei blaue, zwei rote und zwei gelbe Überwürfe – und der Anführer, wieder ganz in Schwarz, von der Helmspitze bis zu den Fesseln seines Rappen.

Haschek und Planner stimmten sich blitzschnell stumm ab. Haschek zählte die Waffen, wieder waren es sieben Schwerter, zwei Streitkolben, zwei Armbrüste, eine Axt und eine Lanze mit einem daran befestigten Lederbeutel. Planner konzentrierte sich auf die Pferde – es waren ein heller, ein normaler und ein dunkler Fuchs, ein Schimmel, zwei Schecken und der »Chef-Rappe«. Sowohl das Bewegungsmuster – sieben Mann auf sieben furchteinflößenden Rössern umkreisten ihre Opfer – als auch die akustische Inszenierung inklusive des »Deus lo vult!«-Gebrülls und der darauffolgenden Stille glichen der Beschreibung des ersten Überfalls bis ins kleinste Detail. Es fehlte nur noch … »Geld, Schmuck, Uhr, schnell!« – und da war es auch schon, selbst dieses Kommando stimmte mit Überfall Nummer eins perfekt überein.

Der eigentliche Raub lief ebenfalls genau so ab, wie er in den Zeugenaussagen beschrieben worden war. Selbst der Widerstand eines der Beraubten, der seine teure Armbanduhr nicht in den dafür vorgesehenen Beutel legen wollte, und die folgende brutale Drohung des Ritters mit der Axt ähnelte ihrem »Vorbild«, bis …

Mit einem perfekt platzierten Tritt traf einer der Asiaten den hinteren Unterschenkel des Pferdes vor ihm, worauf sich dieses aufbäumte und seinen Reiter fast abwarf. In derselben Sekunde attackierten weitere seiner Landsleute die Rittermeute. Zwei von ihnen griffen den Lanzenträger an, indem sie das Holz an der Spitze packten

und ihn aus dem Sattel zu stoßen versuchten. Fünf taten es dem »Erst-Kämpfer« gleich und traten blitzschnell gegen die ungeschützten Fesseln der Pferde, wobei sie geschickt den Schwertern auswichen. Als Schwejk mit lautem Gebrüll – »Polizei, Waffen fallen lassen!« – aus seinem Versteck stürmte und für weiteres Chaos sorgte, schien sich das Blatt endgültig zu wenden. Verena hatte inzwischen den schwarzen Ritter anvisiert, als einer der Älteren in der Kreismitte zusammenbrach. Erst auf den zweiten Blick war der Armbrustbolzen in seiner Brust zu erkennen. Instinktiv drehte sich sein Vordermann nach ihm um … und bekam eine Schwertspitze ins linke Schulterblatt gerammt. Doch bevor der Ritter noch einen weiteren Hieb landen konnte, riss es ihm den Arm nach hinten, und er ließ das Schwert fallen. Beinahe gleichzeitig mit Schwejk schoss Verena, der schwarze Ritter griff mit einem Aufschrei zwischen zwei Rüstungsteile auf Höhe seines rechten Oberarms, bevor er eine unverständliche Parole zum Rückzug rief.

Wieder schien die Zeit zu bersten, zu viele Aktionen zwängten sich in zu wenige Sekunden. Schwejk rannte los und schoss den Flüchtenden nach, als sich der letzte Ritter noch einmal im Sattel umdrehte und mit einem seltsam verlängerten Arm scheinbar in seine Richtung deutete. Verena schrie … und rettete dadurch das Leben ihres Kollegen. Denn Schwejk bremste scharf ab und drehte sich zu ihr um, sodass ihn der Bolzen seitlich in die Gesäßbacke und nicht frontal in den Unterleib traf.

Als Planner mit zitternden Händen nach ihrem Telefon fischte, legte sich plötzlich eine ruhige Hand auf ihre Schulter. »Nicht nötig, wir haben verständigt die Einsatzkräfte schon.« An seiner Grammatik musste er noch

arbeiten, aber ansonsten hatten die Worte des freundlich lächelnden Asiaten etwas ungemein Tröstliches an sich.

MONTAG, 2. JUNI 2014, 19.30 UHR

»Und du bist dir sicher?«

»Ganz sicher, ich hab's deutlich gesehen! In der Sekunde zwischen ihrer Flucht und dem Schuss auf Schwejk …« Verena Planners Stimme schien plötzlich zu ertrinken, sie brach ab und ihre Augen wurden feucht.

»Verena, Schwejk wird zwar immer noch operiert, aber die Ärzte klangen vorsichtig zuversichtlich. Vermutlich ist er in ein paar Wochen wieder ganz der Alte. Gut, vielleicht wird er mehr stehen und gehen und weniger sitzen wollen, aber …«

»Verdammt noch mal, ich habe zu langsam reagiert! Wenn ich zwei Sekunden früher reagiert hätte, hätte Schwejk noch ausweichen können, dann wäre er jetzt …«

Trotz der Situation und der strengen Krankenhaus-Atmosphäre musste Halb lächeln. »Endlich, auf diese Worte habe ich sehnsüchtig gewartet! Der Klassiker in solchen Situationen, ein Satz voller ›hätt-i‹ und ›war-i‹! Verena, bei allem Respekt vor deiner Angst um Schwejk und deiner

Wut auf diese Verbrecher, du weißt ganz genau, dass es in unserem Beruf leider nur allzu oft Situationen gibt, in denen selbst der ›superste Super-Kieberer‹ oder die ›superste Super-Kieberin‹ beim besten Willen nichts bewirken kann! Und trotzdem sind und bleiben wir sehr fähige Polizistinnen und Polizisten. Natürlich wird es wegen Schwejks Verletzung eine Untersuchung eures Verhaltens geben, aber ich kann dir garantieren, dass deine Reaktion als untadelig beurteilt werden wird. Erst recht, wenn es stimmt, was du sagst … bitte versteh mich jetzt nicht falsch, ich zweifle nicht daran, ich frage nur, ob du dich nicht doch vielleicht geirrt haben könntest?«

»Nein!« Planner schüttelte ihren Kopf so heftig, als ob sie ihre Tränen wegbeuteln wollte. »Natürlich lief alles in Sekunden ab, aber bitte glaube mir, die Ereignisse haben sich dermaßen in mir eingebrannt, dass ich sie vermutlich noch in 30 Jahren in Zeitlupe vor meinem inneren Auge abspulen können werde. Ab dem Zeitpunkt des ersten Armbrust-Schusses. Übrigens, hat er überlebt oder ist er …?«

Halb senkte nur die Augenlider.

»Und der zweite, dem das Schwert von hinten in den Rücken gestoßen wurde?«

»Der wird es schaffen. Er hat großes Glück gehabt, sagen die Ärzte.«

»Gott sei Dank! Wenn wir mit diesem Eindruck beginnen – Schwert im Rücken … das war der Gelbe mit dem Dunkelfuchs.«

»Wie bitte?«

Nun musste selbst Verena lächeln. »Ich habe mich zu Beginn des Überfalls, als wir noch in Deckung waren, auf die Pferde konzentriert. Abgesehen vom ganz in Schwarz gekleideten Ritter, der – welche Überraschung – einen

Rappen ritt, waren da ein heller Fuchs, also ein Pferd in einem schönen, hellen Braunton. Auf dem saß einer der blauen Ritter. Der zweite ritt einen Schimmel, die beiden roten Ritter zwei Schecken, davon einer ein Tigerschecke und der andere eine Art Tobiano … die kennst du aus den Westernfilmen. Große braune Fell-Flecken rechts und links, sonst weiß. Und die beiden gelben Ritter – der eine saß auf einem normalen Fuchs mit einem wunderschön seidigen Braunton, der andere auf einem dunklen Fuchs, den man bei schlechterer Beleuchtung als schwarz bezeichnen hätte können.« Verena atmete tief ein.

»Und ebenjener gelb gekleidete Ritter fügte dem jungen Mann die Rückenverletzung zu. Nächstes Bild – derselbe Ritter will seinen Gegner erschlagen, holt aus, da dürfte ihn einer von Schwejks Schüssen getroffen haben. Wo genau, konnte ich nicht erkennen. Auf jeden Fall riss es ihm seinen Arm nach hinten, dabei öffnete er die Hand und das Schwert fiel irgendwo auf den Boden.«

»Einer der Ritter muss wohl trotz Rüstung blitzschnell aus dem Sattel gesprungen sein und es mitgenommen haben. Jedenfalls hat die Spurensicherung nichts dergleichen gefunden.«

»Gut möglich. Auf jeden Fall habe ich dann auch geschossen und offenbar den schwarzen Ritter getroffen. Er schrie … und ich bilde mir trotz des Lärms ein, dass es ein Schmerzensschrei gewesen war. Er schrie und umfasste mit seiner linken Hand seinen rechten Oberarm, dabei schob er die metallene Schulterklappe, oder wie immer das Ding bei einer Ritterrüstung heißt, etwas in die Höhe. Daraufhin brüllte er ein paar Worte, worauf sich die Horde sofort zurückzog – und zwar in einer beinahe perfekten Formation, das muss ich schon sagen.«

»Aber eben nur beinahe?« Halb bemühte sich redlich, nicht allzu ungeduldig zu klingen.

»Ja, schon. Ach so, entschuldige bitte, Chef, das wolltest du von mir noch einmal hören. Also ... eben nur beinahe, weil ich mir sicher bin, dass genau der Ritter, auf den Schwejk geschossen hat, sich nur mehr mühsam im Sattel hielt, indem er vornübergebeugt beinahe auf dem Hals seines Pferdes lag. Auf jeden Fall konnte er nicht mehr die Zügel halten, das tat ein anderer für ihn, der den Dunkelfuchs des Verletzten sozusagen ins Schlepptau genommen hatte.«

Mit einer Mischung aus Zufriedenheit und Zweifel musterte Halb seine jüngste Kollegin. »Auf die Gefahr hin, dir lästig zu fallen, wieso bist du dir so sicher, dass ...«

»Weil ich, wie gesagt, diese Bilder nie wieder vergessen werde! Und weil ich mich, wie es dir vielleicht aufgefallen ist, für Pferde interessiere und gerade dieses Tier ein besonders schönes und daher relativ leicht in der Gruppe zu erkennen war.«

»Aber auf die Distanz? Die waren im Wegreiten, wurden also immer kleiner, außerdem passierte unmittelbar darauf das Unglück.«

»Eben, Chef! Du sagst es! Unmittelbar darauf! Ich gebe gerne zu, dass ich mich nicht mehr genau daran erinnern kann, was nach dem furchtbaren Schuss auf Schwejk geschehen ist, der in seinem Blut lag. Zumindest nicht an die genaue Reihenfolge. Aber unmittelbar davor, da war meine Aufmerksamkeit auf Maximum geschaltet, da habe ich jeden Tropfen Adrenalin in meine Wahrnehmung, mein Gedächtnis und meine Reaktion gepumpt.«

»Gut, Verena, nun wissen wir, dass die Blutspuren, die wir auf dem Fluchtweg der Bande sichern konnten, mit

großer Wahrscheinlichkeit entweder vom schwarzen Ritter auf schwarzem Pferd oder vom gelben Ritter auf dunkelbraunem Pferd stammen. Deiner Schilderung nach ist es sogar wahrscheinlich, dass der gelbe Ritter die schwerere Schussverletzung davongetragen hat. Das heißt, wo immer ein Patient mit einer solchen Verwundung auftaucht, um sich behandeln zu lassen, werden wir ihm einen Besuch abstatten. Ich werde das übliche Procedere veranlassen, dass die entsprechende Meldepflicht an alle Krankenhäuser, Ärztinnen und Ärzte et cetera hinausgeht. Danke auch für die anderen Informationen. Wir beide wissen am besten, wie nervenaufreibend es ist, nach so einem Schock verhört zu werden – und unser Gespräch eben war nicht sehr viel anders. Und damit … wo muss ich drücken, um die Aufnahme zu beenden?«

»Hier, Chef.« Verena Planner konnte noch so sehr unter Schock stehen, in technischen Belangen – und sei es nur das Drücken der Stopptaste eines Diktiergeräts – war sie Halb immer überlegen.

»Danke. Ich bringe jetzt noch die Aufnahme ins Amt, damit sie über Nacht abgetippt wird und wir morgen alle Details zur Verfügung haben. Und nun klingelst du wie vereinbart nach der Krankenschwester und …«

»Muss das sein?«

»Durchaus! Die wissen, was sie tun. Und wenn sie dich über Nacht zur Beobachtung hierbehalten wollen, genieße eben das Service und lass dich verwöhnen. Zum Beispiel mit einem köstlichen Schlafmittel und morgen mit einem noch schmackhafteren Frühstück.«

»Aber Chef, versprich mir, dass …«

»Selbstverständlich! Sollte ich von Schwejk noch in der Nacht was hören, rufe ich dich sofort an, egal, wie tief du

schlummerst. Gute Nacht – ich lasse dich morgen gegen Mittag von den Kollegen abholen.«

Als Halb das Krankenhaus verließ, wäre er am liebsten sofort mit Delia zum Standesamt gefahren, um sie innerhalb der nächsten Stunde zu heiraten, so groß war sein Bedarf an unmittelbarer Menschlichkeit.

Aber vielleicht wollte er das nur, weil er im Grunde genau wusste, dass das unmöglich war? Allerdings war Halb entschieden zu müde, um das jetzt mit sich auszudiskutieren.

DIENSTAG, 3. JUNI 2014, 8 UHR

»Guten Morgen … oh, ich bitte um Entschuldigung!« Weniger aus Zorn darüber, zur Morgenbesprechung nun einige Minuten zu spät zu kommen, als wegen des Ärgers, sich wieder im Stockwerk geirrt zu haben, ließ Halb die Tür eher unsanft hinter sich ins Schloss fallen.

»Du bist ein störrischer Esel!«, schalt er sich murmelnd. »Gestern richtig, heute falsch. Gewöhn dich endlich dran, wir sind hier seit zwei Wochen im dritten und nicht mehr im … guten Morgen, Ernst!« Die Miene seines Vorgesetzten ließ den Schluss zu, dass auch er sich noch nicht an

ihre neue Büroaufteilung gewöhnt hatte. Allerdings fiel es Hofrat Doktor Ernst Straka sehr viel schwerer, einen Fehler einzugestehen, weshalb er Halb nur mit einem kurzen Bellen antwortete. Im Lauf seiner beeindruckenden Beamtenkarriere war Ernst Straka immer mehr zur Überzeugung gelangt, zu einem vollkommen fehlerfreien Amts- und Würdenträger herangereift zu sein, erst recht, seit er die Leitung des »Büro 3.2. – Allgemeine Kriminalität« übernommen hatte. Daher kam ihm auch jetzt gegenüber einem seiner engsten Vertrauten und seinem Freund seit Studientagen Ludwig Halb kein Lächeln oder gar ein Laut der Selbstkritik auf oder über die Lippen.

»Ludwig, du kommst zu spät!«

»Ja, Ernst, aber es macht mir nichts aus, wenn ich die Tür zur Morgenbesprechung hinter dir schließe. Weißt du, seit wir hier im sechsten Bezirk sitzen, habe ich es mir zur Gewohnheit gemacht, mit offenen Augen die Stockwerke zu durchwandern. Du musst zugeben, die breiten Fensterfronten mit dem Blick auf den Park sind ein optischer Genuss, auf jeden Fall im Vergleich zu unserer alten Adresse.«

»Und ich dachte, du benützt die Treppen und Gänge nur wegen deiner Angst vor engen Kabinenaufzügen mit Doppelstahltüren.« Kein Wort darüber, dass auch er ganz automatisch sein altes Büro im zweiten Stockwerk hatte ansteuern wollen. Aber immerhin hetzte Straka neben Halb die Treppe zu ihren neuen Diensträumen hinauf und erkundigte sich im selben, wenngleich etwas pfeifenden Atemzug nach den beiden Patienten.

»Hast du Neuigkeiten von Haschek und Planner? Vor allem von Schwejk, weil …«

»Keine Angst, Ernst, ihm geht es den Umständen entsprechend gut. Ich habe vor einer Stunde mit dem Kran-

kenhaus telefoniert. Und Verena hat ebenfalls eine ruhige Nacht hinter sich. Aber bevor ich alles doppelt erzähle, lass uns noch kurz Atem holen und – guten Morgen allerseits. Aber hallo, wie ist das möglich? Verena, du solltest noch im Spital sein! Zumindest warst du das noch vor einer Stunde.«

»Stimmt, Chef! Aber du wirst es nicht glauben, die haben dort eine moderne Erfindung namens Taxi unmittelbar vor dem Eingang stehen, und ein solches hat mich in Windeseile hierher gebracht. Guten Morgen, Herr Hofrat.«

»Guten Morgen, Frau Magistra! Lassen Sie mich ausnahmsweise diese Morgenbesprechung mit den Worten beginnen, dass wir alle sehr, sehr froh sind, Sie hier unversehrt wieder zu sehen, obgleich ich Kollege Halb beipflichten muss, dass …«

»Ernst, bitte lass deinen inneren Hofrat kurz vor der Tür stehen, versuch, dich einfach nur zu freuen!« Etwas unbeholfen deutete Halb eine Umarmung Verenas an, bevor er sie vor Straka schob, der ihr förmlich die Hand gab.

»So, genug der Herzlichkeiten, kommen wir zum Groben. Du hast dich aus dem Krankenhaus selbst entlassen, nehme ich an?«

»Jein, Chef! Ich hätte zu Mittag gehen dürfen, also habe ich darum gebeten, mich früher gehen zu lassen. Und von Schwejk kann ich berichten, dass er die Operation und die Nacht gut überstanden hat, er sollte ab morgen besucht werden dürfen.«

»Fein, das deckt sich mit dem, was mir vor etwas mehr als einer Stunde am Telefon ausgerichtet wurde. Gut, ich nehme an, dass wir alle – außer vielleicht dir, Ernst – das gestrige Gespräch zwischen Verena und mir bereits ver-

schriftlicht vor uns liegen haben. Und gelesen haben? Ausgezeichnet! Dann möchte ich mich zu Beginn noch kurz bei dir, Verena, dafür bedanken, dass ich dich gestern noch ausführlich befragen durfte. Weil …«

»Chef, ich selber habe sofort nach meiner Einlieferung nach dem Verhör verlangt! Wir alle wissen ganz genau, wie schnell man vor allem Details vergisst, weshalb wir angehalten sind, möglichst rasch nach so einem Vorfall …«

»Du hast Recht, Verena, aber das wissen nur wir beide … beziehungsweise wir hier am Tisch. Sollte das nach außen dringen, gebe ich dir schriftlich, dass mir die traditionellen ›Hackln‹ ins Kreuz gehauen werden, so rasch kann ich kaum schauen. Ob aus den Medien oder aus den bekannten, üblen Kollegenkreisen. ›Unvorstellbar! Hochrangiger Hofrat misshandelt Mitarbeiterin!‹ – Ich seh bereits die Schlagzeile. Daher meine Bitte an alle«, Halbs Blick streifte kurz über seine Mannschaft, bevor er betont zufällig an Straka hängen blieb, »bei diesbezüglichen Fragen gnadenlos Naivität zu heucheln und im schlimmsten Fall auf Vorgesetzte zu verweisen.«

»Ludwig, ich habe schon verstanden, wer dir die Mauer machen soll! Du musst mich nicht doppelt und dreifach anstarren. Ich werde mich wie üblich im Klischee des vollkommen desinformierten Beamten üben, der aber dafür verschärft entnervt auf entsprechende Fragen reagiert. Zufrieden?«

»Danke, Ernst!« Halb war über Strakas widerstandslose Zustimmung so überrascht, dass er kurz den Faden verlor. »Also die Informationen. Ich weiß, was ich als Erstes fragen wollte. Woher haben diese Ritter die Rüstungen und Waffen? Vielleicht irgendwo aus einer fernen, schlecht bewachten Burg oder einem Schlossmuseum gestohlen?

Müssten wir den Diebstahl in einer Datenbank finden? Oder sind das alles nur Filmrequisiten? Aber dafür sind sie ganz schön tödlich in ihrer Wirkung.«

»Chef, das kann ich dir gleich beantworten.« In einer einzigen eleganten, oft geübten Bewegung zog der Ingeniöhr seinen Laptop zu sich und öffnete ihn. »Wenn ich die Worte ›Kauf Ritterrüstung‹ eingebe, spuckt mir das Internet sofort ... immerhin über zwei Millionen Antworten aus. Selbst wenn nur ein Promille davon irgendwie brauchbar ist, sind das nach Adam Riese ...«

»... 2.000 Adressen.«

»Genau! Und würde ich es noch mit anderen Wort-Kombinationen versuchen, zum Beispiel ›Ritter Rüstung kaufen‹ oder Ähnlichem, kämen sicher noch weitere, durchaus seriöse Händler dazu, bei denen du jegliches Mittelalter-Zeug nach Herzenslust kaufen kannst. Wenn ich die ersten zwei anklicke«, der Ingeniöhr hob das Gerät in die Mitte des Tisches, um allen einen zumindest theoretischen Blick auf den kleinen Bildschirm zu ermöglichen, »sehen wir, wie billig das Zeug ist. Ein Brustpanzer aus Metall zwischen 100 und 200 Euro. Sogar als römischer Legionär kann man sich verkleiden. Und erst die Schwerter, unter 300 Euro! Eigentlich eine Schweinerei, weil man diese Schaukampfwaffen mit etwas Routine problemlos scharf kriegt, und dann – fliehe, wer kann.«

»Und eine Armbrust? Bekomme ich die auch so leicht? Ich meine, im offiziellen Internet, oder muss ich dafür ins Darknet?« Wie auf Kommando wandten sich alle Köpfe Halb zu.

»Chef, woher weißt du, was das Darknet ist?«

»Weißt du, Toni, ich habe da eben meine Quellen!« Halb hoffte, dass sein neutrales Lächeln Wilt und die anderen

darüber hinwegtäuschte, dass er den Begriff für ein simples Kreuzworträtsel gebraucht und daher Delia gefragt hatte, was denn bitte ein »Dunkel-Netz« sei.

»Nein, da benötigt man wahrlich kein Darknet, keinen TOR-Browser. Bitte, Chef, wenn du willst, tippe selber ›Kauf Armbrust‹ ein. Und jetzt auf Enter drücken und …« Demonstrativ schob der Ingeniöhr seinen Computer Halb zu. Eine Maßnahme, die er in seinen Computer-Kursen für Senioren als »Ent-Dämonisierung des Internets« bezeichnet hätte.

»Über 542.000 Ergebnisse in 0,38 Sekunden«, las Halb die oberste Zeile der nun aufploppenden Seite vor. »Ich nehme an, dass man darunter historische Waffen zum Kaufen findet?«

»Sicher. Alles eine Frage des …«

»Wobei ich mich korrigieren muss! Also, falls ich gestern überhaupt von einer historischen Armbrust gesprochen haben sollte.« Verena schüttelte es zwar nach wie vor bei der Erinnerung an diese Waffe, aber trotzdem gewann ihre Professionalität die Oberhand. »Aus heutiger Sicht, sozusagen bei Tageslicht, könnte es eine moderne Armbrust gewesen sein.«

»Okay, also eine neue, moderne und brutal gefährliche Armbrust, die kostet«, offenbar hatte Halb trotz seiner üblichen Ablehnung allen technischen »Schmarrns« diesmal Gefallen an dem Spielzeug vor ihm gefunden, so flott, wie er die Tastatur bediente, »zwischen 70 und knapp 4.000 Euro.«

Vor allem der Einstiegsbetrag ließ alle am Tisch erschauern.

»Ich muss noch etwas ergänzen. Ebenfalls bei Tageslicht, also bei genauerem Nachdenken über die gestrigen

Erlebnisse, meine ich, dass diese ›Ritter‹ gar nicht dermaßen authentisch wie ihre Vorbilder gekleidet waren.« Verena runzelte die Stirn, als ob sie dadurch ihre Erinnerung schärfen könnte. »An Armen und Beinen trugen sie zwar diese typischen Schienen aus Metall, auch Brustpanzer und Helme, aber die hatten keine schmalen Visier-Schlitze, sondern größere offene Bereiche, die einen guten Rundumblick ermöglichten. Und die Handschuhe – ich bin mir nicht mehr sicher, ob die aus altmodischem Metall waren. Es könnten auch moderne graue Kevlar-Handschuhe gewesen sein, wie sie zum Beispiel Forstarbeiter tragen, vielleicht mit einer Metallic-Lackierung versehen, damit sie im Sonnenschein wie Rüstungsteile leuchten. Nein, diese Verbrecher waren keine wandelnden Konservendosen, wie man sie aus Ritter-Filmen kennt, das waren mit einzelnen Mittelalter-Versatzstücken verkleidete Kampfsport-Profis. Groß, breitschultrig, trainiert und reaktionsschnell – und viel zu wendig, um komplett ritterlich verplattet gewesen zu sein.«

Einen Moment lang schien Halb gar nicht zuzuhören, sondern weiter konzentriert vor sich hin zu tippen. »Na bitte! Genau die Begriffe, die du gerade genannt hast, geradezu friedlich auf einer Homepage vereint. Und zwar …«, stolz drehte Halb den Bildschirm im Kreis, damit alle seine neuen Internet-Fähigkeiten sehen konnten.

»Stuntmen?«

»Toni, bereits der erste Überfall hat mich an ein misslungenes Allerlei aus Populärkultur und Mannschaftssport erinnert. Hollywood-Epos und Fußball, nur mit Pferden. Und dank Verenas Ausführungen … Stuntmen.«

»Was uns aber nicht im Geringsten weiterhilft! Oder bin nur ich zu blöd, den Zusammenhang zu erkennen?

Ich meine, selbst wenn die Verantwortlichen für beide Verbrechen Stuntmen gewesen sein sollten, beantwortet das keine der gestern gestellten Fragen. Cui bono? Warum dort? Weshalb diese Opfer? Wozu der Aufwand? Und, die Eingrenzung auf diesen Beruf beantwortet nicht einmal die Frage, warum sie sich just als Ritter – und nicht zum Beispiel als Marsmenschen – verkleidet haben sollten. Oder?« Da Helene Drobatschnig sich noch nie so ausführlich kritisch geäußert hatte, hatte sie in dieser Sekunde die ungeteilte Aufmerksamkeit aller, noch bevor ihre Einwände verstanden worden waren. Schon setzten die »Teamlinge« wild durcheinander zu verschiedenen Erklärungsversuchen an.

»Vielleicht, weil …«

»Es könnte doch sein, dass …«

»Aber …«

»Helli, Sie haben wieder einmal voll den Nagel auf den Kopf getroffen!« Halbs Lächeln zeigte nur Zustimmung, weshalb sich alle Mienen sofort entspannten. »Falls es sich bei den Tätern tatsächlich um Stuntmen gehandelt haben sollte, trägt das zur Klärung keiner einzigen der von ihnen so trefflich zusammengefassten wesentlichen Fragen bei.« Halb holte tief Luft. »Aber! Möglicherweise hätten wir damit einen weiteren Zipfel dieses seltsamen Falls zu fassen bekommen. Dass wir von nun an nicht mehr nur nach einem Pferde- und Requisiten-Versteck, sondern auch nach Vertretern einer Berufsgruppe suchen, die im Übrigen nicht allzu verbreitet sein dürfte. Das könnte uns sehr wohl weiterhelfen. Noch dazu, da wir inzwischen in einem Mordfall plus mehrfache schwere Körperverletzung ermitteln. Also – wo findet man Stuntmen?«

»Abgesehen vom Internet – bei Schauspielagenturen,

Filmproduktions-Firmen, bei konkreten Dreharbeiten, deren Locations man wiederum von Behörden erfährt, die entsprechende Genehmigungen erteilen.« Drobatschnig hatte sich offenbar in Rage geredet, sodass sie wie ein Wasserfall sprudelte. »Und bevor mich wer fragt, als Mutter zweier zukünftiger Stars, die sich nur noch nicht entscheiden können, ob sie lieber Film- oder seriöse Bühnen-Legenden werden wollen, weiß man so was eben.«

»Und LARP.« Mit dieser mysteriösen Äußerung stahl Hofrat Straka selbst der stimm- und wortgewaltigen Helli Drobatschnig die Show.

»LARR? Ernst, haben wir dich richtig verstanden?«

»Nein, Ludwig, kein ›r‹, sondern ein ›p‹ am Schluss. LARP! Live Action Role Playing! Das sind Rollenspiele, bei denen sich Menschen verschiedenen Alters in historische Kostüme zwängen, um zum Beispiel große Schlachten nachzustellen. Manche nennen es ›Reenactment‹ – wie ihr mir sicher glauben werdet, kenne ich die Unterschiede nicht, aber bei solchen Spektakeln, die in jüngster Zeit häufig der touristischen Vermarktung dienen, werden Stuntmen engagiert, um den Hauptrollen mehr Dynamik und Dramatik zu verleihen. Und im Übrigen, Frau Drobatschnig, meine Enkel sind zwar jünger als Ihre Kinder, aber sie sind ähnlich blö… ich wollte sagen, fantasiebegabt wie Ihre.« Angesichts dieser langen und für ihn höchst ungewöhnlichen Erklärung war es kein Wunder, dass Hofrat Doktor Straka sofort wieder in Schweigen verfiel.

»Gut, dann wollen wir doch wissen, ob in Baden bei Wien und Umgebung derzeit LARP oder Filmdrehs oder irgendwelche Theateraktivitäten stattfinden, bei denen Stuntmen im Einsatz sind. Besser noch, wir dehnen unsere Suche auf Wien aus, das schadet nicht. Und damit …«

»… informieren wir euch über unsere gestrigen Aktivitäten. Keine Angst, es geht ganz schnell – leider.« Beinahe synchron hatten Toni Wilt und der Ingeniöhr ihren Chef unterbrochen, bevor letzterer fortfuhr. »In der Autobomben-Drogenszene-Causa werden erst im Laufe der Woche alle Untersuchungsergebnisse vorliegen, weshalb wir vom ›3.2.1-er‹ uns – ich zitiere die Kollegen vom ›Suchtgift‹ – einstweilen noch in Zurückhaltung üben dürfen. Was wir natürlich sehr gerne tun. In der Sache des gesuchten Polen wiederum haben wir alle entsprechenden Stellen informiert, sollte der Name Zbigniew Wojciechowski irgendwo auftauchen, klingeln bei uns die Telefone. Und damit wären wir bei den gestrigen – und heute bereits so prägnant subsumierten – Raubritter-Fragen. Wem nützt's? Weshalb dort, oder anders formuliert – warum eignet sich gerade das Theresiental für die Überfälle so gut? Als Nächstes die Frage nach der Auswahl der Opfer … wobei wir uns inzwischen fragen können – was verbindet die Ehepaare Berthner-Přihoda und Koskovicz mit den 14 asiatischen Herren? Oder vielleicht mit Herrn von Bumbach? Und abschließend die Tausend-Euro-Gewinnfrage – was soll das ganze Ritter-Getue überhaupt? Und unsere Antworten … ganz ehrlich, uns ist nichts Wesentliches eingefallen.« Etwas bedrückt lehnte sich der Ingeniöhr in seinen Sessel zurück.

»Eingefallen ist uns nichts, aber ich hätte noch zwei Ergänzungen von heute in der Früh.« Wilt griff nach dem obersten der Blätter vor sich. »Die Vernehmung der Asiaten hat keine relevanten Erkenntnisse gebracht. Die Herren vertreten die Interessen einiger internationaler Gestüte, weshalb sie Herrn von Bumbach ihre Aufwartung gemacht hätten. Und sie seien genau auf dieser Strecke

spaziert, weil … ich hab's gleich. Genau, hier. Das sei möglicherweise einer der Lieblings-Spazierwege Ludwig van Beethovens während seiner zahlreichen Kuren in Baden gewesen. Unter Umständen sei dieser Weg sogar doppelt heiliger Boden, weil auch Franz Schubert, bei dem wäre es im Jahre 1828 gewesen, genau dort …«

»Danke, Toni, für diese beeindruckende musikhistorische Kurzvorlesung. Summa summarum – nichts, was uns weiterhilft.«

»Leider! Noch etwas – seit gestern wurde uns weder aus Niederösterreich noch aus Wien ein Patient mit einer Schussverletzung gemeldet. Wenn Verena das richtig beobachtet haben sollte, woran ich nicht im Geringsten zweifle, und dieser gelbe Ritter schwer verletzt ist, kann das nur bedeuten: Entweder wurde der Mann bereits außer Landes gebracht. Oder es wurde leider ›vergessen‹, uns pflichtgemäß über seine Behandlung zu informieren. Oder im schlimmsten Fall taucht in den nächsten Tagen eine bis zur Unkenntlichkeit zerstörte Leiche im Umkreis von – ich schätze einmal – 30 Kilometern auf. Brandleiche, Wasserleiche oder Ähnliches.«

»Oder auch nicht. Nach dem Motto: Gelber Ritter, ruhe in Frieden, wo immer deine Kumpane dich entsorgt haben mögen.«

Angesichts von Halbs »Grabesrede« zögerte Verena Planner einen Moment, bevor sie mit erregter Stimme den Gedanken aufgriff. »Zuerst einmal – von mir aus soll er … natürlich in Frieden ruhen! Nur – wir wissen zwar noch nicht, weshalb und mit welchem Ziel dieses Theater aufgeführt wird, aber wir sind uns einig, dass das Profis sind. Und jetzt fällt plötzlich zumindest einer der Hauptdarsteller – und das dürften alle sieben sein – aus! Wer springt

ein? Könnten wir nicht an dem Punkt ansetzen und uns auf die Einreisenden der nächsten 24 Stunden konzentrieren? Es kann heutzutage nicht so schwer sein, alle Schauspieler oder sogar Stuntmen herauszufiltern.«

»Das würde uns aber nichts nützen, wenn sie von nun an nur zu sechst weitermachen würden. Oder sie haben eine Art Ersatzbank mit Wechselspielern? Wie bei einem professionellen Theater, in dem die Hauptrollen ebenfalls doppelt besetzt sind.« Hofrat Straka war vom langen Sitzen zwar etwas steif geworden, seine Aufmerksamkeit hatte aber nicht gelitten.

»Kluger Einwand, Ernst! Trotzdem, Verenas Idee ist einen Versuch wert. Ingeniöhr, bitte wühle dich durch jede Datenbank, die irgendwie Erfolg versprechend wirkt. Gesucht werden alle Arten von akrobatischen Muskelpaketen, die notdürftig schauspielern können und die entweder sich bereits in der Gegend aufhalten oder gerade auf dem Weg dorthin sein könnten. Außerdem, du hast da vorhin etwas erwähnt ... ob sich vielleicht gerade das Theresiental, aus welchem Grund auch immer, für die Überfälle besonders gut eigne? Ob es vielleicht eine noch so abstruse Verbindung zwischen den beiden überfallenen Ehepaaren und den Asiaten oder gar diesem von Bumbach gäbe? Falls du einen Geistesblitz haben solltest, nur zu, lass ihn einschlagen. Und du, Ernst, dich darf ich wie besprochen darum bitten – mach uns die Mauer und sei bitte unser Tarnmantel. Keine Antworten auf neugierige Anfragen und bei Medien erst recht nicht. Nicht, dass eine lokale Hysterie ausbricht und alle älteren Spaziergeherinnen meinen, mitten in der Fußgängerzone von grausamen Rittersleuten überfallen worden zu sein. Abgesehen davon, nach dieser Eskalation – ein Toter, zwei Schwerver-

letzte, darunter ein Kollege – werden wir wohl mehr Personal genehmigt bekommen. Ich möchte dich bitten, dass sowohl dieses GREHTTA als auch das Bumbach-Gestüt observiert werden, und das rund um die Uhr. Danke! Und wir machen uns auf die lustige Suche nach einem weiteren möglichen Pferdeversteck … das heißt, ihr! Mir können diese Viecher gestohlen bleiben. Toni und Verena, ihr wolltet doch schon immer die Badner Trabrennbahn kennenlernen, nicht wahr? Und Helli, bitte rufen's im Spital an, ob Herr von Bumbach bereits nach Hause entlassen wurde. Falls ja, wäre es Zeit für einen Überraschungsbesuch … in seinem Büro, von mir aus auch in der Mitarbeiterküche, nur nicht in den Stallungen.«

DIENSTAG, 3. JUNI 2014, 11.30 UHR

Der Geruch war betörend. Halb schloss die Augen und ließ seine Nase doppelt kreisen. Zum einen bewegte er tatsächlich den Kopf ganz leicht hin und her, zum anderen versuchte er die Düfte einzuordnen. Da er erst letzte Woche Delia Flieder mitgebracht hatte, glaubte er diesen als ersten zu erkennen, aber da war noch eine andere Note, die er in verschiedenen Schattierungen zu erschnuppern meinte.

Orientalisch-schwere Schwaden erdrückten beinahe luftig-leichte Erinnerungen an Zitrusfrüchte. Rosen? Tatsächlich, ums Eck begann ein Rosenspalier, dessen Tunnel von den verschiedensten Blütengrößen und -farben umgeben war. Als Halb weiter in Richtung Eingang ging, hoben seine Gedanken kurz ab, eine sphärenartige Musik in seinen inneren Ohren ließ seine Schritte geradezu schweben. Tausende dieser betörenden Blumen wollte er Delia … nein, nicht wollte – sollte, musste er ihr schenken. Eine Hochzeit unter einem Feuerwerk an Farben und Düften. Und …

»Der Herr wünschen?« Einen Bowler trug er zwar nicht, ansonsten schien der Mann vor ihm einem britischen Roman des 19. Jahrhunderts entsprungen zu sein.

»Halb, Hofrat Halb, Bundeskriminalamt. Herr von Bumbach sollte für mich zu sprechen sein. Und mit wem habe ich die Ehre?« Seine Antwort geriet etwas zu gallig, aber für einen kühl-professionellen Tonfall hatte er sich zu sehr geärgert. Ihn derart abrupt aus synästhetischen Träumen zu reißen, pfui!

»Wuster mein Name, Adalbert Wuster. Ich bin Herrn von Bumbachs Butler. Herr Hofrat, wenn Sie mir bitte folgen wollen. Ich meine, dass der Herr die Zeit erübrigen können wird, Ihnen Rede und Antwort zu stehen.«

»Ganz reizend, danke schön!« Während seiner Jahrzehnte als Kriminalist hatte Halb schon des Öfteren in den Kreisen der »obersten paar Hundert« ermittelt und begreifen müssen, dass es gegen diese Mauer aus manierierten Manieren nur zwei Mittel gab: zum einen die absolut korrekte Anwendung der Gesetze und zum anderen jene von liebenswürdiger Natürlichkeit gnadenlos durchtränkte Wohlerzogenheit, die eine der tödlichsten Waffen Wienerischer Umgangsformen darstellte.

Kaum, dass sie das Rosenspalier hinter sich gelassen hatten, veränderte sich der Duft. Ein Hauch von feuchten Wiesen breitete sich aus, aber da war noch ein komplett anderer Eindruck, der nicht nur die Nase berührte. Eine Mischung aus Gefühlen und Gelassenheit, aus Zurückhaltung und Wohlbefinden. Halb ging mehrere Kategorien nasaler Erinnerungen durch, bevor er endlich begriff: Es roch nach Geld! Wobei es lediglich danach roch, nicht stank. Wenn man den Artikeln aus der Regenbogenpresse, die er auf der Bahnfahrt durchgeblättert hatte, Glauben schenkte, sah er gerade »Pleiten-Puzis« nächstes Millionen-Grab vor sich. Aber das Anwesen, das sich Haus um Haus vor ihm ausbreitete, wirkte weder protzig-peinlich noch sah es nach einer architektonischen Fehlgeburt aus. Offenbar hatte von Bumbach ein altes Schlössl, wie es sie in dieser Gegend zu Dutzenden gab, stilgerecht renovieren lassen, ohne aber die Gebäude in Schönbrunner Gelb gefärbter Zuckerbäcker-Glasur zu ersticken. Wobei ... vorher musste er es wohl gekauft haben, es sei denn, das ganze Areal gehörte einer Bank. Andererseits – welches Geldinstitut wäre so blöd, die nötigen Kredit-Millionen einem »New-brit-Dandy, der in schöner Lässigkeit Konkurse wie Licht die Motten anzog«, zu überweisen? Diese Überschrift hatte sich Halb als eine der gehässigsten gemerkt, aber auch andere hatten »den jungen Spross eines alten Geschlechts, der dieses blitzschnell noch urälter aussehen lassen wird«, Wort für Wort geohrfeigt. Angenommen, das »Bumbach'sche Haus des Pferdes« gehörte tatsächlich fremden Financiers, so gäbe es einen starken Mann im Hintergrund, der alle wichtigen Entscheidungen träfe. Und von Bumbach? Wäre er nur die Marionette im Vordergrund, die hübsch lächelnd für Überschriften und

damit das entsprechende Marketing sorgte, ohne das ein solcher Betrieb heutzutage nicht mehr auskam? Woher das Geld käme, konnte sich Halb denken, aber warum wären die Asiaten gerade jetzt auf Besuch? Zur Kontrolle? Oder, um etwas vorzubereiten, ein Projekt, das gegnerischen »Mitspielern« missfallen und einen brutalen Überfall rechtfertigen würde? Eine Attacke, deren Ursachen zu verraten die Opfer selber sich hüten würden ... und ein Außenstehender hätte angesichts der – durch das Ritter-Theater gezündeten – »Nebelgranaten« ohnehin keine Chance, auch nur einen einzigen Blick auf die Hintergründe zu erhaschen.

»Herr Hofrat, wenn Sie bitte hier Platz nehmen. Ich werde den jungen Herrn von Ihrer Ankunft unterrichten.«

Nein, heimelig konnte man den Raum, in den ihn Butler Wuster geführt hatte, wahrlich nicht nennen – dazu trugen weder die Raumhöhe von rund sieben Metern noch die Größe von geschätzten 140 Quadratmetern bei. Aber seltsamerweise vermittelten diese Dimensionen nicht nur eine abschreckende Arroganz, sondern gönnten den Wartenden zudem ein Gefühl des Willkommen-Seins. Leider hatte Halb nach wie vor keine Ahnung von Wohnpsychologie, einem Gebiet, in das einzulesen er sich etliche Male vorgenommen hatte, seit er unter die Mietshaus-Besitzer gegangen war. Trotzdem glaubte er, die Gründe für dieses Wohlbefinden zu erkennen. Der Raum war in Einheiten gegliedert, die freilich immer noch herrschaftliche Dimensionen hatten, beim Betrachten allerdings zu einem geistigen Flanieren zwischen den einzelnen »Stationen« einluden. Im Moment stand er inmitten einer bequemen Sitzgruppe aus hellem Leder, die – dank des monumentalen offenen Kamins an ihrer Stirnseite – an diverse Liebesfilme

erinnerte, wahlweise in winterlichen Schlössern oder stillgelegten Luxushotels nasskalter Regionen. Das alles wäre äußerst kitschig, würde nicht die schlampige Anordnung mehrerer Pölster einen tatsächlichen Gebrauch der Fauteuils vermuten lassen, sodass diese Ecke des Raumes trotz des erloschenen Feuers Wärme ausstrahlte. Am rechten Ende der Halle war ein ebenfalls riesiger Super-8-Filmprojektor zu sehen, der aber kaum als Museumsstück gedient, sondern als »Zaubertruhe« die Bilder längst vergessenen Weihnachtsschmucks und Kinderlachens erst kürzlich an die riesige Wand geworfen haben dürfte. Gegenüber der Kaminwand erlaubten die bodentiefen, wenngleich nicht deckenhohen Fenster einen Blick über die sattgrünen Wienerwald-Hügel, wobei die Gemälde zwischen und oberhalb der Glasscheiben die Besucher zu taxieren schienen. Halb schloss messerscharf, dass er zahlreichen von-Bumbach-Ahnen in die Augen sah, die – allerdings erst bei näherem Mustern – ihre Zuseher gar nicht einmal so streng maßen. Und nahe der linken Eingangspforte stand …

»Herr Hofrat, verzeihen Sie bitte vielmals, dass ich Sie warten lassen musste, aber jetzt kann ich mich ganz Ihnen und Ihren Fragen widmen. Wollen wir in mein Arbeitszimmer gehen?«

Beinahe wäre Halb »Hauptsache, keine Pferde!« herausgerutscht, aber von Bumbach war forschen Schrittes so weit vorausgeeilt, dass ihm Halbs Verlegenheits-Gemurmel gar nicht auffiel.

DIENSTAG, 3. JUNI 2014, 12 UHR

»Soweit geht's wieder, danke der Nachfrage. Ich bin nicht zimperlich, aber ich glaube, das war das erste echte Trauma meines Lebens. Und hoffentlich das Letzte! Vor allem der Moment, in dem Herr Asahi mit dem Bolzen in der Brust vor mir stand, zuerst starr wie ein Denkmal, dann aber … das viele Blut! Überall dieses helle Rot, das wird mich noch lange verfolgen. Danach bin ich nur mehr am Boden gekauert, unmittelbar neben der Leiche. Glaube ich zumindest – ich kann mich nämlich ab Herrn Asahis Tod an nichts mehr erinnern. Anterograde Amnesie haben die das im Krankenhaus genannt – lustig, jetzt fällt's mir erst auf, diesen Begriff für Gedächtnisverlust, den habe ich mir gemerkt. Und die verschiedenen akustischen Erinnerungen – das Gebrüll der Mörder, die Schreie meiner Gäste, das Donnern der Hufe, wie sie sich entfernen, die Sirenen der Einsatzfahrzeuge, die tröstenden Stimmen bis hin zur Geräuschkulisse im Krankenhaus – die alle sind zu einem Einheitsbrei mitten in meinem Ohr, nein, tiefer, im Kopf verschmolzen. Noch kann ich sie nur anhand der Schilderungen auseinanderhalten. Wenn ich nicht den genauen Ablauf erzählt bekommen hätte, trüge ich nur mehr einen infernalischen Lärm in mir. Ohne Übertreibung, eine Höllenmelodie. Posttraumatische Belastungsstörung haben die im Krankenhaus das wiederum genannt. Aber entschuldigen Sie vielmals, Herr Hofrat, Sie sind sicher nicht gekommen, um sich meine aktuelle Krankengeschichte anzuhören. Wie kann ich Ihnen behilflich sein?«

Halb zögerte. Wozu dieser Diagnosen-Wortschwall? Aufgrund eines tatsächlichen Leidensdrucks oder aus Berechnung, das Gespräch sofort wieder abbrechen zu können?

»Es tut mir sehr leid, das zu hören. Ich bin mir aber sicher, dass Sie die besten Fachleute konsultieren können – und wohl werden. Leider bedeutet das für mich, dass Sie als Zeuge des Überfalls absolut untauglich sind …«

»Na ja, ganz so streng würde ich das auch wieder nicht formulieren. Immerhin kann ich mich noch durchaus an die Ereignisse bis eben zu diesem grässlichen Moment, als Herr Asahi …«

»Fein!« Halbs neutrale Miene ließ nicht die Spur seines Triumphs durchscheinen, von Bumbach war ihm voll auf den Leim gegangen. »Ich darf Ihre Worte dahingehend interpretieren, dass ich Sie trotz Ihrer akuten psychischen Belastung zu einigen Ereignissen vor der und zur Tragödie näher befragen darf?«

»Ja, dann … dürfen Sie das wohl.«

»Wofür ich mich vielmals bedanke! Wissen Sie, gerade diejenigen, die davon überzeugt sind, den Behörden am besten helfen zu können, weil sie alles ganz genau beobachtet hätten … das sind die, auf deren Zeugenaussagen wir uns am wenigsten verlassen können. Meist übertreiben sie endlos, ohne sich darüber im Klaren zu sein, weil sie so stolz sind, im Mittelpunkt zu stehen. Da ist mir ein reflektierter, sich seiner Leiden und Einbußen bewusster Beteiligter wie Sie viel lieber.« – »Im Moment nur Zuckerbrot, keine weitere Peitsche«, schoss es Halb durch den Kopf. Von Bumbach war nicht dumm, weshalb ihn ein weiterer Fallstrick sicher ähnlich mitteilsam wie eine verschlossene Auster hätte werden lassen.

»Was uns vor allem beschäftigt, ist die Frage – warum Sie und Ihre Gäste? Wie Sie vielleicht bereits gehört haben, waren die Opfer des vorherigen Überfalls zwei ältere Ehepaare, die so gar nicht …«

»Es hat bereits einen Überfall gegeben?« Entweder war von Bumbach ein exzellenter Schauspieler oder er hatte wirklich nichts davon gehört beziehungsweise es wieder vergessen.

»Vorgestern Nachmittag. Wie gesagt, auf zwei ältere Ehepaare. Allerdings gab es keine Verletzten, wenngleich einer der Herren einen Herzinfarkt erlitten hat. Und nun diese Eskalation, ein Toter und ein Schwerverletzter! Von meinem Kollegen ganz zu schweigen, der hat nämlich einen Armbrust-Bolzen mitten in den … egal, er wurde schwer verletzt. Er wird noch einige Zeit im Krankenhaus liegen … na ja, vielleicht nicht gerade liegen, aber sich aufhalten müssen. Egal! Haben Sie eine Ahnung, was der Überfall überhaupt sollte? Und warum gerade Sie und Ihre Gäste überfallen wurden?«

»Es tut mir leid, nein! Ich habe nicht die geringste Idee. Und ich glaube nicht, dass ich es jemals verstehen können werde. Ich meine, mit Logik nachvollziehen, was genau und warum das geschehen ist. Für einen Raubüberfall war diese Inszenierung etwas übertrieben, finden Sie nicht? Und eine andere Erklärung fällt mit partout nicht ein! Das Ganze ist ein einziger böser Traum, unstrukturiert, aber voller bedrohlicher Farben und Geräusche. Ein vertontes modernes Schüttbild, Rot dominiert, aber auch andere …«

»Herr von Bumbach, ich nehme an, die asiatischen Herren sind aus geschäftlichen Gründen Ihre Gäste?«

»Natürlich. Aber Genaueres darf ich Ihnen noch nicht

berichten. Ich bin vertraglich an eine Schweigepflicht gebunden, ich bitte um Ihr Verständnis.«

Am liebsten hätte Halb »Bei Mord gibt's keine Geheimnisse!« gebrüllt, stattdessen aber setzte er sein nachsichtiges »Opa-Lächeln« auf und meinte im dazu passenden Märchenonkel-Tonfall: »Das klingt nach großem Erfolg! Gratuliere! Damit können Sie endlich einmal der ganzen elenden Medien-Bagage beweisen ...«

»Medien... wie bitte?«

»Es dem Gesindel von der Sensationspresse einmal richtig zeigen! Sie wurden und werden wahrlich unsanft durch den Kakao gezogen. Wenn ich nur an Überschriften wie ›Pleiten-Puzis Peinlichkeit‹ oder ›Pannen-Puzi Banken-Schreck‹ denke ...«

»Danke, ich kenne das elende Geschmiere dieser peinlichen Kreaturen zur Genüge!« Zu kurz hatte die Fassade aus frischem Trauma und uraltem Geschlecht einen Riss bekommen, um einen Blick dahinter werfen zu können.

»Elend, peinlich, natürlich. Aber es stellt sich die Frage – warum sollte asiatisches Kapital gerade an einen mehrfachen Pleitier wie Sie fließen? Und bevor Sie mir wieder ins Gesicht springen, diese Frage hat sehr wohl mit dem Mord und den schweren Körperverletzungen zu tun. Daher – tun Sie uns beiden den Gefallen und beantworten Sie sie lieber hier.«

»... statt in Ihrem Kommissariat?«

»Im Bundeskriminalamt, ja.« Dass er trotz aller Drohgebärden wahrscheinlich nur eine Lüge zu hören bekäme, war Halb klar. Trotzdem war er neugierig, ob ihn von Bumbach mit einer billigen oder halbwegs glaubhaften Ausrede abspeisen wollen würde.

»Wegen meiner Tante.« Von Bumbachs theatralischer

Seufzer klang in Halbs geschulten Ohren eher nach »billig«.

»Tante?«

»Tante Hilde, Hildegundis von Bumbach. Die unverheiratete Schwester meines Vaters. Weshalb sie zum schwarzen Schaf der Familie ernannt wurde – von Bumbachs haben nämlich verheiratet und entsetzlich fruchtbar zu sein, ganz besonders die weiblichen Äste unseres Stammbaums. Das hat aber Tante Hilde nie interessiert, sie war viel lieber das schwarze sowie das scharfe Schaf der Familie, so viele Liebhaber, wie sie gehabt haben soll. Auf jeden Fall hat sie ein großes Herz für alle diejenigen von Bumbachs, für die selbst der schiefste Blick noch zu gut ist. Und da ich das Glück habe, in meiner Generation der totale ›Gott-sei-bei-Uns‹ zu sein, hat mich Tante Hilde immer großzügigst aus den Klauen der Konkurs-Häscher befreit.«

»Verzeihen Sie meine Neugierde, aber mit welchem Geld? Einem schwarzen Schaf wirft man üblicherweise nicht den Familienschatz hinterher, oder?«

»Durchaus nicht, Herr Hofrat! Aber meine liebe Tante ... wie gesagt, in jüngeren Jahren war sie offenbar eine absolute Bettkanten-Akrobatin. Und dadurch hat sie sich ein imposantes Erbe zusammen... sagen wir geerbt, mit dem sie mir dankenswerterweise seit längerem immer wieder unter meine etwas schlaffen Finanz-Arme greift. Zumindest wird bei Familientreffen dergleichen über ihre Methoden, Vermögen zu lukrieren, geflüstert; freilich erst nach dem fünften Glas Whisky. Oder Gin. Oder Tokajer. Was eben gerade verfügbar ist.« Auch dank von Bumbachs dahingeworfener Wortwahl klang diese Geschichte dermaßen erfunden, dass sie Halb wiederum durchaus für glaubhaft hielt. Allerdings ...

»Danke für diesen vergnüglichen Blick in die verschlossenen Seiten Ihres Familienalbums, aber er erklärt noch nicht, warum Sie trotz Ihrer bisherigen – wie Sie selber sagen – ›schlaffen Finanz-Arme‹ plötzlich Fremdkapital in Ihre Hemdtaschen gesteckt bekommen haben sollten. Noch dazu in Mengen ... wenn ich mich hier umsehe, wirkt das alles nicht gerade, als käme es vom Baumarkt ums Eck. Oder wollen Sie andeuten, dass Ihre Geldgeber von der regelmäßig großzügigen Hilfe Ihrer Tante wüssten und Ihnen daher extra hohe Beträge zuschöben? Nur um im Falle eines – sehr wahrscheinlichen – Konkurses das frische Hildegundis-Rettungsgeld, natürlich mit fetten Zinsen, kassieren und damit verschwinden zu können? Sollten Sie einen solchen monetären Kreislauf skizzieren wollen, könnten meine Kollegen von der Wirtschaftskriminalität glatt auf die Idee kommen, sie hätten es mit einer gefinkelten Konstruktion zur Geldwäsche zu tun. Egal, ob der Schmutz auf den ursprünglichen Banknoten von Steuerhinterziehung oder organisierter Kriminalität stammt. Noch einmal, Herr von Bumbach – wieso bekommen gerade Sie das viele fremde Geld? Und ... bitte, halten Sie mich nicht wieder für blöd, versuchen Sie es ausnahmsweise mit der Wahrheit.«

DIENSTAG, 3. JUNI 2014, 14 UHR

»Und, Chef, was hat er gesagt?« – Dass Verena Planner und Toni Wilt dermaßen neugierig sein könnten, hätte sich Halb nie denken lassen. Aber tatsächlich saßen sie vor ihm im Sonnenschein des Badner Kurparks mit einem Glitzern in den Augen, das er sonst nur von Kindern unmittelbar vor der Weihnachtsbescherung kannte.

»Was soll ich euch lang berichten, ihr werdet's ohnehin im Protokoll lesen.«

»Chef, bitte, das ist aber jetzt ausnahmsweise eine Gemeinheit von dir. Zuerst heizt du uns mit einer wunderbar blumigen Erzählung an und jetzt lässt du uns blöd sterben. Das geht nicht! Also, was hat von Bumbach geantwortet?«

»Na gut, erzähl ich's euch halt.« Seine kindische Freude an ihrer Ungeduld verbarg er hinter einem Brummen. »Von der Mitte des 13. Jahrhunderts an hat das ›liber omnium scientiarum equum‹, das ›Buch allen Pferdewissens‹, als das größte und bedeutendste Lehrwerk über Pferde – deren Herkunft, Haltung, Ernährung, medizinische Behandlung, Training, Einsatzgebiete und weiß Gott was sonst noch – gegolten. Wobei, wir dürfen uns das nicht als modernes Buch vorstellen. Es war ein Sammelwerk, dem im Lauf der Zeit immer wieder Blätter, manchmal ganze Kapitel hinzugefügt wurden. Bis es verschollen war – wann und wo genau, darüber streiten sich die Gelehrten. Und an dem Punkt kommt die Familie derer von Bumbach ins Spiel. Einige ihrer Ur-Ur-… und so weiter, denkt euch jetzt noch ein paar ›Ur-s‹ vor das Wort ›Vorfahren‹ – waren Mitglie-

der des Deutschen Ordens, der ab dem Spätmittelalter bis in die Neuzeit als Hüter dieser ›Pferde-Bibel‹ galt. Und jetzt dürft ihr dreimal raten, wo dieses epochale Werk, für das mancher Pferdenarr in aller Welt sein Leben geben würde, überlebt hat. Und von Bumbach, also unser Puzi von Bumbach, hatte die Idee zum ›Haus des Pferdes‹, in dessen Mittelpunkt natürlich das ›liber omnium scientiarum equum‹ stehen wird. Die Museumstour beginnt im ersten Stock mit Räumen voller Pferde-Geschichten und -Geschichte, bevor man direkt in den Keller geht, wo einen die Sensation erwartet – in einem begehbaren Tresorraum mit einer Hochsicherheitsvitrine, die beide alle denkbaren Sicherheitsnormen erfüllen. Beispielsweise schließt sich der Tresorraum automatisch, wenn ihn mehr als drei Personen gleichzeitig betreten wollen … wie auch beim Versuch, das Vitrinenglas anzuheben. Außerdem fährt in so einem Fall automatisch die Stromversorgung herunter, die rund 50 Zentimeter dicke Stahltür bleibt geschlossen, bis sie von außen mit mehreren Codes wieder geöffnet wird, die von verschiedenen Organisationen geliefert werden müssen – ein Raub wird damit unmöglich. Freilich nur bei eingeschaltetem Sicherheitssystem, aber von Bumbach wird hoffentlich nie so blöd sein, es abzuschalten. Ebenerdig wird's einen großen Shop, die Kassen und einen Vortragsraum geben, in dem hippologische Seminare stattfinden werden. Diese Räumlichkeiten existieren bereits, wenngleich dieser Trakt noch länger nicht eröffnet werden wird. Später sollen am Gelände ein Amphitheater mit Vorführungen von Reiterakrobaten aller Nationen, ein Hotel und ein Restaurant entstehen. Und noch später soll es möglich sein, eigene Pferde in den – einstweilen tatsächlich noch völlig leeren – Stallungen unter-

zustellen. Und für die weitere Zukunft sind sogar eine Pferdeklinik und ein ›Seniorenstift‹ geplant, wo kranke und alte Tiere gesund gepflegt beziehungsweise glücklich ihrem Pferde-Paradies entgegen traben können. Zum Schluss hat mir von Bumbach eine Privatführung angeboten. Was soll ich sagen, für mich sieht diese kulturhistorische Sensation eher nach einem Konvolut alter und sehr alter Pergamente und sonstiger Materialien aus. Mir sagt das nichts, mich strahlt's nicht an, aber ich bin bekanntlich ein absoluter Pferde-Ignorant.« Bei seinen letzten Worten lächelte Halb Verena Planner an, die mit einem angedeuteten Schluchzen antwortete.

»Und jetzt dürft ihr zwei noch einmal dreimal raten, mit wessen Geld das Ganze gebaut wurde! Interessanterweise ganz ohne österreichische Subventionen, weil – und jetzt zitiere ich Herrn von Bumbach wörtlich – er sei ›nicht bereit gewesen, irgendwelchen ahnungslosen Beamten, auf gar keinen Fall Spitzenpolitikern in den‹ … den Rest kann ich euren wohlerzogenen Ohren nicht zumuten. Nein, im ›Haus des Pferdes‹ steckt nur fremdes Geld. Viel fremdes Geld, das Herrn von Bumbach trotz seiner Vergangenheit als Pleitier hingeschoben wurde. Viel Geld, das allerdings noch mehr Geld bringen soll, wenn es demnächst in Betrieb geht. Noch mehr Geld … wem wohl? Erraten, unseren asiatischen Freunden. Allerdings nur, wenn denen allen nicht das GREHTTA einen Strich durch die Rechnung macht, da die Museumsbesucher zwar alle das ›liber omnium scientiarum equum‹ sehen wollen, aber eben im Golf- und Reiter-Hotel im Theresiental wohnen und damit ihr Geld dort lassen werden. Mit den Eintrittsgeldern für das Museum allein könnte von Bumbach natürlich nicht seine Investoren zufriedenstellen. Entsprechend

deutlich hat er sich über seinen ›touristischen Mitbewerber und Ideen-Dieb‹, wie er unser aller Freund Braun genannt hat, geäußert. Wobei er dabei viel vornehmer als der blaue Scharl bei seinem Geschimpfe über ihn war.«

»Das heißt, dass von Bumbach als Nachfahre von Deutsch-Ordens-Mitgliedern Begriffe wie ›Rittertum‹ und dem ganzen Drumherum geradezu mit der Muttermilch eingesogen haben muss. Vielleicht kennt er sich deshalb in ›Reenactment‹-Kreisen aus? Diese Fans, die …«

»Ja, danke, Toni! Du wirst es nicht glauben, aber ich habe mir sogar ›LARP – Live Action Role Playing‹ gemerkt. Aber warum? Warum sollte von Bumbach seine Geschäftspartner zum jetzigen Zeitpunkt, noch vor der Eröffnung, überfallen lassen?«

»Vielleicht denken wir in die falsche Richtung? Was wäre, wenn von Bumbach im Zuge der Investorengespräche von etwas Wertvollem erfahren hätte. Etwas, das seine Gäste mit sich trügen. Er hätte die Stuntmen engagieren und Rösser und Reiter auf seinem Areal verstecken können.« Immer, wenn Planner sich ihrer Gedanken nicht sicher war, zupfte sie an ihrem linken Ohrläppchen … das gerade zu bluten begann.

»Du meinst, die wären mit haufenweise Platin-Barren in ihren Sakkotaschen spazieren gegangen? Oder wenigstens hätte einer von ihnen einen Millionen-Diamanten am Finger gehabt? Und den wollte von Bumbach schlicht und einfach ›abstauben‹? Und damit der Verdacht nicht sofort auf ihn fällt, hat er sich diese völlig überdrehte Idee mit den Ritter-Überfällen ausgedacht? Aber warum der erste Überfall auf die beiden Ehepaare? Verena, wenn ich deiner Argumentation folge, müssten demnach entweder Berthner-Přihodas oder Koskovicz' irgendeinen Reich-

tum mit sich getragen haben, den zu rauben sich gelohnt hätte. Bitte, was hätte das sein können? Nein, selbst wenn du Recht haben solltest, dass der zweite Raubüberfall von Bumbach selber inszeniert worden wäre … es tut mir leid, aber der erste passt einfach nicht dazu.«

»Aber beim zweiten würde meine Theorie passen! Und für den ersten, da fiele uns bestimmt ein vernünftiger Grund ein.« Beinahe trotzig versuchte Planner ihr schönes Gedankenkonstrukt zu retten, obwohl sie selber nicht mehr daran glaubte.

Ächzend erhob sich Halb. »Vielleicht, wenn wir ein paar Schritte tun. Etwas Hirn-Lüften hat noch niemand geschadet, und in einer für einen Großstädter so unerwartet guten Luft erst recht nicht. Wo habt ihr geparkt? Ich würde mir nämlich gerne dieses GREHTTA ansehen. Auch wenn Schwejk und du gemeint habt, dass dort garantiert keine Ritter- und Pferdeverstecke zu finden wären, es würde mich trotzdem interessieren.«

Verena grinste anzüglich. »Vielleicht, weil ich dir von den zahlreichen hübschen jungen Damen in enger Reitkleidung erzählt habe? Chef, ich möchte nicht allzu respektlos klingen, aber ich fürchte, bei denen müsstest du dich hinter Schwejk anstellen, so wie sich der als ›Reserve-James-Bond‹ hat bewundern lassen.«

»Verena!« Scherzhaft drohte ihr Halb mit dem Zeigefinger. »Erstens bist du … natürlich niemals respektlos, weil du dazu viel zu höflich bist. Zweitens wird Schwejk in der nächsten Zeit – so leid mir das für ihn tut – kaum als Frauenheld zur Verfügung stehen. Und drittens wollen Delia und ich demnächst …« – »Du Depp! Halt den Mund!«, fuhr es ihm gerade noch rechtzeitig durch den Kopf. Hatte er seine Hochzeit bisher vor seinen »Team-

lingen« geheim halten können, würde er sich nicht wegen so eines läppischen Versprechers verraten.

»Delia und du, Chef? Ihr …«

»Sag einmal, Toni, wo bleibst du denn?« Erleichtert hatte Halb aus den Augenwinkeln heraus gesehen, dass Wilt nach wie vor auf der Bank saß und konzentriert Löcher in die wohlriechende Badner Luft starrte. Erst jetzt schien er Halb und Planner zu bemerken, denen wiederum sein Zurückbleiben während ihres scherzhaften Wortwechsels nicht aufgefallen war.

»Lasst euch in eurer guten Laune nicht stören, schon gar nicht durch einen nachdenklichen Menschen wie mich.«

»Nachdenklich, so im Allgemeinen? Oder eher ›nach denk ich‹? Woran?« Halb kannte Toni Wilt bereits Jahrzehnte, zu gut, um ihm nicht sofort anzusehen, wenn ihm etwas Wesentliches auf- und eingefallen war.

»Wenn wir noch kurz bei Verenas Hypothese bleiben, dass der brutale Überfall von Bumbach selbst ausgedacht und organisiert war, stellt sich die Frage, welche Funktion der erste, sozusagen ›kleine‹ Überfall gehabt haben sollte … stimmt's?« Wilt war nach wie vor derart in Gedanken versunken, dass er trotz zusprechendem Nicken zögerte, bevor er weitersprach.

»Was wäre, wenn der erste eine Probe gewesen wäre? Nehmen wir an, selbst sieben Profis mussten eine solche akkordierte Aktion erst üben. Gehen wir davon aus, dass sie das getan haben … zumindest einige Tage lang. Und zuletzt brauchten sie einen Test, ob die Kostüme passen, die Pferde so reagieren, wie sie sollten. Ob alle Abläufe, Bewegungen und Kommandos sitzen. All das eben. Und, soweit ich das vom Theater weiß, spielt man eine Generalprobe üblicherweise auf derselben Bühne, auf der spä-

ter die Premiere stattfindet, aber natürlich vor einem weit weniger kritischen Publikum. Einem Publikum, das den Akteuren erlaubt, ihrem Spiel den letzten Schliff zu verpassen. Und wer wäre besser als ein solches Publikum geeignet als zwei ältere Ehepaare, von denen man annehmen konnte, dass sie keine Schwierigkeiten bereiten. Dass gerade diese vier netten Herrschaften zum Handkuss kamen, war reiner Zufall. Wären es nicht Berthner-Přihodas und Familie Koskovicz gewesen, hätte es halt Müller-Meiers und Huber-Fischers getroffen. Zwar gab es diesen kleinen Herzinfarkt, aber insgesamt konnte die Generalprobe als höchst gelungen verbucht werden. Vielleicht zu gelungen – vielleicht wurden die sieben übermütig, vielleicht probten sie nicht mehr bis zuletzt? Wie auch immer – ironischerweise bewahrheitete sich diesmal das geflügelte Wort von der verpatzten Generalprobe und der gelungenen Premiere genau umgekehrt. Nach der erfolgreichen Generalprobe lief bei der Premiere vor großem Publikum alles schief, was nur schiefgehen konnte … unter Umständen sogar im doppelten Sinn. Erstens, weil einer der Ritter leicht und einer schwer verletzt wurde, wenn nicht gar getötet. Und zweitens, weil das Ganze wie beim ersten Mal als ›ex und hopp‹ geplant war. Als blitzschnelle Aktion, bedrohlich und effektiv, eine Trias aus Attacke, Raub und Flucht. Eine Verzögerung war nicht vorgesehen, Mord erst recht nicht, nicht einmal ein Schwerthieb. So gesehen könnte Verena mit ihrer Theorie Recht haben. Und wir würden zwar nicht die ausführenden Verbrecher, aber den Kopf dahinter kennen. Nur, wie wollen wir das von Bumbach nachweisen?« Wilt war dermaßen in seine Gedanken versunken, dass er sich erst wieder sortieren musste.

»Toni, so beeindruckend deine Zusammenfassung ist, es

hilft nichts, zuerst müssen wir ihre Verstecke finden und die Verbrecher fassen! Nur über sie kommen wir an den Auftraggeber heran. Aber jetzt ganz was anderes – mit leerem Magen ermittle ich höchst ungern. Findet ihr nicht auch, dass die Konditorei da vorn sehr verlockend aussieht?«

DIENSTAG, 3. JUNI 2014, 14.45 UHR

»Nur Göschte, sonst … entschuldigt.« Genüsslich schluckte Halb den letzten Bissen seines Germknödels hinunter und schleckte den Rest des Powidl-Mohn-Gemischs von der Gabel ab. »Nur Geschichte, aber keine Möglichkeit, fremde Pferde einzuschleusen, quasi offen zu verstecken?«

»Keine! Aber dafür hat man dort sehr viel Geschichte am Buckel. Seit seiner Gründung 1892 hat der Trabrenn-Verein Baden Gott und die Welt begrüßen dürfen, dementsprechend würdig und sicher funktioniert der Betrieb heute noch. Würdig, aber durchaus liebenswürdig. Kaum, dass wir gesagt haben, wer wir sind und was wir wissen wollen, haben die uns sofort zu einer Führung eingeladen. Die war zwar etwas improvisiert, aber irgendwie professionell. Und beeindruckend, natürlich auch dort Video-

und Alarmanlagen – toll. Zu mir, bitte.« Mit glänzenden Augen nahm Wilt den »Coupe de fruits« entgegen und begann sogleich die oberste Eiskugel wegzulöffeln.

»Ganz abgesehen von der effektivsten Sicherung – der sozialen Überwachung. Dort wuselt Personal herum, gerade jetzt im Frühling. Schließlich laufen die Vorbereitungen für die großen Rennen im Sommer, außerdem gibt's verschiedene Veranstaltungen und Shows … da wird sich von Bumbach sehr anstrengen müssen, um nicht gegen die abzustinken. Ja, danke, köstlich.« Planner hatte von ihrem Torten-Teller selbst den letzten Schokoladen-Rest abgekratzt, sodass er wie frisch aus dem Geschirrspüler wirkte.

»Falls doch, wird das eben seine nächste Pleite sein. Darin hat der Mann leider eine gewisse Erfahrung, wenn man den Zeitungen Glauben schenken darf. Herr Ober, alles zusammen, zahlen bitte.«

DIENSTAG, 3. JUNI 2014, 15.15 UHR

Die Fahrt ins GREHTTA war von einer Schweigsamkeit geprägt, die ihren Ursprung weder in Groll noch Verzweiflung, sondern im zufriedenen Glücksgefühl hatte, das aus dem Abbau von Zucker-Kalorien resultierte. Als die drei

auf den Hotelparkplatz fuhren, begann Halbs Hirn aber schlagartig wieder zu arbeiten.

»Sag einmal, Verena, du hast mir doch berichtet, dass hier einstweilen nur ein Probebetrieb läuft, oder?«

»Ja, Chef, dank Schwejks aufopferungsvoller Ermittlungstaktik haben wir von einigen jungen Damen erfahren, dass sie hier einstweilen zwar ihre Pferde einstellen können, aber das Hotel mit seinem ganzen Nobel-Schmarrn – Restaurant, Beauty Farm, Wellnessbereich, den Golfplatz nicht zu vergessen – erst Ende dieser Woche mit einem großen Empfang inklusive Feuerwerk und Schnickschnack eröffnet wird.«

»Und wieso ist der Parkplatz völlig leer? Heute ist Dienstag, da müssten schrecklich viele Autos von Handwerkern, Pyrotechnikern, Beleuchtungsfachleuten, Blumenschmuckdesignern, Buffetverantwortlichen, Sommeliers und von weiß Gott noch wem herumstehen.«

»Vielleicht deshalb, Chef.« Wilt deutete auf einen Pfahl mit einer Reihe von kleinen bunten Holzpfeilen, die in verschiedene Himmelsrichtungen deuteten.

Mühsam verrenkte sich Halb den Hals. »Wie schön zu wissen, dass San Francisco von hier aus genau 9.636 Kilometer entfernt ist. Oder meinst du, ich sollte lieber zuerst in den ›Anti-Cellulite-Pavillon‹, später zur ›Face-Youth-Zone‹ oder zum ›mentalen Body-Styling‹ gehen, um … ah so, das meinst du. Warum sagst du nicht gleich, dass hier links irgendwo die Lieferanten-Zufahrt ist?« Als Halb seine Halswirbel wieder in eine normale Position brachte, knackste es verdächtig, aber weder Toni noch Verena wagten einen Kommentar.

Hatte man erst den Farbcode begriffen, war es ein Leichtes, die Tunneleinfahrt zu finden, die in die unergründ-

lichen Tiefen des Hotelgiganten zu führen schien – das große quadratische Schild mit der Aufschrift »Lieferanten« leuchtete tatsächlich im selben Quietschblau wie der kleine Holzpfeil.

Zwar war die Betonrampe hell erleuchtet, aber trotz ihrer Breite von circa vier Metern wurde sie subjektiv immer enger, auch, weil sie sich wie eine Wendeltreppe nach unten wand und daher keinen Blick auf ein Ende bot. Bereits nach zwei Umdrehungen verfluchte sich Halb innerlich. Warum nur war er, der jeden Aufzug ohne Glasscheiben wie die Pest hasste und selbst als leidenschaftlicher Benützer öffentlicher Verkehrsmittel die U-Bahn mied, einfach den gelben Pfeilen in die Katakomben des GREHTTA gefolgt? Vermutlich hatte er einen Moment lang gar nichts gedacht, war einfach losgegangen. Oder hatte er seinen beiden »Teamlingen« wortwörtlich mit gutem Beispiel vorangehen ... oder am Ende sogar sich selber beweisen wollen, dass ein wackerer Ermittler-Geist wie seiner keine Angst kannte und deshalb ...

Zurück! Er wollte nur mehr raus hier! Aus den schweißgebadeten Augenwinkeln heraus sah er, dass sowohl Toni wie Verena rechts und links hinter ihm Mühe hatten, mit seinem Schritttempo mitzuhalten. Ob sie am Ende sogar dachten, wie fit er für sein Alter wäre? Beinahe hätte Halb hysterisch gelacht, aber die Angst vor dem Hall hielt ihn zurück. Diesen Lärm hätte er jetzt nicht ...

Lärm? Es waren eindeutig Stimmen, die er hörte. Drei Stimmen, um genau zu sein, und sie waren keine Halluzination. Noch einmal beschleunigte er das Tempo. Jawohl, drei Stimmen, alle drei männlich. Drei herrlich nahe Stimmen, die ... Halb stutzte. Die helle, die kannte er. Aber woher? Das Grübeln tat ihm gut, lenkte ihn ab. Diese

Sprachmelodie, niemals authentisch, ein Sinnbild ihres verlogenen Trägers, Klang gewordene Selbstzufriedenheit, übertünchte Brutalität bei vorgetäuschter Empathie, die reine akustische Hochstapelei; dieser Singsang aus gezogenen Vokalen und manchmal fast asthmatisch ausgestoßenen Konsonanten – den hatte er zuletzt vor langer, langer Zeit gehört. Damals hatte er ihn nur allzu oft anhören müssen. Elende Nächte und quälende Vernehmungen lang. Aber diese Stimme konnte es nicht sein!

Als Halb eher zufällig Toni einen Seitenblick zuwarf, trafen sich ihre Blicke in stiller Übereinkunft. Dann war er es doch?

»Der blaue Scharl! Wunder über Wunder – und zwar eines derer, die verboten gehören. Karl Franz Maria Odin … und die restlichen Vornamen habe ich vergessen. Karl Braun, genannt ›der blaue Scharl‹, wie er leibt und lebt. Bezeichnenderweise hier, an einem Ort tief unter der Erde. Ohne Zeugen, ohne Tageslicht«, rief Halb mit nur mühsam unterdrückter Wut aus.

Bevor sich der Herr im Tweedanzug umdrehte, verabschiedete er mit bellenden Worten die beiden Männer in blauen Arbeitsmänteln, die mit ihren Blumentöpfen in der Hand umgehend die Flucht ergriffen.

»Nein so was, der Herr Inspektor Halb … wobei, Pardon, Sie sind ja neuerdings Hofrat, hab ich gehört! Die Überraschung ist ganz auf meiner Seite!« Braun hatte nur einen Bruchteil einer Sekunde gebraucht, um sein stereotypes Lächeln aufzusetzen. »Und noch der Herr Wilt! Und damit nicht genug – welch reizender Anblick! Meine Herren, Sie sind mir nicht böse, dass ich nur die junge Dame als reizenden Anblick tituliere und nicht Sie. Haben Sie sie als Verstärkung mitgebracht? Na, egal, es ist mir auf jeden

Fall ein wahres Volksfest, welchem Umstand verdanke ich diesen alles überstrahlenden Glanz in meiner Hütte?«

»Mord, Herr Braun! Und schwerer Körperverletzung und mehrfachem Raub. Aber das wird Ihnen nur allzu vertraut sein. Und nein, bevor Sie mit der Visitkarte Ihres Spitzenanwalts vor unserer Nase herumwedeln – wir möchten selbstverständlich keine Vernehmung offizieller Art führen. Nur ein Gespräch.«

»Aber offenbar kein Schwelgen in alten Erinnerungen? Vielleicht sollte ich doch lieber den Doktor Gajczner dazubitten?«

Im Angesicht des gerissensten Hochstaplers und gierigsten Zuhälters, mit dem er in seiner langen Karriere zu tun gehabt hatte, entwickelte auch Halb spontan ein ungeahntes Talent in der Schauspiel-Improvisation. Seine abwehrende und zugleich abwertende Handbewegung hätte aus einer der legendären Arthur-Schnitzler-Inszenierungen aus dem »Theater in der Josefstadt« stammen können. »Aber ich bitt Sie, Herr Braun ... oder wie auch immer Sie jetzt heißen mögen. Gönnen's Ihrem armen Star-Strafverteidiger ein paar ruhige Minuten. Wer weiß, wo der jetzt um die Zeit ist. Auf dem Tennis- oder Golfplatz oder gar in den Armen ... vielleicht sogar seiner Ehefrau. Aber ich will mich wirklich nicht auf Ihre Ebene hinabbegeben und nur Klischees wälzen, daher nehmen wir an, dass Doktor Gajczner gerade im Gerichtssaal steht – was sogar am wahrscheinlichsten ist. Und dort wollen wir ihn nicht stören. Nein, nein, wir wollen Ihnen nichts Böses, außer, Sie wären der Auftraggeber von all den Grauslichkeiten der letzten Tage. Sind Sie's?«

»Natürlich nicht, Herr Hofrat! Allerdings muss ich ein Geständnis machen«, Braun hüstelte, als ob er zu vor-

nehm wäre, um über seinen eigenen Scherz zu lachen, »ich habe keine Ahnung, wovon Sie sprechen, weshalb ich mit meiner soeben vorangestellten Aussage zugegebenermaßen etwas voreilig war. Aber umso mehr erwecken Sie mit Ihrem nebulösen Gemisch aus offensichtlichen Tatsachen und ins Blaue geschossenen Verdächtigungen meine Neugier. Aber hier herunten plaudert sich's nicht wirklich behaglich. Wollen wir nicht in mein bescheidenes Büro gehen?«

DIENSTAG, 3. JUNI 2014, 15.45 UHR

Mit einer Mischung aus Verachtung und Vorsicht musterte Halb das glitzernde Türschild. »Tassilo von Oldenharth-Braun? Geschäftsführung? Sie waren nie so blöd, einfach so ins Leere zu bluffen. Also muss zumindest irgendetwas von dem da wahr sein, sonst würden Sie es nicht derart prominent aller Welt vor die Nase halten.«

»Herr Hofrat, aus Ihrem Mund klingt selbst ein Kompliment wie eine Ehrenbeleidigung! Aber, sei's drum. Selbstredend kann ich Ihnen jeglichen Eid darauf schwören, dass jeder einzelne Buchstabe voll und ganz der Realität entspricht. Wohlgemerkt, einer rechtlich abgesicherten Reali-

tät. Aber bitte, wollen wir uns nur an meinem Büroschild delektieren oder nicht lieber meine heiligen Hallen betreten? Die gnädige Frau natürlich zuerst, bitte … entrez.«

Zwar hatte Halb mit einem »möblierten Imponiergehabe« gerechnet, aber dass ihnen dreien beinahe synchron der Atem stocken würde, überraschte ihn. Nicht nur, dass das »bescheidene Büro« aus einer Flucht von mehreren Räumen bestand und geschätzte 120 Quadratmeter umfasste, bot es dank seiner Lage im obersten Stockwerk einen Ausblick, der so manches Gipfelkreuz erblassen ließ. Die lieblichen Kuppen des Wienerwaldes schmeichelten den Augen bis zum Horizont, wo sich das Grün in all seinen Schattierungen mit dem schimmernden Blau mehrerer kleiner Seen und dem gelborangen Feuer der untergehenden Sonne Abend für Abend zu einer ungeahnten Farbexplosion mischen würden.

»Sind Sie noch im Dienst oder darf's ein kleiner Single Malt sein? Oder lieber ein Cognac? Oder ein Gläschen Chablis oder lieber ein Roter aus Bordeaux? Ich will nicht protzen, nur informieren … der Whisky hatte 30 Jahre Zeit, um in Eichenfässern heranzureifen. Noch älter ist der Cognac, knappe 80 Jahre. Und unsere Weine beziehen wir selbstverständlich nur von den besten Weingütern aus …«

»Bevor wir Sie noch wegen Beamtenbestechung festnehmen müssen – immerhin dürfte der Preis einer Ihrer extravaganten Spirituosen unseren Jahresgehältern nahekommen –, erlauben Sie mir meine erste Frage. Haben Sie die deutsche Staatsbürgerschaft?« Vielleicht hatte Brauns gnadenlos bescheidene Jahreszahlen-Sachlichkeit insbesondere Verena erzürnt, weil sie noch nie mit seiner speziellen Kombination aus Provokation und Unnahbarkeit Bekanntschaft gemacht hatte.

»Nein, warum? … ah so, ich verstehe, wegen meines neuen Namens auf dem Türschild. Da muss ich Sie leider enttäuschen, Frau …«

»Planner, Magistra Verena Planner.«

»Oh, sogar eine Magistra! Also, Frau Magistra Planner, das ›von‹ ist Teil meines Namens, weil ich von einem liebenswerten deutschen Aristokraten adoptiert wurde und daher in Österreich diesen kleinen Namenszusatz tragen darf. Fragen Sie mich jetzt bitte nicht nach dem entsprechenden Paragrafen, das könnte Ihnen aber mein Rechtsanwalt beantworten. Das Namensrecht ist eine schrecklich komplizierte Materie, finden Sie nicht auch? Zum Wohl!« Als Braun in vollendeter Lässigkeit seinen Cognac-Schwenker hob, schien es nur mehr eine Frage von Sekunden, bis Verena endgültig explodieren würde. Gleich würde sie ihren Widersacher mit fundierten und in eisiger Kälte vorgetragenen Fragen beinahe im Sekundentakt so lange bombardieren, bis dieser sie anbrüllen oder hinauswerfen – oder beides – würde. Ein Verhalten, das ihre Bemühungen um Informationen komplett sabotieren würde.

»Weißt du, Verena, Herr von Oldenharth-Braun hat offensichtlich einen kometenhaften Aufstieg hinter sich.« Mühsam manövrierte sich Halb Wort um Wort zwischen Verenas Beruhigung und einer Anbiederung an Braun hindurch, ohne aber seine Selbstachtung zu verlieren. »Es beruht wohl auf Gegenseitigkeit, dass wir einander vor vielen Jahren kennen, aber kaum schätzen gelernt haben. Ich war damals noch bei der ›Sitte‹, du kannst dir denken, weshalb Karl Braun und ich uns nächtelange Vernehmungsduelle geliefert haben. Aber mit der Zeit ging es gar nicht mehr um seine ›Pferderln‹ oder ›Aufpasser-Dienste‹, um die hässlichen Worte ›Prostituierte‹ und ›Zuhälterei‹

zu vermeiden. Vielmehr reifte er ... und das Kompliment kann ich Ihnen jetzt nicht ersparen, Herr von Oldenharth-Braun ... zu einem exzellenten Hochstapler heran, der in seiner Rolle als ehrwürdiger Aristokrat aus Frankreich so manchen – zumindest bei Tageslicht – ehrbaren Wiener Bürger virtuos zu einer anfangs ganz harmlosen Pferdewette überreden konnte. Dass es sich dabei um getürkte Wetten mit gefälschten Wettscheinen handelte, begriffen dank Brauns perfekt vorgetragenem ›Marseillaise-Bouillabaisse‹-Geplauder viele Unglücksvögel viel zu spät. Und das ist auch die Erklärung für seinen Spitznamen – ein Hochstapler namens Karl Braun mit einer Neigung, als französischer Blaublüter aufzutreten, der konnte nur ›le bleu Charles‹, ›der blaue Scharl‹, genannt werden. Aber inzwischen ist er ja ein echter Aristokrat. Wobei ... der Weg zum ›Oldenharth-Braun‹, von wegen Adoption, das haben wir verstanden, aber woher kommt der Vorname? Kann man sich auch einen Vornamen ›an-adoptieren‹? Warum gerade Tassilo?«

Diesmal war Brauns Lächeln echt, ordinär und brutal. »Herr Hofrat, wie Sie vorher meine Vornamen so richtig aufzuzählen begonnen haben, sind Sie bei Nummer vier stecken geblieben. Ich habe aber deren neun: Karl Franz Maria Odin Werner Adolf Gustav Nepomuk ... und der letzte lautet ... erraten, Tassilo! Das können Sie jederzeit nachprüfen, soviel ich weiß, wird meine Geburtsurkunde 110 Jahre im Standesamt, danach in einem Archiv aufbewahrt.«

»Odin, Adolf, Tassilo – sehr beeindruckend. Nachdem unsere junge Kollegin und wir zwei alten Hasen nun so viel über Ihre Vergangenheit erfahren haben, würden wir noch gerne über die Gegenwart und nahe Zukunft plaudern ... natürlich nur, wenn es Ihre Zeit erlaubt.«

Demonstrativ schob Braun seinen Ärmel hoch, um einen Blick auf seine 40.000-Euro-Uhr zu werfen. »Mein nächster Termin müsste jeden Moment anklopfen. Also wenn Sie schnell machen könnten …«

»Gerne!« Halb holte etwas Luft und ließ umgehend eine Kaskade an Fragen auf sein Gegenüber niederprasseln. »Geschäftsführer? Ich nehme an, dass diese Position ebenfalls mit Ihrer Adoption zu tun hat. Gehört das ›Golf- und Reiter-Hotel im Theresiental‹ Ihrer neuen Familie, weshalb Sie hier als Statthalter agieren, oder ist es umgekehrt? Haben Sie sich nach Ihrer Adoption mit Ihrem frisch erworbenen Vermögen und Ihrem neuen Namen hier eingekauft?«

»Die Familie Oldenharth hält den Großteil an der Aktiengesellschaft, die unter anderem dieses Haus betreibt. Noch eine Frage?«

»Konnten Sie bereits Erfahrung im Hotelgewerbe sammeln? Oder ist das hier Ihre erste Bewährungsprobe? Vielleicht an der Seite eines Co-Geschäftsführers oder einer Geschäftsführerin?«

»Es ist nicht meine erste derartige Position. Und ich bin der alleinige Geschäftsführer. Aber jetzt …«

»Nur noch eine Minute! Hatten Sie bereits bisher mit Reiterhotels zu tun? Oder ist das Ihr erstes Haus, bei dem auch Pferde zu Ihren Nobelkunden gehören?«

Brauns Gesicht hellte sich auf. »Ah, jetzt verstehe ich, woher der Wind weht. Ob ich bisher mit der Welt der Pferde in Berührung gekommen wäre, die Möglichkeit gehabt haben könnte, eine Truppe aus Teufelsreitern zu engagieren? Nein, bin ich nicht, hätte ich aber! Allerdings … Herr Hofrat, Herr Wilt, Sie beide kennen mich seit Jahrzehnten! Und wie Sie selber behauptet haben, für blöd

haben Sie mich nie gehalten. Glauben Sie allen Ernstes, ich würde mir die Chance entgehen lassen, auf meine alten Tage wie die Made im Speck zu leben? Und bevor Sie auf dumme Gedanken kommen … natürlich habe ich von den Überfällen in der Umgebung gehört, selbst wenn kein Sterbenswörtchen in den Medien aufgetaucht ist! Vermutlich kenne ich sogar eine viel blutigere Version, als sie tatsächlich stattgefunden hat. Kein Wunder, der Dorfklatsch läuft wie geschmiert, in der Umgebung sind diese Schreckenstaten das Thema Nummer eins. Wer will schon, dass einem die Touristen mit mittelalterlichen Waffen abgeschlachtet werden. Eine Tragödie, dass unsere Polizei … und ich meine natürlich die lokale, nicht eine so hochgestellte Behörde wie die Ihre, dass also unsere hiesige Polizei nur machtlos zusehen kann. Aber jetzt bitte ich endgültig …«

»Nur noch eine allerletzte Frage. Wer könnte ein Interesse – und die Möglichkeit – haben, solche Raubzüge zu organisieren?«

»Wenn Sie sich auszahlen … jeder!« Brauns erster Satz, der vollkommen ehrlich klang. »Herr Hofrat, ich bitt Sie, das kann sich heutzutage jeder und jede selber organisieren. Ich liebe das Internet … als ehrenwerter Geschäftsmann. Aber trotzdem wissen wir alle – diese Taten wären die erste Schweinerei, die man nicht im Internet bestellen könnte. Mit ein paar Klicks sind Sie auf den Homepages diverser Reiter-Shows, die Sie um kein Geld buchen können. Und wenn Sie ein bisschen drauflegen, finden Sie ganz sicher welche, die sich in lustige Kostüme werfen und … na ja, gut, wenn die wen töten sollen, kostet das sicher noch mehr. Aber wenn die Kasse stimmt … wie gesagt, jeder.«

»Und jemand wie Sie hätte sogar die Möglichkeit, die Pferde unterzustellen und den Männern genügend Räum-

lichkeiten zum Umziehen und Verstecken Ihrer Requisiten zur Verfügung zu stellen … bilde ich mir zumindest ein.« Wilt hatte sich ganz nebenbei eingeschaltet, sodass selbst Braun eine Sekunde brauchte, um den Braten zu riechen.

»Aber Herr Wilt, Sie wissen ganz genau, dass Ihre Leute bei mir nichts gefunden haben. Übrigens, das waren Sie, Frau Magistra Planner, oder? Und der gute alte Schwejk. Wie geht's ihm denn? … wenn Sie ihn sehen, liebe Grüße. Am Rande bemerkt, lassen Sie auch die Herren in ihren unauffälligen Autos lieb grüßen, die das GREHTTA seit einigen Stunden überwachen. Soll ich denen ein Getränk bringen lassen? Natürlich auf Kosten des Hauses, ich weiß ja, was sich gegenüber Staatsdienern gehört. Auf jeden Fall – bei mir finden Sie jetzt und auch in Zukunft keine fremden Pferde, schon gar keine, die für solche Situationen trainiert sind. Und Mörder erst recht nicht! Außerdem … ich muss mich offenbar ständig wiederholen! Warum sollte ich mein herrliches Leben riskieren, um ein paar alte Leute und einen Haufen asiatischer Touristen beim Spazierengehen zu überfallen?«

»Erstaunlich, was der Dorfklatsch an Details hergibt! Sie wissen also, dass es asiatische …«

»Ja, Herr Hofrat, Sie werden's nicht glauben! Wo ich doch vorher in der Garage noch auf Unschuldslamm gemacht habe und von nichts gewusst haben wollte. Stimmt, da habe ich gelogen … in der Hoffnung, Sie alle rasch hinauszukomplimentieren. Aber jetzt sage ich Ihnen die Wahrheit. Zum Beispiel, dass ich sogar weiß, dass diese geschniegelten und gestriegelten Schlitzaugen in von Bumbachs deppertes ›Haus des Pferdes‹ investiert haben. Das weiß ich alles! Ich bin nicht ganz aufs Hirn gefallen … selbst wenn sich das ein österreichischer Bundesbeamter

nicht vorstellen kann. Wissen Sie, Herr Hofrat, ein erfolgreicher Businessman zu sein bedeutet nicht, dass man von nun an sein Hirn bei der Garderobe abgeben muss! Im Gegenteil, ich muss der Konkurrenz einen Zug vorausdenken, habe mein Ohr am Puls der Zeit, höre, was um mich herum so vor sich geht und ...«

»Und wenn Sie nicht in Ihren eigenen Ställen das Wiehern von Ritterpferden hören, wo könnten Sie es sonst hören? Wenn Sie für uns einen Zug vorausdenken würden ... falls Sie einem österreichischen Bundesbeamten, der eben ein bisserl schwer von Begriff ist, diese alleraller-letzte Frage gestatten.«

Einen Moment schien Braun endgültig die Fassung zu verlieren, aber im selben Moment blieb sein Blick an einem der Schreibtisch-Monitore hängen. »Wo ... Pferde ... na endlich! Ah so ... vielleicht beim Bumbach! Platz hat er wahrlich genug, und dem Trottel täte ich glatt zutrauen, dass der seine eigenen Geschäftspartner überfallen und killen lässt. Vielleicht hat sich's dieser Lackaffe anders überlegt und würde gerne aus den – blöderweise bereits unterschriebenen – Verträgen aussteigen? Möglicherweise steht da drin, dass der feine Pinkel tatsächlich arbeiten und so und so viele Tage anwesend sein muss und daher nicht nur den großen Herrn spielen und durch die Weltgeschichte reisen darf? ... bitte kommen Sie herein, liebe Frau Kurtschak! Entrez!«

»Grüß Gott, lieber Herr von Olden... oh, pardon, ich wusste nicht, dass Sie Gäste haben. Störe ich?« Ein Wagenrad voll blonder Haare, das eine Titanin von gut und gerne 190 Zentimetern krönte – der erste Eindruck, den Frau Kurtschak bot.

»Verehrte gnädige Frau, das tun Sie nie. Die Herrschaften wollten ohnehin bereits vor einigen Minuten gehen,

aber bevor sie uns endgültig verlassen, darf ich Ihnen meine Gäste vorstellen. Hofrat Magister Ludwig Halb, Anton Wilt und Magistra Verena Planner, alle drei von der Polizei. Wie Sie sich denken können, hat ihr Besuch mit diesen grässlichen Überfällen zu tun. Leider konnte ich ihnen überhaupt nicht behilflich sein. Aber vielleicht Sie? Wie war doch gleich Ihre allerletzte Frage, Herr Hofrat?«

»Wir sind auf der Suche nach dem Ort, an dem diese Verbrecher sich und ihre Pferde in Ruhe kostümieren und ihre Waffen lagern können. Und da uns Herr Brau… also der Hausherr versichert hat, dass er leider keine Ahnung habe, wo sich eine solche ›Dauer-Garderobe‹ für Mensch und Tier verbergen könnte, wäre es ganz reizend, falls Sie etwas Licht ins Dunkel bringen könnten. Können Sie?«

»Leider nein! … oder, warten Sie, vielleicht doch.« Kurtschaks Stimme klang blechern-rau und seltsam gepresst, als ob sie sie tiefer, würdiger klingen lassen wollte. »Da gäbe es zum Beispiel die Leonhardi-Kapelle, die finden Sie gegen Ende des Theresientals. Dort soll es sogar spuken, vielleicht kennen Sie die Geschichte von den grausamen Raubrittern auf Burg Schwarzham, deren fahle Pferde jeweils um die Sommersonnenwende ihr schreckliches Wiehern hören lassen. Um diese Zeit vor ein paar hundert Jahren soll der Teufel höchstpersönlich …«

»Frau Kurtschak, jetzt, wo Sie's sagen! Aber natürlich, wie konnte mir das nur entfallen. Die Leonhardi-Kapelle! Eine glänzende Idee. Ich bin mir sicher, dass die Herrschaften dort umgehend weiter ermitteln werden. Gell, Herr Hofrat!« Braun war anzusehen, wie sehr ihm Halb, Wilt und Planner auf die Nerven gingen … und nun Kurtschak mit ihren Heimatmuseumsgeschichten. »Sie müssen entschuldigen, aber Frau Kurtschak und ich haben noch

etwas Wesentliches zu besprechen. Sie kennen sicher ihr kleines Duft-Imperium, und eben die ›LadyMarian‹ wird die Damenspende bei unserem großen Eröffnungsempfang kommenden Freitag ab 15 Uhr zur Verfügung stellen. Wunderschöne kleine Flacons mit verschiedenen Parfums. Aber das ist gar kein so leichtes Unterfangen, wie es vielleicht …«

»Kommenden Freitag? Haben Sie gar keine Angst vor einem Überfall? Ich meine, so ein gesellschaftlicher Event ist doch das ideale Ziel. Also wenn ich der schwarze Ritter wäre …«

Für den Bruchteil einer Sekunde schien Braun wortwörtlich sein Gesicht verloren zu haben. Zuerst erstarrte seine Mimik, alles war leer, ohne jeglichen Ausdruck, bevor sie in blanken Hass umschlug. Nur mühsam kämpfte sich ein Ausdruck von Gelassenheit zurück in sein Gesicht, der aber viel von seiner vorherigen lässigen Arroganz verloren hatte.

»Nein, sicher nicht! Ganz sicher nicht! Wobei … also, was ich sagen will, natürlich haben wir ein ausgefeiltes Security-Konzept erarbeiten und umsetzen lassen. Von einem Spitzen-Unternehmen, dessen Gründer Sie übrigens kennen werden. ›SoS – Sicherheit ohne Scheuklappen‹, soweit ich weiß, ist er …«

»… ein ehemaliger Kollege, stimmt. Womit wir uns verabschieden und Sie nicht mehr stören möchten. Vielen Dank«, demonstrativ drehte sich Halb zu Kurtschak hin und deutete einen Handkuss an, »gnädige Frau, für Ihre Anregung von wegen dieser Leonhardi-Kapelle.«

»Herr Hofrat, es war mir ein Vergnügen. Ein aufregendes noch dazu. Immerhin lernt man nicht alle Tage einen Hofrat aus dem Bundeskriminalamt kennen.«

Mit beinahe militärischer Präzision vollführte Halb eine 180-Grad-Drehung, seine Körperspannung stand in beeindruckendem Gegensatz zu Brauns chaotischer Wut, die ihn unruhig hin und her wetzen ließ.

»Und Ihnen, Herr … Geschäftsführer, Ihnen wünschen wir natürlich viel Erfolg für kommenden Samstag. Verena, Toni, bitte nach euch.« Nach einem letzten Blick über die schier unendlichen Wienerwald-Weiten drehten sich die drei wie auf Kommando zur Tür und verließen den Raum, ohne sich noch einmal umzudrehen. Brauns nachgebrüllte Abschiedsworte – »Leben Sie wohl, aber weit weg! Ach, und übrigens Handküsse Ihrer zukünftigen Frau Gemahlin! Eine tolle Karriere!« – verloren sich in ihrer Erleichterung, diesen Ort verlassen zu können. Erst nach ein paar Metern atmete Halb hörbar ein, als ob er den Gestank hinter sich nicht mehr ausgehalten hätte.

»Sagt's, hab ich mich gerade geirrt, oder hat der Braun sein peinlich-protziges ›Entrez!‹ tatsächlich bereits unmittelbar vor dem Klopfen der Dame herausposaunt? Ich will nur wissen, ob ich die Dinge verschoben wahrnehme oder …«

»Nein, stimmt schon, Chef. Offenbar sieht er auf den Monitoren links am Schreibtisch die Bilder einiger Überwachungskameras inklusive vom Gang vor seiner Tür, weshalb er mit seinem Begrüßungs-Gewäsch ihrem Klopfen zuvorkam. Das war wohl der Grund, warum er unmittelbar davor doch nicht in die Luft gegangen ist. Er wusste, Frau Kurtschak hätte ihn am Gang schreien gehört – und so ein cholerischer Anfall hätte seinem ach so vornehmen Ruf gar nicht gutgetan.« Zuerst deutete nur Planner vereinzelt an die Decke, bevor sich Wilt der fröhlichen Kamera-Suche anschloss. »Da oben und da oben und … ah ja, da

vorne auch. Und im Stiegenhaus ist jeweils eine bei jedem Stockwerk-Eingang.«

Als sie fast den Hotelausgang erreicht hatten, drehte sich Halb zum Concierge an der Rezeption um und zückte seinen Ausweis. »Nur zwei kurze Fragen. Wie lange werden die Aufnahmen von der Videoüberwachung aufbewahrt? Und, abgesehen von den Gängen, dem Stiegenhaus und der Rezeption, welche Bereiche werden noch gefilmt? Vermutlich der Parkplatz, die Tiefgarage, das Hallenbad, die Stallungen ...«

»Um Ihre zweite Frage zuerst zu beantworten – im GREHTTA ist jeder Innenbereich überwacht, außer natürlich jener, in dem unsere Gäste ein Höchstmaß an Ungestörtheit erwarten dürfen. Wie zum Beispiel die Sanitäranlagen, die Umkleideräumlichkeiten und Duschen in und um die Wellness-Einrichtungen und einige der Wellness-Einrichtungen. Und ... aber das muss wohl gar nicht erst erwähnt werden – selbstverständlich die Zimmer und Suiten. Und zweitens zu Ihrer ersten Frage, wenn ab übermorgen die Videoüberwachung in Betrieb gehen wird ...«

»Sie läuft noch nicht?«

»... nein, ab dann – 48 Stunden.«

»Danke schön! Und ... aber die Frage kann ich mir sparen, weil ...

»Bitte?«

»... Ihre Konditorei?«

Der Concierge lächelte betont höflich. »Leider! Sie öffnet übermorgen.«

DIENSTAG, 3. JUNI 2014, 17 UHR

»Ich will euch wahrlich nicht daran hindern, endlich euren wohlverdienten Dienstschluss zu genießen. Eine Überstunde habt ihr bereits, nicht, dass ihr nur meinetwegen …«

»Ist schon gut, Chef. Einigen wir uns darauf, dass das hier eine Dienstbesprechung ist. Der Dienstort ist vielleicht etwas ungewöhnlich, aber …«

»… er regt ungemein unser Denkvermögen an. Prost!«

Die Gläser enthielten einen g'spritzten Traubensaft, aber weder Halb noch seine beiden »Teamlinge« störte die Alkohollosigkeit im Geringsten. Dass sie kurz nach ihrem Aufbruch vom GREHTTA durch Zufall die kleine Buschenschank gefunden hatten, empfanden sie als ausgleichende Gerechtigkeit für die seelischen Unappetitlichkeiten der letzten Stunden.

Mit jedem Bissen vom Heurigenbuffet vor ihnen besserte sich ihre Stimmung, und der Blick in die Badner Weinberge trug ebenfalls zu einer Zufriedenheit bei, die nicht einmal durch die Nachbesprechung von »Blöd-Brauns Bösartigkeiten« – O-Ton Halb – gestört werden konnte.

»Herrlich!« Ob Halb das Bauernbrot, den kalten Schweinsbraten mit Kren, die Aussicht oder sein wieder gewonnenes Wohlbefinden meinte, war angesichts seines lustvollen Kauens nicht zu entnehmen. »Schade, dass diese Frau Kurtschak im ungünstigsten Moment hereingeplatzt ist. Wir hatten den blauen Scharl fast so weit, dass ihm versehentlich noch die eine oder andere Wahrheit herausgerutscht wäre, so zornig, wie der war. Und wie er ganz zum Schluss vollkommen die Fassung verloren hat und

Zeit gewinnen musste, um wieder halbwegs weiterlügen zu können. Wunderbar! Auch wenn wir nur österreichische Bundesbeamte sind – im Provozieren waren wir gut, sogar sehr gut. Bitte um den scharfen.«

»Bitte gern!« Während sie ihr überdimensionales Liptauerbrot mit beiden Händen hielt, schob Planner den Senf mit dem Ellbogen in Richtung ihres Vorgesetzten. »Allerdings – in einem Punkt glaube ich ihm. Bei allem Abscheu vor diesem aufgeblasenen, großkotzigen, selbstverliebten, Frauen verachtenden, total moralbefreiten …«

»Verena, fast könnte man meinen, du magst ihn nicht.« Wilts Lächeln verschwand, kaum, dass er einem roten Pfefferoni die Spitze abgebissen hatte.

»… glaube ich ihm, dass er sein traumhaftes Geschäftsführerleben nicht in Gefahr bringen will. Erst recht nicht mit seltsam anachronistischen und dubiosen Raubüberfällen, die nichts einbringen dürften. Zumindest, soweit wir das einstweilen beurteilen können.«

»Nein, Verena … aah, scharf, scharf, scharf!« Wilts Tränenfluss ebbte trotz mehrerer Wasserschlucke nur langsam ab. »Ich will dich nicht ärgern, aber – du bist zu jung, um so jemand beurteilen zu können. Braun lügt, wenn er nur das Maul aufmacht! Und wenn er versehentlich einmal die Wahrheit sagt, dann höchstens aus drei Gründen. Entweder es ist eine Banalität, oder er schwärzt einen anderen an, oder aber er tarnt mit einer kleinen Wahrheit eine große Lüge. Ein Beispiel: Jeder weiß, dass man sich heutzutage alles übers Darknet organisieren kann. Reitende Räuber, sogar Mörder. Keine große Erkenntnis. Außer, Braun versucht das als solche zu verkaufen. Oder wie er von Bumbach zum Ober-Gangster gestempelt hat, da habe ich mich gefragt: Warum schwärzt er ihn an? Oder spricht er von

sich? Vielleicht will Braun selber aus seinem Geschäftsführervertrag aussteigen und inszeniert deshalb diese Überfälle. Vorsichtshalber eine Serie, damit es nicht auffällt, wenn der Nächste ihn erwischt. Selbstverständlich bliebe er dabei körperlich unverletzt, wäre aber dermaßen psychisch geschockt, dass er leider nicht mehr …«

»Toni, jetzt bist aber du der, der den blauen Scharl so was von überhaupt nicht leiden kann!« Verena feixte ungeniert. »Wenn man dir zuhört, könnte einem Braun fast leidtun. Aber es stimmt, bei solchen Typen weiß man nie, woran man ist. Gepflegtes Geplauder mit dem Herrn Geschäftsführer oder Ablenkung vom Dreck am Stecken? Und wenn Dreck, an wessen Stecken? Nur dem Braun'schen?«

»Verena, Toni, euer Timing ist perfekt. Eure Zusammenfassung und mein Schweinsbraten – beides ist zu Ende. Wobei, beim morgigen Tageslicht besehen könntet ihr beide Recht haben. Deshalb sollen Helli oder der Ingeniöhr morgen in der Früh wegen der Besitzverhältnisse und der Dienstverträge sowohl bei von Bumbachs ›Haus des Pferdes‹ als auch beim GREHTTA recherchieren. Nur noch ein letztes Detail …« Halb wandte den Blick seinen beiden »Teamlingen« zu, wobei er nun eher ins Leere stierte. »Irgendetwas hat mich an dieser Frau Kurtschak gestört, nur was?« Plötzlich schlug sich Halb an die Stirn. »Himmelherrgott noch einmal, das ist jetzt schon das zweite ›nur was‹ innerhalb von zwei Tagen. Gestern nach dem Besuch bei Korbers und heute nach dieser Dame. Ich fürchte, ich werde alt! Oder vergesslich … oder beides. Apropos, Verena, ich wollte dich noch fragen … ah, jetzt fällt's mir wieder ein. Kennst du diese ›LadyMarian‹? Ist das eine Parfummarke oder …«

»Ein Duft-Unternehmen, das, soviel ich weiß, in verschiedenen Bereichen tätig ist. Im Kräuteranbau, natürlich

rein biologisch, irgendwo in der Ferne. Südostasien, glaube ich. Und in der Verarbeitung – von Kräuterpolsterln über den pharmazeutischen Bereich bis eben hin zu exquisiten Parfums. Soweit ich mich erinnere, ist Marianne Kurtschak die alleinige Besitzerin. Die hat das binnen kurzer Zeit aufgezogen, von einer kleinen Manufaktur zu einem internationalen kleinen feinen Nobel-Label. Letztes … oder nein, vorletztes Jahr war sie die ›MWOY‹. Meine ich zumindest gelesen zu haben.«

»Die EM-WE… wie bitte?«

»Die ›Money woman of the year‹. So eine Art Powerfrau des Jahres. Aber genaues weiß ich nicht, da müsste ich mich erst schlaumachen.«

Mit übertrieben enttäuschtem Gesicht wandte sich Halb an Wilt. »Weißt du, Toni, es ist schon ein Pech, wenn man so uninformierte junge Mitarbeiterinnen um sich hat. Vier Selbstzweifel-Formulierungen in einer Zusammenfassung, die jedem Großcomputer alle Ehre gemacht hätte. Schlimm.«

»Ja, Chef, aber sei nicht zu streng zu ihr. Es war für uns alle ein langer Tag, morgen ist sie sicher wieder …«

»Wisst ihr, was ihr alten Männer, pardon, ihr älteren Herrn seid? Zeitweise so ironisch, dass ihr beinahe selbst eine junge strahlende Kraft wie mich demotivieren würdet, wüsste ich nicht, dass …«

»Sekunde!« Amüsiert griff Halb nach seinem Handy, wobei ihm das Lächeln nach einem Blick aufs Display sofort verging. »Frau Doktor Lirtscherer, was verschafft mir das späte Vergnügen? … Nein, nicht sehr überrascht, das war zu befürchten. Und wo genau ist das? … Wie schön, wir sind gleich bei Ihnen.«

DIENSTAG, 3. JUNI 2014, 18 UHR

»Oben van Gogh, unten Kubin«, schoss es Halb durch den Kopf. Die Sonne schien mit van Goghs »Sämann-Sonne« um die Wette scheinen zu wollen, aber darunter breitete sich eine schwarzgraue Welt wie in Alfred Kubins Werken aus. Eine umzäunte Erdfläche, aus deren Mitte eine große, kegelförmige Erhebung ragte, die durch Feuer brutal zerstört worden war. Aber damit endete der expressionistisch-apokalyptische Eindruck, weder der gelbe kleine Bulldozer noch der Polizist an dessen Schalthebeln passten in ihrer Buntheit dazu. Als Halb in den Wind trat, verstand er sofort, warum der Kollege eine – leuchtend rote – Atemschutzmaske trug.

»Pfui Teufel, das stinkt …«

»… wie eine Brandleiche? Tja, Herr Hofrat, es ist kurios, nicht wahr. Wochenlang treffen wir einander nicht im Stiegenhaus, obwohl wir lediglich ein paar Wohnungstüren entfernt leben, um uns nun an einem so … also, ich möchte sagen, trotz der herrlichen Natur hier ist das ein hässlicher und grässlicher Ort. Wobei, hässlich liegt natürlich im Auge des Betrachters, die früheren Köhler hätten diesen Platz, der ihnen immerhin ein, wenngleich sehr bescheidenes, Leben ermöglichte, vielleicht sogar als Schönheit angesehen. Aber grässlich kann man sagen, weil … wobei, dem armen Kerl …«

»Frau Doktor! Kurz und prägnant, wo, wer und vor allem was genau ist geschehen? Am Telefon haben Sie mir nur gesagt, dass wir zu einem Leichenfund ins ›Köhlermuseum mit Schaumeiler‹ kommen sollen. Dass uns diese

Leiche besonders interessieren würde. Und da wir nicht weit weg waren, bitte schön, hier sind wir. Im Übrigen, Kollegin Planner und Kollege Wilt, falls Sie einander noch nicht kennen sollten.«

Automatisch streckte Verena die Hand aus, zog sie aber sofort zurück, als sie die dunkel verschmierten Latexhandschuhe der Gerichtsmedizinerin sah.

»Natürlich kenne ich die beiden! Wobei, Herr Hofrat, Sie liegen durchaus richtig, die Lebenden merke ich mir schlechter als die Toten.« Zwar hatte sich Halb im Laufe der vergangenen Monate sowohl an Doktor Lirtscherers heroische Gestalt als auch an manche ihrer Verhaltensweisen gewöhnt, aber das Lachen seiner einstweilen einzigen Mieterin ließ ihn immer noch an berstendes Holz denken.

»Bereits während meines Pharmazie-Studiums war ich von Gerichtsmedizin fasziniert. Und jetzt darf ich einer versierten Vertreterin dieses Faches unmittelbar bei der Arbeit zusehen. Großartig! Eine Brandleiche also, vermutlich männlich?« Verena fürchtete kurz, zu dick aufgetragen zu haben, doch …

»Erstens – das ehrt mich sehr. Zweitens – da drüben liegt sie, wollen wir zu ihr hingehen? Oder nein, so was ist nicht jedermanns Sache, nicht einmal im Freien. Also, die Kurzfassung. Köhlermuseum mit Schaumeiler, betrieben vom Verein der Freunde des Köhlermuseums mit Schaumeiler. Vor einer Woche für nächste Woche neuen Kohlenmeiler aufgebaut. Mehrere Schulklassen erwartet. Aber plötzlich Erkrankung des Präsidenten des Vereins der Freun…«

»… mit Schaumeiler, bitte weiter.«

»Dieser Herr Vouzibal ist die eigentliche Seele des Vereins. Wie der vor fünf Tagen krank wurde, stand hier alles

still. Inklusive des bereits aufgebauten Meilers. Als heute der zweite Vizepräsident Wagner nur einen Kontrollblick auf das Gelände werfen wollte, sah er den Meiler lichterloh brennen. Dann Feuerwehr, dann Leiche, dann wir.«

»Aber wieso? So ein Meiler glost, aber brennt nicht.«

»Doch, Herr Hofrat, eben wegen der Leiche. Der menschliche Körper besteht auch aus Fett. Beim einen wenig, beim anderen sehr viel mehr. Bei mir zum Beispiel …«

»Kein Gramm zu viel. Und beim Toten?«

»Herr Wilt, Sie alter Charmeur! Extrem wenig! Allerdings ist das nur mein allererster Eindruck, Näheres wie immer erst … erraten – nach der Obduktion. Derzeit gehe ich aber davon aus, dass wir es beim Toten mit einem extrem trainierten Mann zu tun haben. Aber es bleibt natürlich genug Fett, um zu schmelzen und das Holz in Brand zu setzen. Deshalb brannte dieses aufgeschichtete Kunstwerk, anstatt nur zu glosen.«

»Aber warum der Aufwand? Warum ihn nicht einfach außen auf den Holzstapel ablegen, Benzin drüber, anzünden und fertig?«

Doktor Lirtscherer vollführte ein kleines Ritual – Handschuhe ausziehen, Brille putzen und aufsetzen –, bevor sie die kleine Gruppe vor sich fixierte. »Das herauszufinden, Herr Hofrat, ist Ihre und Ihrer Leute Aufgabe. Wobei, eine Idee hätte ich. Allerdings will ich Ihnen natürlich nicht in Ihr Handwerk pfuschen, weshalb …«

»Pfuschen Sie, Frau Doktor, pfuschen Sie.«

»Ein Versteck! Vielleicht dachten die Täter, so ein Meiler wäre das ideale Versteck. Eine Art Backofen, in den man die Leiche schieben und verbrennen kann, ohne dass es wer merkt. Was funktioniert hätte, wenn nicht …«

»Haben Sie eine Ahnung, wie lange es gedauert haben muss, den aufgeschichteten Meiler so weit wieder zu zerlegen, um die Leiche ins Innere …«

»Nein, nein, Herr Wilt, das ist der falsche Ansatz. In der Mitte des Holzkegels gibt es einen Schlot, eine Art Feuerschacht, durch den zu Beginn des Verkohlens das Feuer eingebracht wird. Vielleicht war der breit genug, um die Leiche von oben hinein … das Feuer nachgeschoben, und fertig, dachten sich die Täter. Aber offenbar waren sie keine Profis. Zumindest keine Profis im Verbrennen von Mordopfern. Deshalb der Fehler mit dem Fett.«

»Mordopfer? Ganz sicher?« Um möglichst wenig von diesem ekelerregenden Geruch abzubekommen, sprach Halb mit halbgeschlossenem Mund weiter.

»Ganz sicher! Es sei denn, er hätte ohne Schädeldach überlebt. Wobei, sehr theoretisch wäre es möglich, dass der Schädel erst durch den Brand gesprengt wurde, weil sich das menschliche Gehirn beim Überhitzen ausdehnt und daher …«

»Später, im Befund! Lesen ja, hören nein … und riechen überhaupt nicht! Verzeihung, ich …«

»Hier! Für Notfälle!« Die Gerichtsmedizinerin hielt Wilt und den anderen eine flache Dose hin, deren Eukalyptus-Duft den Brechreiz sofort verringerte. »Auf die Oberlippe, unter die Nasenlöcher. Achtung, nicht reiben, sonst brennt's!«

»Danke!« Vorsichtig holten die drei Atem. »Und, war's das?«

»Nicht ganz! Eine kleine, aber feine Sensation habe ich mir für den Schluss aufgehoben.«

»Lassen Sie uns raten, Sie konnten eine Schussverletzung feststellen.«

»Nein, Herr Hofrat!« Zuerst schien Doktor Lirtscherer Halbs Verblüffung etwas auskosten zu wollen, fuhr aber umgehend fort: »Nicht eine Schussverletzung, sondern zwei! Eine im Torso vorne rechts, die ist trotz der Verbrennung noch zu erkennen. Die zweite … ich muss zugeben, da fische ich einstweilen eher im trüben Wasser. Aber ich würde mich bereits jetzt beinahe darauf festlegen, dass sie der Grund war, warum dem Mann große Teile seiner Schädeldecke fehlen. Das hatte nichts mit der Hitze zu tun, das war eine Kugel – durch den Mund mitten ins Gehirn. Ob er Selbstmord begangen hat, kann ich Ihnen natürlich nicht beantworten. Schmauchspuren werden wir an seinen Händen sicher keine mehr finden. Allerdings …«

»Ja?«

Das ganze Show-Gehabe war vorbei, Doktor Lirtscherer klang durch und durch konzentriert: »Soweit ich die Berichte kenne, hatten die Ritter keine modernen Schusswaffen bei sich. Wenn ich mir vorstelle, dass dieser Mann von Schwejk in die Brust getroffen und von seinen Kumpanen schwer verletzt in deren Versteck gebracht wurde. Warum sollte er nach einer Pistole oder einem Revolver verlangen und sich vor allen selber töten? Warum sollten sie ihm überhaupt eine solche Waffe geben? Ich meine, die würden ihn doch eher zu einem Arzt bringen, ihm irgendwie helfen wollen. Oder bin ich zu romantisch verklärt? Von wegen ›Einer für alle, alle für einen‹ – Robin Hood, Little John und Bruder Tuck, Gaunerehre bis in den Tod! Aber wenn er sich nicht suizidiert hat, dann …«

»… war es Mord.« Zum ersten Mal warfen Halb, Planner und Wilt einen Blick auf die grotesk verzerrte kohlrabenschwarze Gestalt hinter ihnen.

»Aber warum?«

Halb zögerte nur kurz. »Zur Warnung oder zur Vorbeugung. Entweder hat er sich nicht an die Spielregeln gehalten oder er hätte zum Verräter werden können. In beiden Fällen könnte die Hinrichtung quasi ganz offiziell stattgefunden haben, als abschreckendes Beispiel. Falls er aber sehr beliebt innerhalb der Gruppe war, wurde er möglicherweise abseits liquidiert und danach behauptet, dass er an der Schussverletzung verstorben wäre. Aber einstweilen …«

»… wissen wir nicht einmal, ob es sich bei diesem Toten tatsächlich um den Ritter handelt, dem Schwejk eine Kugel hineingejagt hat. Also eigentlich wissen wir weiterhin nix, aber das fix.« Diesmal hatte Toni die Rolle der »Begeisterungs-Bremse« übernommen.

»Vielleicht nicht nix … beinahe hätte ich es vergessen. Bevor Sie gekommen sind, habe ich ein kleines Stück der obersten Brandschicht abgetragen. Und darunter das hier gefunden.« Doktor Lirtscherer wedelte mit einem durchsichtigen Plastiksackerl, in dem ein kleines, aber deutlich erkennbares Stück Stoff zu sehen war. »Können Sie damit was anfangen?«

»Können wir.« Fast andächtig nahm es Verena entgegen. Dann wandte sie sich noch einmal um. »Auch wenn du ein Raubritter der übelsten Sorte warst – gelber Ritter, ruhe in Frieden.«

DIENSTAG, 3. JUNI 2014, 21 UHR

»Köstlich war's! Und erfrischend!« Deutlich verlegen prostete Halb Delia Schoitelmüller zu.

»Ludwig, wenn du nicht mehr willst, bitte, sag es mir.«

»Nein, nein!«

»Nein – du willst nicht mehr heiraten? Oder nein – du willst es nicht sagen?«

»Weder noch! Natürlich will ich dich heiraten. Nein, es ist nur …«

Demonstrativ lehnte sich Delia auf den Tisch und warf ihrem zukünftigen Ehemann einen verführerischen Blick zu. »Jaaa?«

Halb quetschte sein Bierglas mit beiden Händen. »Kannst du dich an den blauen Scharl erinnern?«

»Braun hat der geheißen, gell? Karl? Ja, Karl Braun. Pfui Teufel, das war ein bösartiger … ach Gott, jetzt verstehe ich!«

»Aber ich nicht.«

»Ludwig, jetzt tu nicht so scheinheilig! Deine kalten Füße kommen aus meiner Vergangenheit. Dich stört gar nicht die Heirat an sich, nicht die Hochzeit mit mir, sondern die Ehe mit mir und meiner Jugendzeit. Wovor fürchtest du dich mehr? Davor, dass es bald ein Raunen und Rascheln geben könnte, der berühmte Hofrat Magister Ludwig Halb, Gruppenleiter im Bundeskriminalamt, hätte eine ehemalige Prostituierte geheiratet? … und zwar ein Raunen und Rascheln bei Freund und Feind, wobei dir, wie ich dich kenne, die Bösartigkeiten in den Kreisen deiner ›Kunden‹ wesentlich weniger auf die Nerven gingen

als das Getuschel hintenherum im Polizeiapparat. Oder davor, dass auf eine ehemalige ›Solchene‹ eben kein Verlass wäre? Einmal Hure, immer unmoralisch, immer unzuverlässig? Und, Ludwig, bitte, sei jetzt ehrlich – nicht meinet-, sondern deinetwegen!«

Klirrend stellte Halb das Bierglas ab. »Delia, das ist kompletter Unsinn! Gerade du weißt am besten, wie egal mir meine Nachred ist! Ich habe nie hinter mich, sondern immer nach vorne gesehen … und gehört. Abgesehen davon, glaubst du im Ernst, ich hätte mich in dich verliebt, wenn ich nur den geringsten Zweifel an deinem Charakter hätte? Ich kann sehr wohl zwischen Vergangenheit und Gegenwart unterscheiden! Wenn ich zögere, dann nur, weil …«

Diesmal ermunterte ihn Delia weder mit Blicken noch Worten, vielmehr saß sie ihm mit der Miene einer interessierten Theaterzuschauerin gegenüber.

»… weil, schau! Du kannst mir Kitsch-Sucht und bornierten Realitätsverlust vorwerfen, mich als hoffnungslosen Biedermeier oder ›Retro-Oldie‹ beschimpfen, aber in meinem Privatleben will ich einzig und allein das Gegenteil meines Berufs genießen. Statt Leichen blühendes Leben, statt Mördern echte Freunde, statt Opfern geliebte Familie.«

»Da sind wir schon zwei. Und?«

»Der Braun hat ganz zum Schluss eine Bemerkung gemacht, die ich zuerst gar nicht wahrgenommen habe, aber inzwischen arbeitet sie in mir. Nein, schlimmer noch, sie gärt in mir.«

»Aber er kann mich nicht beschimpft haben, weil er nichts von mir weiß, nichts wissen kann!« Delia war wieder ganz sie, unmittelbar und voller Emotionen.

»Genau das ist der Punkt. Er hat mir zum Abschied ›Handküsse meiner zukünftigen Frau Gemahlin! Eine tolle Karriere!‹ nachgeschrien. Ich will jetzt nicht den Teufel an die Wand malen, aber woher wusste er, dass ich heirate? Und, noch schlimmer, woher wusste er, dass ich dich heirate? … wobei, mit ›schlimmer‹ meine ich jetzt natürlich nicht, dass ich eben dich …«

Delias Lächeln verzieh alles. »Ludwig, ich hab schon verstanden! Du fürchtest dich panisch davor, dass er von meiner früheren Existenz erfahren haben und daraus Kapital schlagen könnte. Und wenn er das täte, würden das auch andere. Und wenn du dich nicht fügen würdest … schlimmer noch, all denen klipp und klar versichern würdest, was sie dich könnten, käme als nächster Schritt – was eigentlich?«

Halb fixierte betreten den leeren Teller vor ihm. »Drohungen. Die gegen mich wären mir egal. Aber die gegen dich …«

»… wären vermutlich ebenfalls nur heiße Luft. Hunde, die bellen, beißen bekanntlich nicht. Aber gerade in meinem Fall könnte allein der Lärm sehr unangenehm werden.« Delia seufzte tief. »Meine Bank-Karriere könnte ich vergessen. Eine ehemalige Prostituierte in der Wertpapierabteilung, sicher nicht. Schade, ich hätt's gerne weiter gemacht und weiter gebracht bis …«

»Delia, stopp! Erstens habe ich Drohungen gegen Leib und Leben gemeint. Zweitens, bei all meiner eigenen Skepsis – dass der Braun von unserer geplanten Hochzeit erfahren hat, bedeutet vielleicht nur das, nicht mehr und nicht weniger. Und wenn er von deiner tollen Karriere spricht, meint er vielleicht nur deine exzellente Arbeit in der Bank. Daher lass uns erst überlegen, woher er überhaupt von deinem früheren Leben wissen könnte.«

»Na gut, rollen wir eben meine Vergangenheit noch einmal auf. Hoffentlich entsetzt dich nicht all der Schlamm, den ich dabei aufwirble. Noch einen Schluck?« Nachdenklich hielt Delia ihrem Ludwig die Bierflasche hin.

»Nein, danke. Und … nein, eine alte ›trübe Brühe‹ stört mich nicht, noch weniger bei deiner schimmernden Gegenwart und Zukunft. Wann genau bist du nach Wien gekommen?«

»Einen Moment. Das war am 11. Februar 1993, daran werde ich mich mein Leben lang erinnern! Da war ich noch 16 Jahre alt. Am Tag zuvor hatte ich das erste Mal zurückgeschlagen. Ein paar Minuten war mein Vater zu verblüfft, um weiter auf mich einzudreschen, aber … Geholfen hat mir niemand! Alle haben es gehört, alle haben es gewusst, haben meine blauen Flecken, mich hinken sehen. Doch mit dem Herrn Obermacher von der Forstbehörde, mit dem stellt man sich gut! Der arme Witwer wird wissen, warum er seine Tochter …«

»Delia! Es ist vorbei! Alles ist gut!« Halbs Stimme klang nach Kamillentee mit Honig. »Und in Wien bist du untergetaucht. Die üblichen Kanäle, nehme ich an? Du bist bei einem netten einfühlsamen Mann – selbstverständlich in allen Ehren – untergekommen. Und wie der dir gesagt hat, dass er leider völlig schuldlos pleite …«

»Ludwig, sei mir nicht böse, aber ich will das Ganze nicht noch einmal aufwärmen müssen!«, erwiderte Delia mit brüchiger Stimme. »Du kennst meine Geschichte hundertfach, ich war genauso blöd wie viele andere. Bitte überspringen wir den Anfang und kommen gleich zum Wesentlichen. Und zwar zu dem Punkt, ab dem ich einen Hauch der Wiener Unterwelt kennengelernt habe. Wobei, eigentlich war da nix! Ich bin nur ganz kurz als Pferderl

g'laufen! Das weißt du am besten, immerhin hast du mich bereits nach sieben Wochen festgenommen, weil ich keinen Deckel g'habt hab.«

»Sieben? Ich hätte mich an neun erinnert.«

Nun musste Delia grinsen. »Einigen wir uns auf acht. Und den Deckel hatte ich nicht, weil ich ihn gar nicht erst bekommen hätte. Einer Minderjährigen hätten die nie und nimmer die Kontrollkarte für Prostituierte gegeben.«

»Zu Recht!«

Etwas müde winkte Delia ab. »Stimmt eh. Auf jeden Fall habe ich das zu dieser Zeit als riesengroße Gemeinheit empfunden. So erwachsen, wie ich mich damals gefühlt habe. Im Rückblick ... mein Gott, ich bin halt vom Regen in die Traufe gekommen. Aber natürlich habe ich das im Frühling 1993 ganz anders gesehen. Weg von der Schläger-Bestie zuhause hin in ein Leben voller Geld. Ja, ja, ich weiß schon, von der Marie hab ich kaum was gesehen, aber immerhin hat mich keiner mehr verprügelt. Das war mir in Wien erspart geblieben.«

»Aber nur, weil ich dich eben nach ... acht Wochen aus der Szene geholt habe.«

Ganz langsam breitete sich ein strahlendes Lächeln über Delias Gesicht aus. »Ich weiß, Ludwig! Mein größtes Glück war, dich so bald getroffen zu haben. Beziehungsweise von dir verhaftet worden zu sein.« Das Lächeln ging in ein perlendes Lachen über. »Nein, im Ernst, das war mein größtes Glück ... und ist es heute immer noch! Auch, weil ich dank deiner Hilfe und der entsprechenden Kontakte schnell viel Abstand zwischen das Milieu und mich bringen konnte. Zuerst die Matura an der Handelsakademie, parallel dazu als Praktikantin bei einer Versicherung gearbeitet. Danach die Ausbildung zur Rechtspflegerin

absolviert, später in die Bank gewechselt und mich dort bis in die Wertpapierabteilung weitergebildet. Und wieder dich getroffen.«

Delias verschiedene Arten ihn anzulächeln überraschten Halb immer wieder. »Deshalb kann ich mir kaum vorstellen, woher dieser Braun von meiner früheren Existenz wissen könnte.«

»Aber du musst ihn gekannt haben! Weil wie ich dich auf den blauen Scharl angesprochen habe, hast du sofort gewusst, von wem ich rede.« Halb sprach wieder in seinem trockenen Kriminalisten-Tonfall.

»Muss wohl so sein. Lass mich nachdenken. Am Anfang war ich nur mit dieser Trottel-Bande in Kontakt, die sich für die größten Verbrecher seit Al Capone gehalten haben. Und bald darauf … nein, Blödsinn, da haben sie mich zu isolieren begonnen, weil ich etwas zu eigensinnig geworden bin. Aus den drei Wochen kenne ich ihn garantiert nicht. Aber da war die G'schicht mit dem Deckel … Jetzt hab ich's!« Innerhalb eines Bruchteils einer Sekunde hatte sich ihre Stimme von leisem Gemurmel zu einem Jubelschrei hinaufgeschraubt. »Natürlich, Ludwig, das ist es! Wir sind beide davon ausgegangen, dass ich seinen Namen aus meinen acht Wochen gekannt haben müsste. Aber das ist falsch! Ich habe ihn nicht gehört, sondern ihn gelesen … in einem Akt während meiner Zeit als Rechtspflegerin. Und ›Karl Braun alias der blaue Scharl‹ ist mir intensiv im Gedächtnis hängen geblieben. Teils wegen meiner eigenen Vergangenheit, teils, weil ich sein Opfer kannte. Da ging es um ein böses Verfahren. Er hatte eine seiner ›Damen‹, wie er sich ausgedrückt hat, ›zur Räson bringen müssen‹. Ein zerschnittenes Gesicht. Und dieses arme Wesen habe ich gekannt. Ihn aber nicht. Also nicht persönlich!«

Halbs Erleichterung stand ihm ins Gesicht geschrieben. »Also kennt er dich gar nicht ›woher‹, sondern vermutlich ›über wen‹. Wer könnte deinen weiteren Lebensweg trotz etlicher Anonymisierungen und Datenlöschungen so genau kennen? Kennen und ihn verbreiten? Die Offiziellen, die dir bei deinem Ausstieg geholfen haben, würden sich eher auf die Zunge beißen, als über ihre ehemaligen Klientinnen zu plaudern. Oder?«

»Ich kann es mir zwar nicht vorstellen, aber …«, von Wort zu Wort wuchsen Delias Zweifel hörbar, »… zu den meisten habe ich seit rund 20 Jahren kaum oder gar keinen Kontakt mehr. Mit Ausnahme von Lisa, eh klar.«

»Ganz klar, glasklar! Und, hast du mir von ›Lisa-eh-Klar‹ schon einmal erzählt?«

»Nein, du hast recht, habe ich nicht!« Das Blitzen in den Augen seiner Angebeteten verbot Halb jede weitere ironische Bemerkung. »Lieber Ludwig, wie sollte ich? Wann immer wir uns nach der Arbeit sehen, berichten wir einander von unseren Alltäglichkeiten. An sich ein ebenso normales wie erfreuliches Muster. Aber – natürlich sind deine Erzählungen viel spannender, dramatischer, manchmal lustiger, auf jeden Fall beherrschen sie unsere Abende. Meine dagegen strotzen vor Aktienfonds-Langeweile. Also lausche ich dir. Versteh mich nicht falsch, ich tu's gerne. Aber so wirklich ins Reden, ins Erinnern bin ich noch nie gekommen. Wäre ich es, hätte ich dir sicher viel mehr von meiner recht glücklichen Kindheit, dem frühen Tod meiner Mami, meiner scheußlichen Jugend, der Flucht … na ja, und all dem danach erzählt. Und dabei hättest du den Namen Lisa gehört. Lisa Poller.«

Noch einmal bemühte sich Halb um ein reines Lächeln ohne Zwischentöne. »Umso mehr freue ich mich, von

Lisa und all den anderen zu hören! Aber ... entschuldige, das muss ich jetzt noch loswerden. Liebe Delia, bitte entscheide dich! Auf der einen Seite wolltest und willst du deine Vergangenheit – ich darf dich zitieren – nicht noch einmal aufwärmen ... was ich sehr gut verstehe. Auf der anderen Seite möchtest du, dass ich dein Leben kennenlerne ... was ich leidenschaftlich gerne täte, obwohl ich ein alter Egomane bin. Zumindest, wenn ich dir zwischen den Zeilen richtig zugehört habe.«

»Von ›alt‹ war nie die Rede.« Delia grinste unverschämt versöhnlich. »Nein, Ludwig, wir würden nicht über einen Hochzeitstermin spekulieren, wenn du ein Narzisst wärst. Aber jetzt sei weder Altruist noch Egoist, sondern Polizist und überlege mit mir, wer von meinen damaligen Helferinnen mich verpfiffen haben könnte. Auf jeden Fall kannten sie alle meinen echten Namen und damit mein weiteres Leben. Ein Blick ins Internet und jede von ihnen wüsste, wann ich wo in welcher Position gearbeitet habe.«

»Aber das bedeutet noch nicht, dass eine davon dich verraten hat. Erst recht nicht an jemanden wie den blauen Scharl.« Halb holte tief Luft. »Sei mir nicht bös, aber ein Untersuchungsrichter würde mir das als Anfangsverdacht in der Luft zerreißen, von wegen Datenschutz und so weiter. Offiziell sind mir die Hände gebunden.«

Delia zog einen Schmollmund. »Und, was tun wir? Ich meine – Ludwig, jetzt musst du dich entscheiden! Zuerst machst du dir Sorgen, dass meine Vergangenheit unsere Zukunft dunkel färben könnte. Aber wer diesem Verbrecher davon berichtet haben könnte, lässt dich an Vorschriften denken!«

Halb riss die Augen zu einem Blick voller Unschuld auf. »Aber Liebling, wer kann dich daran hindern, alte

Bekannte im Internet zu suchen? So wie tausende andere einfach die diversen sozialen Medien nach Namen abzuklappern, die dir im Gedächtnis geblieben sind. Und sollte ich dir lustigerweise erzählen, welchen Rat mir zufällig ein lieber Kollege gegeben hätte, wie man prinzipiell im Internet jemanden leichter finden könnte …«

»Ich wusste gar nicht, dass der Ingeniöhr dein ›lieber Kollege‹ ist.«

»…würde das die Erfolgsquote deines Stöberns vermutlich deutlich erhöhen! Es würde dich sicher sehr erheitern, was aus der Frau X oder der Frau Y geworden ist. Welche Restaurants sie gerne besuchen. Ob sie lieber italienisch oder chinesisch essen. Und wenn sie ein Foto ihrer Lieblingsspeise posten würden, könnte es passieren, dass auf dem Bild rein zufällig die Restaurantrechnung zu sehen wäre. Und wenn man die – quasi irrtümlich – vergrößern würde, könnte man glatt die Kreditkartennummer erkennen. Dass sich aus solchen Informations-Schnipseln ein Gesamtbild ergäbe … wie sich ihr Lebenslauf entwickelt hätte, in welchen Vermögenverhältnissen sie lebten und welchen Familienstatus sie hätten, ach Gott, das wäre reiner Zufall. Und daraus zu schließen, wer von ihnen am ehesten mit Leuten wie diesem elenden blauen Scharl Umgang pflegen könnte, das … nun, das wäre zwar schändlich neugierig, aber daraus könnte man mir auf keinen Fall einen Strick drehen.«

»Ludwig, ich wusste gar nicht, wie internetsüchtig ich bin. Wann fangen wir an?«

»Jetzt gleich? An wen kannst du dich noch erinnern?«

DIENSTAG, 3. JUNI 2014, 23.45 UHR

Leise drehte er sich zu ihr. »Und, wer könnte es sein? So wirklich hat sich keine empfohlen. Zumindest noch nicht.« Delias Antwort war kaum mehr als ein Flüstern. »Die Lisa sicher nicht. Aber ich will dir nicht zu viel verraten, weil du sie bald kennenlernen wirst. Immerhin ist sie eine meiner zwei besten Freundinnen geworden. Und beim ›Zwutschkerl‹ kann ich's mir auch nicht vorstellen. Bianca Azzurra Segofina – gut, dass sie so extravagant geheißen hat, weil sonst hätte ich mich nicht mehr an ihren Namen erinnert. Wir haben sie immer nur ›Zwutschkerl, die Mini-Heilige‹ genannt! Wie gesagt, extrem süditalienisch katholisch, wollte die ganze Welt von der Sünde befreien. Sehr engagiert, aber ein bisserl radikal. Und eitel! Die hat sich Brillen wie andere Frauen Schuhe gekauft. Quasi als Accessoire fürs Gesicht. Komisch, dass wir gar nichts über sie im Internet gefunden haben. Im Gegensatz zur Tatjana Wayer – bei der wundert es mich nicht, dass die dermaßen Karriere gemacht hat. Die war immer sehr zielorientiert und bestimmt. Wie die mich nie zu Wort hat kommen lassen – egal, über die Toten nur Gutes. Abgesehen davon, bei ihrer Moral-Säuerlichkeit hätte sie den blauen Scharl nicht einmal mit der Feuerzange angefasst. Da waren aber noch einige andere, sehr junge Sozialarbeiterinnen. Eine sogar Praktikantin. Warte, Ludwig, ich glaube …«, mit einem Ruck setzte sie sich auf, »… du hattest recht, jetzt im Halbschlaf sind mir tatsächlich wieder ein paar Namen eingefallen. Am Schreibtisch gegenüber der Lisa Poller saß die Margit Hopfner. Die ist aber bald ausgeschieden, hat geheiratet und gnadenlos viele Kinder gekriegt. Wie die

als Ehefrau jetzt heißt, müsste der Ingeniöhr leicht herausfinden können. Im Zimmer daneben waren die zwei Youngsters. Eine hatte einen komischen Vornamen … zumindest für damalige Verhältnisse. Berenike hat sie geheißen, Berenike Schopfmüller. Nein, Meyer, Schopfmeyer. Die war dermaßen farblos, dass ich nicht einmal mehr ein Gesicht vor mir habe. Im Gegensatz zu ihrer Zimmergenossin, das war die Anita Holl. Zart, blond, ein Engel. Allerdings ein gefallener – man hat gemunkelt, dass sie bald den Dienst quittieren musste, weil es scheinbar Unregelmäßigkeiten bei irgendwelchen Abrechnungen gegeben hat. Ob die und der Braun …? Na ja, am ehesten. Außerdem waren da noch die Juristinnen, die saßen im Stockwerk drüber. Ich hatte mit einer Magistra Novak zu tun. Freundlich, aber unendlich mühsam – die Frau konnte gefühlte Stunden lang reden, ohne scheinbar dabei Luft holen zu müssen. Vielleicht war sie in Wirklichkeit eine entflohene Bauchrednerpuppe, die endlich ihre Redefreiheit genießen konnte. Und natürlich die von der Staatsanwaltschaft, die haben sich ebenfalls ausführlich mit mir und meinen Leidensgenossinnen beschäftigt. Neun waren wir insgesamt … also neun, die in dem einen Schub gerettet beziehungsweise behandelt wurden. Drei Chantals, eine Jacqueline, eine Chanel – die haben wir immer nur ›Dufti‹ genannt. Eine Olga, eine ›zünftige Resi‹, eine Scheherazade – unsere ›Scherzi‹. Und ich … ach Gott, ich gestehe, ich war …«

»Anaïs, die Unberührte! Ich kann mich noch gut daran erinnern, wobei auch ich dir ein Geständnis machen muss. Als Erstes habe ich mir damals gedacht – mein Gott, wer denkt sich so einen Schwachsinn aus!«

Delias Lächeln war sogar im Dunkel klar zu erkennen. »Ludwig, bitte glaub mir – ich nicht! Es gab so eine Art

Huren-Namensliste, und die Anaïs war damals zufällig frei, also hat man mir den Namen verpasst. Diese ›Künstlerinnen-Namen‹ waren insofern ein Vorteil, weil man alles, was einem als Chantal, als Olga oder eben als Anaïs passiert ist, leichter von sich wegschieben konnte. Das alles war nicht mir, sondern Anaïs geschehen. Das ist so weit gegangen, dass wir nur bei den Einzelgesprächen bei unseren echten Namen genannt wurden. Die haben sich sehr um uns bemüht. Aber umso weniger kann ich mir vorstellen, dass eine aus dieser Truppe mich oder meine acht Leidensgenossinnen verraten hätte! Die hatten tatsächlich Ideale. Nein, die waren's nicht! Eher noch die Schetterer – das war die Ärztin, die unsere Du-weißt-schon-welche-Gesundheit überprüft hat. Aber andererseits, warum sollte sich eine Internistin mit so einem Gesindel wie dem Braun abgeben? Und da gab's noch eine Psychiaterin. Und zwei Psychologinnen. Die waren … wie soll ich sagen – ungewöhnlich, gewöhnungsbedürftig, aber interessant. Ein bisschen lästig, aber nett. Deren Namen fallen mir nicht mehr ein, aber die sollten für den Ingeniöhr kein Problem sein. Und zuletzt, die Krönung, die Kieberer!«

Sie ließ sich in seine Arme zurücksinken, »Die Vertreter der Ordnungsmacht. An die kann und will ich mich nicht erinnern. Außer an einen. Aber ich fürchte, meine Erinnerung verblasst. Bitte um eine Auffrischung.«

MITTWOCH, 4. JUNI 2014, 7.55 UHR

Zielsicher betrat Halb das richtige Büro. »Guten Morgen allerseits. Falls der Ingeniöhr da sein sollte …«

»Hier, anwesend.«

»… bitte zu mir.«

Kaum, dass er die allmorgendliche schwere Entscheidung – Assam oder Darjeeling, first flush, oder etwas weniger Nobles – getroffen hatte, klopfte es zaghaft.

»Chef, Tadel oder Lob? Falls Tadel – ich bin mir keiner Schuld bewusst! Falls Lob – von wem weißt du's?«

»Lob? Gerne, immer! Sowohl für mich als auch für dich. Tee?«

»Bitte. Denselben wie du.«

»Darjeeling first flush, heute nur das Beste. Fünf Minuten ziehen lassen …« Genüsslich schnupperte Halb am Sieb, bevor er sich seinem Internet-Genie zuwandte. »Was bitte weiß ich bereits? Und nein, kein Tadel, allerdings auch kein Lob. Ich wollte dich nur um einiges bitten, das vielleicht nicht an die große Glocke gehängt werden sollte. Aber bitte, du zuerst.«

»Ich habe ihn gefunden!« Schwungvoll zog Mayer ein mehrfach gefaltetes Blatt aus seiner Hosentasche. »Gesucht wurde … ein Stuntman! Am besten in der Umgebung von Baden, wenn es geht, mit Wohnort Theresiental. Habe ich! Also, gesucht. Mich beinahe blöd gesucht. Chef, du hast keine Ahnung, wer alles sich als ›Stuntman‹ bezeichnet. Gemessen daran sind Schauspielagenturen und Filmproduktionsfirmen hochgradig seriös! Aber dann, mein Geistesblitz! Ich habe meine Suche erweitert, und zwar …«

»… über die Grenzen Badens hinaus. Und in Wien …«

»Aber nein! Über keine geografischen, sondern über gedankliche Grenzen. Ich habe nachgedacht …«

»Schön von dir.«

»… wo ich in der heutigen Zeit am ehesten einen Stuntman finde. Und fand ihn …«

»… bei Dreharbeiten in Wien?« Halbs Sprechtempo ließ bereits seine Ungeduld erahnen.

»Falsch! Beim Arbeitsmarktservice. Er hat sich arbeitslos gemeldet. EU-Bürger, in Österreich mit Hauptwohnsitz gemeldet. Ganz in der Nähe von Baden. So weit alles legal. Und das Beste …«

»Du hast ihn bereits verhaften und ins Verlies werfen lassen. Und unter der Folter hat er gestanden, dass er der schwarze Ritter ist, dass er und seine Freunde zeit ihres Lebens immer in der Ritterzeit leben wollten und aus bloßer Mordlust den Asiaten getötet, den zweiten schwer verletzt und Schwejk beinahe erschossen hätten. So in etwa?«

Der Ingeniöhr sah seinen Chef wie ein seniles Fabelwesen an. »Nein, das nicht. Eigentlich wollte ich dir berichten, dass wir sogar seine Fingerabdrücke im System haben, da er vor Jahren als Fluchtfahrer bei einem Banküberfall mitgemacht hat. Und wir wissen seinen Namen. Stanislav Lebar, genannt Stani. Aber wenn du das zum Witze Reißen findest …«

Halb schüttelte entnervt den Kopf. »Ingeniöhr, ich bitt dich, diese Information nützt uns einstweilen so viel wie der Schmutz unter deinen sehr gepflegten Fingernägeln! Nämlich gar nichts! Wenn du mir berichtet hättest, dass Herr Lebar warum auch immer was auch immer im Zusammenhang mit den Überfällen gestanden hätte – wunderbar! Oder wenn er wenigstens erst in den vergangenen 24 Stunden eingereist wäre, hätten wir in ihm den Ersatz für den

getöteten Raubritter sehen und ihn observieren können. Aber so? Ich hab verstanden, dass du dir die Nacht um die Ohren geschlagen hast, um das herauszufinden. Ohne wie ein Oberlehrer wirken zu wollen … großartig! Aber was bringt uns das?«

Mayers Miene glich der eines Zehnjährigen, der soeben die letzte Deutsch-Schularbeit mit dem Vermerk »Sehr gut – aber Thema verfehlt, daher nicht genügend« erhalten hatte. »Ich dachte, dass er der Ansatzpunkt sein könnte, von dem du gesprochen hast. Dass wir ihn überwachen und dadurch an die anderen herankommen könnten. Aber bitte, wenn du das anders siehst.«

»Ingeniöhr, noch einmal … exzellente Arbeit. Aber glaubst du tatsächlich, dass wir die Überwachung einer einzelnen Person genehmigt bekommen, nur weil sie ein vorbestrafter arbeitsloser Stuntman ist, der in der Nähe der Tatorte wohnt? Entschuldige bitte.« Gnädigerweise läutete das Telefon. »Halb, guten Morgen! Frau Doktor, so früh am Obduktionstisch? … Ah so, nicht schon, sondern noch. Moment, ich stell Sie auf Lautsprecher, der Kollege Mayer sitzt mir gegenüber. Bitte, wir hören.«

»Hallihallo, auch Ihnen einen wunderschönen guten Morgen, Herr Ingenieur Mayer! Und ich verspreche Ihnen, dass er fabelhaft wird, falls er es nicht ohnehin schon sein sollte, weil ich eine kleine Sensation zu verkünden habe.« Am Telefon erinnerte Doktor Lirtscherers Lachen weniger an eine Geröllawine als vielmehr an einen Streit zwischen Raben und Krähen. »Ich will Sie nicht mit gerichtsmedizinischem Fachchinesisch langweilen, aber … wobei, ich bin mir sicher, dass Chinesisch eine viel zu spannende Sprache ist, um einen zu langweilen, weshalb ich diese Formulierung eigentlich nicht sehr –«

»Frau Doktor, bitte, wir sind so gespannt auf die Sensation.«

»Wie? Ach Gott, natürlich, ich bin schrecklich abschweifend. Wobei, kann man das überhaupt so sagen? Egal«, offenbar hatte Doktor Lirtscherer das gefährliche Grollen vom anderen Ende der Leitung gehört und sprach rasch weiter, »auf jeden Fall ist es mir trotz der heftigen Verbrennungen gelungen, Fingerabdrücke zu sichern. Um genau zu sein, einen Fingerabdruck. Aber der hat genügt, um die Identität unserer Brandleiche feststellen zu können. Und da ich jetzt einen Namen habe und sein Heimatland kenne, kann ich mich mit der dortigen Zahnärztekammer in Verbindung setzen, um alle regionalen in Frage kommenden Fachärzte abzuklappern, ob bei denen unser Opfer in Behandlung war. Und wenn ich später dessen Zahnröntgenbilder in Händen halte, kann ich ...«

»Frau Doktor, wer? Wie heißt unser Opfer?« Halbs Zorn übertönte Mayers nervöses Kichern um ein Vielfaches.

»Aber das wollte ich gerade sagen! Durch den Vergleich der Zahnröntgenbilder könnte ich endgültig feststellen, ob wir tatsächlich die sterblichen Überreste des Mannes gefunden haben, der in unserem System als polnischer Stuntman geführt wird. Aber ich bin mir zu über 90 Prozent sicher, dass wir es mit Stanislav Lebar zu tun haben.«

»Ich wusste es! Spätestens ab ...«

»... ab dem Telefonläuten!« Die Seufzer der beiden Kriminalisten ergänzten einander zu einem erstklassigen Klagelied mit anschließendem Schweigen.

»Hallo, hallo, sind Sie noch dran? Es tut mir leid, wenn ich Sie verschreckt habe, aber ich hätte Sie aus einem Holz geschnitzt geglaubt, welches früh am Morgen Leichen-Neuigkeiten verträgt, weshalb ich ...«

»Nein, nein, nicht die Leiche an sich, sondern deren Name hat uns etwas aus dem Konzept gebracht. Kollege Mayer hat erst vorhin eben jenen Herrn Lebar als einen der möglichen Verdächtigen in unserem Raubritterfall genannt, der wegen seiner Teilnahme an einem Banküberfall in unserem System …«

»Wieso Banküberfall? Wieso in unserem System?« Doktor Lirtscherers naive Frage brachte Halb endgültig um seine Morgentee-Ruhe.

»Was meinen Sie mit ›wieso‹? Wo sonst haben Sie Herrn Lebars Fingerabdrücke gespeichert gefunden?«

»Bei Interpol. Das ist eines meiner eher ungewöhnlichen Hobbys, ich blättere gerne in den Interpol-Dateien herum. Jedes Mal, wenn ich auf der Fahndungsliste zum Beispiel von einem französischen Frauenmörder lese, genieße ich einen kleinen Bummel auf den Champs-Élysées und spaziere zum Eiffelturm hinüber. Und bei einem britischen Messerstecher …«

»… flanieren Sie im Geiste über die Tower Bridge. Und wo sind Sie bei Herrn Lebars Daten herumspaziert?«

»Bei ihm? Gar nirgends.«

»Weil der Mann aus dem Nirgendwo stammt?«

»Nein, nein, das ist rein faktisch gar nicht möglich. Jeder stammt von irgendwo. Aber … ach so, jetzt verstehe ich, Herr Hofrat, Sie wollen mich aufziehen.« Wieder erschallte Lachen am anderen Ende der Leitung. »Aber ich weiß wirklich nicht, woher der Herr Lebar stammte. Ich kann es nur ahnen, weil er als Cousin vom Herrn Woschikowski oder wie immer man den Herrn korrekt ausspricht, angeführt wird. Das ist der Grund, warum Lebar überhaupt in der Interpol-Datei gelandet ist: weil er im Zusammenhang mit einem möglichen Verbrechen seines Verwandten

genannt wird. Als kleines Rädchen, als Mittäter. Krakau! Auch eine wunderschöne Stadt. Herrlich, der Hauptmarkt mit den Tuchhallen, der Wawel und erst der Veit-Stoß-Altar, ich weiß gar nicht, wo ich zuerst ins Schwärmen geraten –«

Irgendwo in Halbs Hinterkopf nahm eine ferne Erinnerung Gestalt an, weshalb er die Gerichtsmedizinerin brüsk unterbrach: »Verstehe ich Sie richtig, der Herr ›Unaussprechlich‹ lebt in Krakau, weshalb Sie annehmen, dass sein ebenfalls zur Fahndung ausgeschriebener Cousin Stanislav Lebar ebenfalls aus dieser ehemaligen Königsresidenz stammt? Besser gesagt, stammte. Jetzt müssten wir nur noch den genauen Namen des von Interpol primär gesuchten Cousins kennen.«

Doktor Lirtscherers Räuspern ähnelte einer Probesprengung. »Vorweg muss ich mich für die Ungelenkigkeit meiner Zunge entschuldigen, wenn es um die korrekte Aussprache slawischer Namen geht. Vielleicht sollte ich daher den Namen, um den sich dieser Interpol-Eintrag dreht, buchstabieren? Also Z wie Zeppelin, B wie Berta, I wie Ida, G wie …«

»Frau Doktor!« Halb zwang sich, ein letztes Mal ruhig und gesittet zu klingen. »Bitte ohne Zeppelins, Bertas und Idas.«

»Also gut, Herr Hofrat, auf Ihre Verantwortung. Herr Lebar wird als Cousin eines Herrn Z-B-I-G-N-I-E-W W-O-J-C-I-E-C-H-O-W-S-K-I, also Zbigniew Wojciechowski, angeführt.«

Ein »Klick!«, ein Blick – schon redeten Halb und der Ingeniöhr wild durcheinander.

»Der verschwundene polnische Schauspieler!«

»Und Stuntman, oder?«

»Sieben Kinder von sieben Frauen, keine Alimente.«

»Das Amtshilfeverfahren der polnischen Kollegen.«

»Noch dazu mit einer Ministerstochter!«

Das Krächzen aus dem Telefonhörer beendete ihr Erinnerungs-Ping-Pong. »Danke, Frau Doktor, wir wissen noch nicht wie, aber Sie haben uns sehr geholfen!«

MITTWOCH, 4. JUNI 2014, 8.30 UHR

»Was meint ihr? Zufall oder ein Zusammenhang zwischen dem Amtshilfeverfahren der polnischen Kollegen und unseren mysteriösen Raubritter-Überfällen? Bitte noch ein Stück.« Helli Drobatschnig hatte sie zur Morgenbesprechung mit einem gemischten Torten-Tablett überrascht, sodass die Diskussion über die Identifikation der Brandleiche zwischen Nusscreme und Marillenmarmelade etwas an Schärfe verloren hatte.

»Kein Zufall! Nur wie?« Geschickt angelte sich Verena ein weiteres Stück Sachertorte. »Wie hängt eine mehrfache Verletzung der Unterhaltspflicht in Polen mit skurrilen Raubüberfällen sowie zweifachem Mord und doppelter schwerer Körperverletzung in Österreich zusammen?«

»Vorgestern hieß es, dass dieser unaussprechliche Herr verschwunden sei. Vielleicht geht die Geschichte umge-

kehrt, nicht der hat etwas mit dem Tod seines Cousins zu tun, sondern Stanislav Lebar hat ihn zu uns gelockt, getötet und …«

»… und danach hat er sich aus schlechtem Gewissen von Schwejk anschießen lassen, sich danach eine Kugel durchs eigene Gehirn gejagt und ist – wortwörtlich kopflos – in einen Kohlenmeiler gestiegen, um zu einem menschlichen Brathendl zu verkohlen.« Mayers Blicke blitzten voller Ironie.

Zornig stellte Wilt seinen Teller auf den Tisch. »Ingeniöhr, du bist ein zynischer Depp! Wenn du mich hättest ausreden lassen, hätte ich logisch geschlossen, dass Lebar nach dem Mord an Zbigniew Wojciechowski von dessen sicher nicht gerade zimperlichen Freunden aus Rache getötet und entsprechend entsorgt worden wäre.«

»Kinder, tut's nicht streiten! Erst recht gar nicht angesichts der Köstlichkeiten, für die wir Helli herzlich danken. Bitte noch ein Stück von der Esterházytorte.« Kaum dass Halb mit seiner Gabel das Tortenstück zerteilt hatte, richtete er sie wie einen Dirigentenstab in Verenas Richtung. »Darf ich dich bitten, mehr über Wojciechowski und Lebar herauszufinden? Das ganze Programm. Vielleicht weitest du die Suche auf alle Passagiere – männlich, allein oder zu zweit, 20 bis 40 Jahre alt – der letzten zwei, drei Wochen aus. Sie werden wohl kaum unter ihren richtigen Namen eingereist sein. Wenn sie mit dem Auto oder per Fernbus oder Bahn gekommen sein sollten, haben wir eh kein Glück, aber vielleicht findest du was bei den Fluglinien. Und du, Ingeniöhr …«, die Gabel blieb nachdenklich in der Luft hängen, »kommst bitte noch einmal in mein Büro. Um alle anderen gleich zu beruhigen, es ist weniger geheimnisvoll, als es klingt. Aber ein bisserl ille-

gal. Daher – wenn ihr nichts davon wisst, kann euch niemand einen Vorwurf machen. Und für den Ingeniöhr …«

»… ist ein Vorwurf mehr auch schon egal!«

Halb schmunzelte. »… würde ich sogar die drei Affen machen – blind, taub, stumm –, wollte ich eigentlich sagen.« Noch einmal stach Halb mit der Gabel in die Luft. »Und mit dir, Toni, würde ich gerne einen weiteren Besuch im wunderschönen Baden machen. Und zwar …«

Wilt lächelte trocken. »Ich habe mich eh gefragt, wann wir endlich ›Hänschen klein‹ ins Gebet nehmen.«

MITTWOCH, 4. JUNI 2014, 9 UHR

»Lisa Poller, Bianca Azzurra Segofina, Tatjana Wayer, Margit Hopfner, Berenike Schopfmeyer, Anita Holl. Von Magistra Novak, einer Juristin, kennst du den Vornamen nicht. Dasselbe gilt für Doktor Schetterer, eine Internistin. Weiters eine Psychiaterin und zwei Psychologinnen. Und das Gekritzel da, was bitte soll das heißen?« Missbilligend deutete Mayer auf den unteren Rand des A4-Blattes, das ihm Halb in die Hand gedrückt hatte.

»Na hör einmal, gemessen an deiner Schrift ist meine doch – gib her.« Eine Sekunde starrte Halb auf die Hiero-

glyphen, bevor er entschuldigend lächelte. »Oje, das muss ich selber erst entziffern. ›Magistratsabteilung, Beratung für Menschen in der Prostitution, 1993‹. Du sollst herausfinden, wer damals in dieser Abteilung gearbeitet hat. Und wer von denen im Lauf der Jahre Kontakte zur Wiener Unterwelt, insbesondere zum blauen Scharl, gehabt haben könnte. Natürlich nur Kontakte, die weit über das Berufliche hinausgegangen wären. Vielleicht findest du bei der einen oder anderen einen unerklärlichen Vermögenszuwachs oder unerwartete Karrieresprünge nach oben wie nach unten. Natürlich interessieren mich auch stinknormale Familienverhältnisse, vor allem, wenn sie mich beruhigen. Also nahelegen, dass diejenige ...«

»... wohl kaum deine Delia verpfiffen hat. Weder an Karl Braun noch an andere sympathische ›Herzerln‹. Verrätst du mir, warum du das gerade jetzt wissen willst? Oder zwingst du mich, das zu erahnen?«

Halbs Lächeln zeigte einen Hauch von Besorgnis und Respekt. »Glaub mir, noch wissen wir weder wann noch wo, noch von wem wir getraut werden wollen. Nein! Mich interessieren diese Informationen gerade jetzt brennend, weil mich der letzte Satz vom blauen Scharl – ›Ach, und übrigens Handküsse Ihrer zukünftigen Frau Gemahlin! Eine tolle Karriere!‹ – viel mehr beunruhigt hat, als ich es selbst mir gegenüber zugeben kann und will. Umso mehr, danke für deine Hilfe! Erst recht, da ich dich für eine offizielle Recherche brauche. Von Bumbach – über den hat der blaue Scharl einige bösartige Bemerkungen gemacht. Wobei mich die Bösartigkeit an sich nicht verblüfft hat, aber gerade weil Braun spontan Gift und Galle gespuckt hat, könnte ihm irrtümlich ein Körnchen Wahrheit in seine Tiraden hineingerutscht sein. Möglicherweise bieten die

Besitzverhältnisse und Dienstverträge sowohl bei von Bumbachs ›Haus des Pferdes‹ als auch beim ›GREHTTA‹ eine erste Erklärung für die Ritterspiele der besonderen Art? Außerdem, laut den Medien ist von Bumbach ein ewiger Pleitier, er selber hat aber den frischen Geldfluss durchaus schlüssig erklärt. Wem sollen wir mehr misstrauen? Und zuletzt – ich mag zwar etwas kindisch klingen, aber mich würde interessieren, wie von Bumbach wirklich heißt? Jeder nimmt dieses ›Puzi‹ als selbstverständlich an, aber der muss schließlich einen richtigen, einen Taufnamen haben.«

MITTWOCH, 4. JUNI 2014, 10 UHR

»Hänschen klein? Ja, passt auch gut zum ›Halberten‹ …« Ganz langsam streckte sich Halb auf dem Nebensitz, eine Bewegung, die er nach wie vor ungemein genoss.

»Chef, ich war doch früher beim ›Betrug‹. Der Hans war dort einer meiner Kollegen. Aber wieso kennst du ihn? Und woher stammt dein Spitzname für ihn?« Vorsichtig setzte Wilt zum Überholen an.

»Aus der Oberstufe. Wir saßen von der Zweiten bis zur Matura in derselben Klasse. Soweit ich mich erinnere, sind

die Alberts damals nach Wien übersiedelt, weil der Vater irgendein hohes Tier in einer Versicherungszentrale geworden ist. Der Johannes hätte im Internat in Salzburg bleiben können, aber das wollte er nicht, weshalb er mit Eltern und Geschwistern nach Wien mitgekommen ist. Daher der Schulwechsel im Semester der Zweiten. Anfangs war er einer der Kleinsten in der Klasse, aber bald ist er in die Höhe geschossen. Letztlich war er 1,98 Meter groß. Daher war der Weg vom ›Hans Albert‹ über den ›H. Albert‹ zum ›Halberten‹ naheliegend. Erst recht, weil er nicht nur in die Höhe gewachsen ist. Ab der siebenten Klasse hat er mit dem Gewichtheben begonnen und ist bei einem Jugendwettbewerb Zweiter geworden. Gott sei Dank war er immer sehr gutmütig und besaß eine große Portion an Selbstironie, weshalb er uns nur ganz selten seine Größe und Kraft hat spüren lassen. Einmal zum Beispiel hat ihn einer von uns heftig geärgert – der hatte bezeichnenderweise den Spitznamen ›Giftzwerg‹. Der Halberte ist ganz ruhig geblieben, aber plötzlich hat er den Giftzwerg beim Kragen gepackt und ihn mühelos hochgehoben. Während der in der Luft herumgezappelt hat, hat der Halberte seelenruhig einen Spruch losgelassen, der bald zum geflügelten Wort wurde: ›Die Höhenluft ist viel gesünder, weil's hier oben viel weniger nach Leuten wie dir stinkt.‹ Daraufhin hat er ihn wieder vorsichtig abgesetzt und ihm feierlich die Hand geschüttelt. Du kannst dir denken, dass der Giftzwerg von diesem Moment an einen großen Bogen um ihn gemacht hat. Ich selber bin mit dem Halberten immer sehr gut ausgekommen. Aber trotzdem ist der Kontakt nach der Matura abgerissen. Dass er nach seinem Wirtschaftsstudium zur Polizei gegangen ist, habe ich erst bei einem unserer Klassentreffen erfahren. Entsprechend ver-

blüfft war ich vor ein paar Jahren, wie ich von seinem Ausscheiden und der Firmengründung erfahren habe. ›SoS – Sicherheit ohne Scheuklappen‹, weißt du mehr darüber?«

»Nicht viel. Allerdings ... Himmelherrgott noch einmal, jetzt fahr endlich nach rechts!« Etwas heftig lenkte Wilt auf die Abbiegespur, um noch im letzten Moment nach Baden bei Wien abzuzweigen. »Entschuldige, Chef, aber sonst verpassen wir die Abfahrt und kommen zu spät. Wie gesagt, nicht viel, nur Gerüchte. Seine Sicherheitsfirma soll binnen weniger Jahre alle Erwartungen übertroffen haben, quasi von null auf hundert in kürzester Zeit. Wie immer bei solchen Erfolgsstorys kursieren bald Bösartigkeiten, die als Wahrheiten verkauft werden. Er habe sich mit rivalisierenden Banden zusammengetan. Dabei sei er mit sehr viel Geschick vorgegangen, habe sie gegeneinander ausgespielt, um von den einen zu erfahren, wo und wann die anderen zuschlagen würden und umgekehrt. Dank dieses Wissens habe er die jeweilige Tat quasi in flagranti verhindern können und sei regelmäßig vor seinen Auftraggebern als Held dagestanden. Was ihm selbstverständlich enorme Mundpropaganda und weitere, immer lukrativere Aufträge eingebracht habe.«

»Das würde aber auch funktionieren, wenn er sich diese Informationen von alten Freunden bei der Polizei besorgt hätte. Das wäre zwar nicht legal, aber immer noch ehrenwerter. Abgesehen davon halte ich den Halberten für klug und erfahren genug, um ohne solche halbseidenen Tricks ein exzellentes Gespür für Gefahrensituationen entwickelt zu haben. Toni, da vorne, der Pfeil – wir müssen nach links.«

Beinahe wäre Wilt geradeaus gefahren, aber dank Halbs Aufmerksamkeit bremste und lenkte er den Wagen gerade noch um die Kurve.

Erst nach einigen Sekunden ließ Halb wieder den Griff oberhalb der Tür los, an den er sich bei Wilts halsbrecherischem Manöver automatisch geklammert hatte. »Toni, bei aller Wertschätzung deiner Fahrsicherheitstrainings, aber wir verfolgen hier niemanden, wir wollen nur ankommen. Und zwar lebend!«

»Schon gut, Chef, entschuldige bitte. Je länger es her ist, desto mehr vergesse ich, dass du nach wie vor nicht … wie soll ich sagen, unsanft gerüttelt werden sollst.«

Halb winkte müde ab. »Toni, ich freue mich, wenn ihr das vergesst. Ewiges Mitleid wäre noch schlimmer. Aber, so pathetisch es klingt, mein Körper vergisst es nicht. Noch nicht. Drei Kugeln in und um die Wirbelsäule, neun Monate Krankenhaus und eine lähmende Angst davor, gelähmt zu bleiben. Und das Ganze ist noch keine zwei Jahre her. Da musst du damit rechnen, dass ich mich bei deinen Fahrkünsten schweißüberströmt neben dir verkrampfe. Aber genug der Vergangenheitsbewältigung, da vorne ist es.«

Vor ihnen tat sich ein Gebäudekomplex auf, dessen u-förmige Struktur von der Seite gut zu erkennen war. Davor erstreckte sich ein Parkplatz für rund 30 Fahrzeuge, wobei zehn von ihnen unter einem Dach Platz fanden. Das Gebäude in Schönbrunner-Gelb erinnerte auf den ersten Blick an die sogenannte »gute alte Zeit«. Lediglich der Schriftzug auf den Glastüren am Eingang, der einem kleinen griechischen Tempel nachempfunden worden war, störte die lieblichen Erinnerungen an diverse Habsburger-Schlösschen. »SOS – Sicherheit ohne Scheuklappen« stand zwar in dezenten, teils durchsichtigen Buchstaben geschrieben, trotzdem passten weder Logo noch Türen zum restlichen Eindruck.

Auch die Sprechanlage im rechten Teil des Tempel-Portals wäre fehl am Platz gewesen, aber durch ihre Lackierung im erdig rötlichen Gelb fiel sie erst bei näherer Betrachtung auf. Eine Kamera suchte Halb vergeblich, vermutlich war sie in einer der Nischen des Vorbaus verborgen.

»Bundeskriminalamt, Hofrat Halb und Anton Wilt. Wir werden erwartet«, noch während Halb seinen Gedanken rund um die Ästhetik des Gebäudes nachhing, hatte Wilt auf den Knopf gedrückt und der schnarrenden Stimme geantwortet. Bei der dritten Sicherheitsschleuse wurden sie von zwei Hünen in dunklen Anzügen erwartet, die sie – nach dem obligaten Abtasten mit Metalldetektoren – mit einem etwas zu forschen »Bitte!« in den zweiten Stock des linken Gebäudeflügels brachten. Ein Déjà-vu, nur, dass diesmal statt »Tassilo von Oldenharth-Braun – Geschäftsführung« die Worte »Major a.d. Mag. rer. soc. oec. Johannes Albert, CEO«, noch dazu in einer bescheideneren Größe und Dicke, zu lesen waren. Als sich wie von Geisterhand die Tür öffnete, betraten sie ein ähnlich beeindruckendes Büro wie am Nachmittag zuvor, das aber allein aufgrund seines »Bewohners« auf Anhieb sehr viel sympathischer wirkte.

»Toni! Locken-Luzi! Was für eine liebe Überraschung, euch endlich einmal wiederzusehen! Bitte, nehmt's Platz.« Johannes Albert hatte nichts von seiner einschüchternden Statur eingebüßt. Im Gegenteil, im graumelierten Maßanzug mit Gilet wirkte er noch imposanter.

»Also, wenn du mich mit meinem Spitznamen seit Schultagen titulierst, darf ich ebenfalls … Servus Halberter!« Halbs süßsaures Lächeln hielt nur ganz kurz, bevor es einem herzlichen Lachen Platz machte. »Sag einmal, was muss man bei der Polizei anstellen, um es zu so einer Kar-

riere zu bringen? Wenn ich da an unsere Büros denke …«
Seine ausladende Geste umfasste nicht nur die Raumflucht und die gigantische Sitzgarnitur, sondern auch die hinter den Fenstern strahlenden Wienerwald-Weiten.

»Ganz einfach, du musst nur das Glück haben, das Pech zu haben, einen politischen Günstling der übelsten Kategorie als Vorgesetzten zu haben. Ich hab seinen Namen verdrängt, aber wie ich den Toni kenne, könnte er dir sicher noch dessen Namen verraten. Aber was soll's, letztlich hat …«

»Nein, kann ich nicht.« Wilt hatte es sich bereits auf einem der Fauteuils mit drei Rückenpölstern bequem gemacht. »Und zwar deshalb nicht, weil es damals dort mehrere davon gab. Also, von der Sorte ›politische Günstlinge‹. Ich kann mich nicht mehr erinnern, mit wem du mehr gekracht hast, aber …«

»Na, mit dem … jetzt fällt mir sein Name nicht mehr ein! Mir scheint, der Alzheimer klopft an.« Während Albert mit der linken Hand ungeduldig gegen seine Stirn klopfte, um offenbar das Denkvermögen anzuregen, schenkte er mit der rechten drei großzügige Gläser einer goldgelben Flüssigkeit ein. »Ah nein, doch noch nicht – mit dem Hillerbäuer. Franz-Joseph Hillerbäuer … bitte den Joseph mit ›ph‹, nicht mit einem vulgären ›f‹. Wobei, schade, dass er mir noch eingefallen ist, weil eigentlich wollte ich seinen Namen nie wieder nennen. Weißt eh, Ludwig, der war der typische ›Hofrat-eh-scho-wissen‹ mit den Visitkarten aller wichtigen Leute in den zahllosen Sakkotaschen. Die hat er auch gebraucht, damit er immer eine frei hatte, in die ihm jemand etwas hineinstecken konnte. Wie hat er das genannt? ›Eine kleine Dankbarkeit in innerer Verbundenheit‹ … dieses bestechliche

Schwein. Und das in der Betrugsabteilung! Aber eins muss man ihm lassen, in seiner Art war er brillant. Der geradezu klassisch stromlinienförmige Karriere-Bubi, ein virtuoser In-allem-Nichtskönner, aber dafür umso mehr von sich überzeugter Radfahrer. Ihr wisst eh, was ich meine, oder? Nach unten treten, nach oben buckeln. Das hat er perfekt beherrscht, das muss man ihm lassen. Und, ich muss gestehen, einiges hab ich mir von ihm abschauen können. Nicht, dass ich so ein unanständiges Stück Dreck geworden wäre … hoffe ich zumindest. Aber wie ich aus der Polizei ausgeschieden bin und meine Firma gegründet habe, waren mir einige seiner Techniken im Selbstmarketing durchaus hilfreich. Zum Beispiel hätte ich mich ohne sein – wie soll ich's nennen – ›Vorbild‹ nie getraut, von Anfang an nur nach großen Kunden zu fischen, vom ersten Moment an gegenüber internationalen Unternehmen voller Überzeugung zu behaupten, dass es zur Überprüfung ihrer internen Sicherheitsabläufe keinen besseren als mich gäbe. Ob Glück oder Können … oder vermutlich eine Kombination aus beidem – jedenfalls habe ich bereits in den ersten drei Jahren einige kapitale Betrügereien auffliegen lassen. Etwas später kam fast automatisch der Objekt- und Personenschutz dazu. Und wieder habe ich vor allem großen Körperschaften meine Dienste anpreisen und verkaufen können. Bald darauf meine beste Idee, ›Prävention statt Scherben zählen‹. Der Gedanke dahinter war Gold wert! Und zwar – Sicherheitskonzepte hat heutzutage fast jeder Marktstand, aber ob die was taugen, weiß man erst, wenn es zu spät ist. Das war die Lücke, in die wir mit ›SoS – Sicherheit ohne Scheuklappen‹ gestoßen sind. Wir bekommen ein Fixum, dafür überprüfen wir die Arbeit anderer Dienst-

leister in der Sicherheitsbranche. Da wir keinerlei Beteiligung oder Prozentsatz kassieren, können wir unsere absolute Objektivität glaubhaft verkaufen. Selbstverständlich wieder nur an Großkunden. Städte, Kommunen, aber auch große Unternehmen wie Banken und so weiter.« Albert holte tief Luft, griff nach seinem Glas und stutzte. »Warum trinkt ihr denn gar nicht? Dieses gelbe Gold da in euren Gläsern ist absolut diensttauglich, purer nicht-alkoholischer Fruchtsaft. Aber einer der delikatesten, den ihr jemals getrunken habt. Aus absolut biologischem Anbau – ich weiß, wovon ich rede, weil der stammt von einer meiner Plantagen in der Karibik. Eine kleine Investition, die ich mir vor kurzem gegönnt habe. Also, zum Wohl! Schön, dass ihr da seid! Und nun die Gretchenfrage … warum? Was sollte ich eurer Meinung nach mit diesen seltsamen Ritterüberfällen zu tun haben?«

Halb lächelte versonnen. »Kannst du dich noch an den Professor Moser erinnern? Immer, wenn einer von uns die Mathematik-Aufgabe nicht lösen konnte und gejammert hat, ›Ich kann's nicht!‹, hat er trocken ergänzt …«

»›Du kannst es noch nicht!‹ Daran kann ich mich noch erinnern. Aber was …«

»Noch nicht! Halberter, vielleicht hast du noch nichts mit diesen seltsamen Ritterüberfällen zu tun. Aber übermorgen …«

»Ist Freitag. Und? Was soll da … ach Gott, ihr meint diese GERDA-Hoteleröffnung?«

»Nicht GERDA, GREHTTA! ›Golf- und Reiter-Hotel im Theresiental‹. Ja, die meinen wir.«

Albert warf beiden Weggefährten einen mehr als spöttischen Blick zu. »Nein, das kann ich mir nicht vorstellen. Ihr verwechselt das mit einem echt glamourösen Anlass.

Zugegeben, es sollen sogar einige Spitzen aus der internationalen Finanz- und Hotelwelt ihr Licht leuchten lassen, ein paar berühmte Sportler werden erwartet, vielleicht noch ein paar berühmte Künstler oder wenigstens solche, die sich dafür halten. Außerdem werden sich wie immer einige stargeile Buffet-Schmarotzer dazuschummeln. Aber was sollten die wackeren Rittersleut dort rauben? Die teuren Colliers und erlesenen Tourbillons bleiben in den Safes zuhause, zur Schau werden gute Kopien und Nobeluhren der dritten Reihe getragen. Ansonsten haben diese Herrschaften zwar unanständig viel Geld, aber nicht bei sich. Das Einzige, was sich lohnen würde, wäre eine Entführung. Aber da wären sie schön blöd, wenn sie das in Ritterrüstung zu Pferd durchziehen würden. Viel zu unbeweglich. So was muss heute blitzschnell gehen, dafür bleibt dir maximal eine Minute. Erst recht übermorgen – und damit zu meinem bescheidenen Beitrag. Wir …«

»Jetzt wird's interessant!« Halb deutete mäßigen Applaus an. »Laut dem blauen Scharl sollen deine Leute ein ausgefeiltes Security-Konzept erarbeitet und umgesetzt haben. Ihr liefert also keine Überprüfung anderer, sondern arbeitet selber an vorderster Front?«

»Nein, nicht ganz. Eher so eine Hybrid-Sache. Zwar haben wir unsere Expertise bei der Planung eingebracht, aber die Objekt- und Personenschützer vor Ort kommen von anderen … was hast du gerade gesagt? Blauer Schal?«

»Scharl, mit ›r‹! Blauer Scharl. Sag bloß, der sagt dir nix?«

»Sollte er?« Alberts Selbstsicherheit zeigte einen ersten Riss.

»Und mit Karl Braun, fängst du damit was an?«

Alberts Lächeln sprach Bände. »Schon, allerdings gab's davon zwei. Einen Zuhälter und einen Betrüger. Vor allem Pferdewetten, wenn ich mich recht erinnere.«

»Zweitens stimmt, erstens nicht. Der Zuhälter und der Betrüger waren nämlich ein und derselbe. Und heute ist er … na, wer?«

Johannes Albert zögerte nur ganz kurz, bevor er ungläubig den Kopf schüttelte. »Da Brauns Spitzname bei euch offenbar ›der blaue Scharl‹ war und ebendieser blaue Scharl euch von unserem Sicherheitskonzept fürs GREHTTA erzählt hat, kann er aller Logik nach nur …« Er nahm einen tiefen Schluck »Ich kann's mir bei bestem Willen nicht vorstellen, aber – der blaue Scharl von einst muss der heutige Tassilo von Oldenharth-Braun sein.«

»Der Kandidat hat 100 Punkte!« Halb und Wilt prosteten ihm aufmunternd zu. »Und jetzt wirst du verstehen, warum wir diese Hoteleröffnung und ihr Drumherum mit scheelen Blicken betrachten. Und da der Name deiner Firma fiel …«

»Was kann ich tun?« Alberts Tonfall ließ keinen Zweifel daran, von nun an nicht mehr lieben Kollegen, sondern Profis gegenüber zu sitzen.

MITTWOCH, 4. JUNI 2014, 11.30 UHR

»Ganz ehrlich, wie ich von der Anfrage gehört habe, habe ich das Projekt gleich einer meiner beiden rechten Hände übergeben. Absichern eines Empfangs, reine Routine, nichts Besonderes. Hier entlang, bitte. Erst, wie ich die Unterlagen durchgegangen bin, habe ich mir so meine Gedanken zu machen begonnen. Übrigens, falls ihr euch orientieren wollt – wir waren im zweiten Stock des Ostflügels, und jetzt gehen wir ins Erdgeschoss des Westflügels. Wie gesagt, habe ich mir so meine Gedanken gemacht. Und das Ergebnis … na ja, unter uns Männern kann ich offen sein. Ich war mir sicher, dass sich hinter dem ganzen Pferde- und Golf-Getue schlicht und einfach eine Art supernobles Stundenhotel verbirgt, weil für ein übliches Fünf-Sterne-de-luxe-Hotel sähe ich hier in der Gegend wenig Chancen. Es sind schon die Vier-Sterne-Häuser der Region dermaßen exzellent, dass im Überdrüber-Luxus-Segment kaum mehr Luft zum Atmen bliebt. Diesem GREHTTA werden die Gäste ausbleiben, es sei denn, hinter der ›ach, ich bin so vornehm‹-Fassade verbirgt sich ganz etwas anderes. Da vorne links bitte.« Mit stolzer Routine dirigierte Johannes Albert seine Gäste zu einer gläsernen Halle, in der ein Schwimmbecken mit Wettkampf-Ausmaßen prunkte. Zusätzlich gab es zwei kleinere Becken, an deren Rändern futuristische Geräte standen. »Natürlich gäbe es noch weitere Szenarien, aber mir diese auch nur vorzustellen, verbietet mir mein Glaube an das Gute

im Menschen. So, hier sind wir in einem unserer Herzstücke. Das ist unser ›ACDTC‹, unser ›Aquatic combat diver training center‹. In diesen Becken …«

»Kampftaucher-Ausbildung? Halberter, kann es sein, dass du zu viele Agentenfilme gesehen hast? Oder leistest du dir hier das ultimative Spielzeug für zu groß – und vor allem zu reich – gewordene ewige Buben?« Halb warf seinem Schulkollegen einen Blick zu, der sich zwischen Ungläubigkeit, Mitleid und Lachen nicht entscheiden konnte.

»Locken-Luzi, zum einen hast du Recht – ich liebe solche Filme. Zum anderen siehst du das völlig falsch … und das ist der Grund, warum du Hofrat bleibst und ich ein sehr erfolgreicher Unternehmer bin.« Alberts »Retour-Blick« triefte vor Ironie und Mitleid. »Selbst wenn du dir das nicht vorstellen kannst, die subjektive Unsicherheit steigt enorm, das Sicherheitsbedürfnis zieht nahtlos mit. Wobei wir hier weniger von Europa sprechen. Aber weltweit steigt selbst die Nachfrage nach Kampftauchern an, um Fluss- oder See-Abschnitte zu sichern. Also bilde ich innerhalb meines Unternehmens ein paar dieser Spezialkräfte aus. Aber weit mehr Geld verdiene ich mit dieser Einrichtung, indem ich sie vermiete. Was ihr hier seht, ist eines der weltbesten Kampftaucher-Trainingscenter. Im großen Becken hier wird ganz normal trainiert – Geschwindigkeit, Tauchdauer, Unterwasserkampftechniken und so weiter. Aber in dem größeren der beiden anderen Becken da drüben ist ein Unterwasser-Projektor eingebaut, der dir auf alle vier Wände und den Boden beliebige Bild-Sequenzen wirft, selbstverständlich inklusive der für diverse Tiefen typischen Verzerrung. Und dieses seltsame Ding am Beckenrand ist eine sechste Leinwand, die

auf das Becken ›draufgelegt‹ wird, damit der Taucher auch über sich eine Gefahrensituation wahrnehmen kann. Dass im Becken alle Arten von Strömungen bis hin zu Strudeln erzeugt oder Schlammpartikel aufgeschwemmt werden können, ist ohnehin selbstverständlich. Ein Beispiel: Wer da unten taucht, muss sich zunächst in einer trüben Brühe orientieren. Das Ziel, auf das er sich lautlos zubewegen soll, ist nur schemenhaft zu erkennen. Aber plötzlich erscheinen mehrere Feinde von verschiedenen Seiten. Zuerst die blitzschnelle Entscheidung, Flucht oder Kampf. Wohin? Wen als Ersten eliminieren? Zuletzt der Kampf. Wir können hier jede beliebige Situation simulieren. Und in dem dritten, kleinsten Becken, trainieren wir die klassische Panik-Situation. Besser gesagt, deren Überleben. Der Kandidat wird gefesselt ins Wasser …«

»Johannes! Danke, ich kann's mir vorstellen!« Allein bei der Erwähnung der beiden Wörter »gefesselt« und »Wasser« brach Halb der Angstschweiß aus. Zwar schämte er sich sowohl für seine Pferde- als auch für seine Platzangst, aber trotzdem konnte er einer solchen Beschreibung nicht ruhig zuhören.

Etwas überrascht setzte Albert fort. »Jedenfalls … ihr könnt mir glauben, mein ›ACDTC‹ wird mir quasi aus der Hand gerissen. Die Anfragen werden immer mehr. Natürlich darf ich euch meine Kunden nicht verraten, aber die wenigsten Heere können sich heutzutage noch solche Trainingsareale für sich alleine leisten.«

»Mir fielen als Kunden aber auch private Sicherheitsarmeen von, sagen wir, politisch wie rechtlich höchst umstrittenen Milliardären lateinamerikanischer Länder ein …«

»Oder afrikanischer?«

»Oder so. Ich fürchte, die Liste wäre lang.«

»Johannes, bei aller früheren Freundschaft – schämst du dich nicht?« Es war Wilt, der beider Gedanken als Erster aussprach.

»Nein! Aber vielleicht setzen wir uns erst einmal.« Albert öffnete eine Tür, die zu einer Terrasse mit einem weiteren wunderschönen Wienerwald-Ausblick führte. »Ich will jetzt gar nicht das typische Argument der Waffenindustrie bemühen – wenn ich es nicht tue, macht es ein anderer. Nein, so leicht mache ich es mir nicht. Aber ich maße mir nicht die Entscheidung darüber an, wer ein Training, eine Ausbildung aus moralischen Gründen verdient und wer nicht. Auf jeden Fall helfe ich Menschen, in Extremsituationen zu überleben, andere zu beschützen. Und, wie angedeutet, die meisten sind Spezialkräfte stinknormaler Armeen, gegen die nur Sozialromantiker etwas haben können. Manche meiner Trainingsgäste gehören zu Polizei-Einheiten, immer öfter sogar zu Feuerwehren. Es könnte mir zwar egal sein, was ihr von mir denkt, aber … bitte glaubt mir, ich bin nicht die geldgeile Unternehmersau geworden, die jegliches Gewissen längst über Bord geworfen hat. Im Übrigen, eben deshalb sitzen wir hier nach wie vor zusammen und sprechen über den blauen Scharl und das GREHTTA. Oder wollen wir nur mehr über Gott und die Welt moralisieren?«

Noch einmal reagierten Halb und Wilt beinahe synchron, wandelte sich ihre Ablehnung in den Beginn eines Lächelns.

»Unbedingt! Fangen wir noch einmal bei dir an … und fragen dich, was du vorhin gemeint hast, als du von ›anderen Szenarien‹ gesprochen hast, die du dich aber nicht einmal zu denken trauen würdest. Du weißt noch, wie du über das GREHTTA …«

»Szenarien halt, wozu dieser Nobel-Schuppen sonst gebaut worden sein könnte. Eben weil er mit den Preisen der gehobensten Luxus-Kategorie hier in der Region kaum überleben wird. Vielleicht …« Gedankenverloren rieb sich Albert die Oberlippe. »Vielleicht ist das Ganze von vornherein als Riesen-Pleite geplant? Ein Anlegerbetrug. Du sammelst Investorengelder, baust damit ein Spitzenhotel, fährst es an die Wand und lässt es in Konkurs gehen. Später kauft eine Gesellschaft das leere Hotel … natürlich um einen Bruchteil des anfänglichen Wertes. Dass sich dahinter die ursprünglichen Bankrotteure verbergen, erfährt dank eines undurchdringlichen Geflechts aus Briefkastenfirmen und exotischen Bankadressen niemand.«

»Das wäre aber schwerer Betrug! Paragraph 147 StGB, wenn ich mich nicht irre.«

»Exzellent, Herr Kollege!« Albert klopfte Halb anerkennend auf die Schulter, worauf dieser schmerzhaft das Gesicht verzog.

»Danach wird das Haus wieder an Investoren verkauft, deren Herkunftsland wir erst mühsam im Atlas suchen müssen. Das geht so einige Male dahin, bis … und jetzt gäbe es mehrere Möglichkeiten. Ich würde das Haus als Vier-Sterne-Hotel renovieren, mich mit meinen Preisen an die Umgebung anpassen und normal Geld verdienen. Was leichter ginge, weil ich die Baukosten gespart hätte.«

»Oder aber, du würdest das Pleitehotel zu deinem Firmensitz plus Kampftaucher-Ausbildungs-Center umbauen und es stolz ehemaligen Kollegen präsentieren.« Wilts Augen blitzten vor Bosheit, wogegen Halbs Blicke vor Vergnügen sprühten.

»Pass auf, Toni, wenn du so weiter tust, bietet er dir noch glatt einen Platz in seinem Aufsichtsrat an.«

Albert nickte übertrieben ernst. »Was heißt hier Aufsichtsrat! Wer so denkt, dem stehen bei mir ... keinerlei Türen offen, weil er meiner Position als unangefochtenes Genie gefährlich werden könnte.« Das Lachen des Hausherrn passte zu seinen imposanten Körpermaßen, weshalb die beiden Kriminalisten erschrocken zurückfuhren.

»Aber ihr habt natürlich Recht! Dieses Haus war einst ein ›Refugium für Gäste, denen das Beste noch zu wenig ist‹, wie es damals im Prospekt hieß. Den Gästen aber reichte das Beste durchaus, allerdings in Gestalt der anderen Hotels. Worauf ich den Komplex aus der Konkursmasse günstig erwerben und für meine Zwecke adaptieren konnte.«

»Und wie könnte man mit einem insolventen GREHTTA sonst noch Profit machen?«

Albert zuckte nonchalant mit den Schultern. »Wie wär's mit einem klassischen Versicherungsbetrug? ›Warm abtragen‹, wie man so schön sagt. Zwar brauchst du dafür internationale Topspezialisten, weil die Versicherungsermittler keine Deppen sind. Aber solche ›Spurlos-Zündler‹ findest du im ...«

»Im Darknet, nicht wahr? Selbstverständlich mit TOR-Browser.« Halb sprach die Fremdworte inzwischen ganz selbstverständlich aus.

»Ludwig, du erstaunst mich immer wieder!« Albert wandte sich lächelnd an Wilt, der wieder in seiner Stille versunken war. »Toni, was du vielleicht nicht weißt, in der Schule war dein Chef nur als intellektueller ›Gedankenschieber‹ verschrien, weniger als ... mein Gott, ich Depp! Jetzt weiß ich, wer euch bei den Raubrittern am besten helfen könnte!« Bei seinem Aufschrei war der »Halberte« so stürmisch aufgesprungen, dass sein Sessel polternd nach hinten kippte. »Ludwig, erinnerst du dich an den ›Mon-

signore‹? Der saß in der dritten Klasse neben mir. Und später neben dir.«

Eine Sekunde starrte Halb ihren Gastgeber wie einen Verrückten an, bevor er betont sanft antwortete: »Natürlich. Keiner konnte einen derart wahnsinnig machen mit seinen sachlich korrekten, aber gnadenlos moralisierenden Predigten wie der Valentin. Valentin Knuppa. Und?«

»Der ›Monsignore‹ ist ein Monsignore! Hier in Baden.«

Wilt begriff als Erster. »Dieser Knuppa, den ihr in der Schule ›Monsignore‹ genannt habt, ist später tatsächlich Pfarrer geworden und betreut eine Gemeinde hier in Baden?«

»Brillant erkannt!« Noch während sich Albert nach dem Sessel bückte, wandte er sich Halb zu, was eine seltsame Pirouette zur Folge hatte. »Ludwig, du wirst dich wundern, welch kritischer Geist und heftiger Verfechter der christlichen Caritas aus dem ehemaligen Frömmler geworden ist.«

»Werde ich mich?«

»Wirst du dich. Weil ich euch sofort beim ihm ankündige. Glaubt mir, das ist nur in eurem Interesse. Weil kaum einer kennt sich mit alten Gebäuden und eventuellen Verstecken hier in der Gegend so gut aus wie der Valentin. Das ›Warum?‹ soll er euch selber erklären. Allerdings hätte ich noch eine große Bitte. Wenn ihr ihn trefft, vergesst kurz, dass ihr Polizisten seid. Nicht, dass ich euch zu etwas Illegalem animieren wollte – bei Gott, nein! Aber ... man muss sich nicht immer alles merken, was man gesehen hat. Auch nicht, wen man gesehen hat. Und schon gar nicht, wo. Versteht ihr mich?«

Der erste Blick zwischen Halb und Wilt strotzte noch vor Unverständnis, aber nach einigen Sekunden blitzte in ihren Augen eine Ahnung auf.

»Und wo sehen wir ihn … und das – oder, besser gesagt, die, von denen wir nachher nicht mehr wissen werden, wo wir sie und wen wir gesehen haben?«

»Heute, um die Uhrzeit … vermutlich in der Leonhardi-Kapelle.« Weil Albert zufrieden lächelnd nach seinem Telefon griff, sah er nicht die erstaunten Blicke seiner ehemaligen Kollegen.

MITTWOCH, 4. JUNI 2014, 12.30 UHR

»Keine Angst, Chef, diesmal seh ich den Pfeil.« Vorsichtig bog Wilt in den schmalen Waldweg ein, an dessen Ende sie nach »2,5 km Spazierweg eben, für Ungeübte« die Leonhardi-Kapelle finden würden. Die kurze Fahrt bei offenem Fenster wäre durchaus ein Vergnügen gewesen – der Wald verwöhnte Nasen und Augen, außerdem fuhr Wilt betont langsam und wich jedem Schlagloch aus, um Halbs Wirbelsäule nicht noch einmal das Fürchten zu lehren –, wenn nicht mehrere Male gellende Pfiffe die Ruhe über und unter den Wipfeln gestört hätten.

Plötzlich endete der Wald, an seiner Stelle schien ein noch viel wuchtigerer Stamm aus Stein in den Himmel zu wachsen.

»Von wegen Kapelle! Oder sind wir falsch abgebogen und irrtümlich vor der Karlskirche gelandet?« Erst als Halb sich aus dem Auto schälte, erkannte er die Ausmaße des Kirchenbaus vor ihm.

»Nein, Chef! Keine Karlskirche, da kein Barockengel. Wenn dann Dom zu Speyer, weil die Pracht vor uns ist pure Romanik.«

»Bravo! ... und Gott zum Gruße! Herr Wilt, nehme ich an? Weil du, mein lieber Ludwig, bist unverkennbar ›du‹ geblieben. Herzlich willkommen, ich freu mich sehr!«

Es brauchte nur eine Sekunde, bis die unsichtbare Stimme in Gestalt von Valentin Knuppa aus einer seitlichen Nische heraustrat und federnden Schrittes auf sie zueilte.

»Monsignore! Also, ich mein, Valentin, ehrlich gesagt, du hast dich ...«

»... ziemlich verändert? Wie dein Kollege soeben richtig festgestellt hat, stehen wir hier vor keinem prachtvoll gerundeten Barockbau voller vergoldeter Lebenslust, sondern vor einer romanischen Basilika. Und ich habe mich halt von deren Rundbögen weiter zu den gotischen Spitzbögen entwickelt. Die 30 Kilo weniger haben mir nicht geschadet. Dafür habe ich mir aber offensichtlich sehr viel mehr die Haare raufen müssen als du, mein lieber ehemaliger Sitznachbar. Weil dir ist deine Lockenpracht erhalten geblieben, wie ich sehe. Aber genug der süßen Worte, wie genau kann ich euch helfen? Der ›Halberte‹ hat am Telefon nur seltsame Andeutungen gemacht, von wegen einem Versteck für Ritterpferde. Wobei ... natürlich habe

ich von diesen sündhaften Überfällen gehört, es soll sogar Tote gegeben haben.«

»Einen, Valentin, einen. Und zwei Schwerverletzte. Und einen Herzinfarkt. Also, auf der Seite der Opfer. Und bei den Rittern ebenfalls ein einzelner Toter. Zumindest wissen wir einstweilen nur von dem einen.«

Der Priester zögerte einen Augenblick. »Ludwig, ich will nicht meinem einstigen Spitznamen alle Ehre machen und mich in salbungsvollen Worten baden, aber … meinst du nicht, dass auch der tote Ritter ein Opfer war? Sicher, er war wohl einer der Täter, vielleicht sogar der Mörder, aber trotzdem … oder?«

Halbs Grinsen pendelte zwischen Ironie und Bewunderung. »Wie hat der Professor Wiczernich immer so treffend gesagt? ›Knuppa, der vollendete Rhetoriker, wahrlich, vollendet.‹ Aber jetzt im Ernst … Valentin, das ist ein ganz großer Vorteil von euch Katholiken, ihr könnt das Böse so herrlich entpersonalisieren. Ich will dir keine Sozialromantik vorwerfen, aber …«

»Doch, doch, tu's nur.«

»… aber wir Kriminaler kämpfen halt nicht gegen das Böse schlechthin, sondern verfolgen konkrete Täter. Oder diejenigen, die wir dafür halten. Und vermutlich geht uns deshalb systematisch jedes Mitleid mit ihnen verloren. Aber vielleicht hast du Recht, vielleicht war selbst der gelbe Ritter …«

»Ritter, Ritter! Ja, ja, so und so und …« Im ersten Moment blickten Halb und Wilt völlig verblüfft dem kleinen dunklen Kugelblitz nach, der mit einem Holzstab wild um sich fuchtelnd von der Kirchenmauer ausgespuckt worden zu sein schien. Nach genauerem Hinsehen brachen sie in schallendes Gelächter aus, als sie die Ursache

des fröhlichen Gebrülls erkannten. Einige Erwachsene rannten aus der zuvor unsichtbaren Tür dem circa Vierjährigen nach und Monsignore Knuppa versuchte sich ebenfalls als Kinderfänger. Das Chaos war perfekt. Bezeichnenderweise war es Halb, der – dank seiner Erfahrung mit seinem »Reserve-Enkel« Flitzi – den Zick-Zack-Kurs der lachenden menschlichen Flipperkugel erahnen und den Buben mit sanften Händen abbremsen konnte.

»Na, du bist mir ein toller Ritter! Wie die Großen. Aber wie alle großen Ritter musst du jetzt deiner Mama erzählen, was du gerade … wobei, oje – Valentin, versteht er mich überhaupt?« Hilflos wandte sich Halb an seinen ehemaligen Schulkollegen.

Knuppa lächelte strahlend. »Wenig, aber das schon.«

Da sich die anderen Erwachsenen in respektvoller Entfernung zu den beiden Kriminalisten versammelt hatten und verlegen der Dinge harrten, nahm Halb den Kleinen an der Hand und führte ihn zu seiner Mutter. Als er sich umdrehte, lächelte auch er herzlich. »Keine Angst, Valentin, der Halberte hat Toni und mich … irgendwie ›halbert‹ eingeweiht.«

MITTWOCH, 4. JUNI 2014, 13 UHR

»Woher kommen deine Schützlinge?«

Knuppa machte eine vage, den Raum einschließende Handbewegung. »Die meisten aus Somalia. Einige Familien stammen aus Äthiopien. Elende Hungerländer.«

»Und du versteckst sie hier?«

Knuppa schüttelte energisch den Kopf. »Von verstecken kann keine Rede sein! Niemand hier im Raum ist illegal in Österreich! Bei den meisten läuft das Asylverfahren, bei manchen sind wir leider schon in der nächsten Instanz. Meine Rolle ist ganz legal – ich versuche ihnen bis zu einer endgültigen Entscheidung ein menschliches Dasein zu ermöglichen. Warm, trocken, ohne Hunger oder Durst und vor allem ohne Angst. Vor ein paar Jahren bekam ich das Angebot, den Komplex hier zu revitalisieren. Und seit damals weiß ich, dass es Wunder gibt … es hat, dank großzügiger Spenden, funktioniert.«

»Aber trotzdem bleibt ihr vorsichtig und überwacht die Zufahrt. Die Pfiffe von vorhin, das waren eure Posten, stimmt's?«

Der Priester verzog sein Gesicht. »Ihr wart zwar angekündigt, aber da ihr nicht im Polizeiwagen gekommen seid, haben euch unsere Wächter für unter Umständen unerwünschte Besucher gehalten. Sollten wir euch damit beleidigt haben, bitte ich von ganzem Herzen um Entschuldigung. Aber ihr glaubt gar nicht, was für Idioten hier immer wieder auftauchen, um irgendwelche Blödheiten oder sogar Gemeinheiten zu inszenieren.«

»Doch, Valentin, wir glauben dir. Immerhin sind auch

wir so was wie diplomierte Experten für Schwachsinn und Gehässigkeit. Aber in diesen Mauern dürfte es kein Problem sein, euch im Notfall zu verstecken. Hier allein …«
Während sich Wilt etwas weiter entfernt auf den Boden gesetzt und mit den Kindern zu spielen begonnen hatte, versuchte Halb die Maße des Raumes zu schätzen.

Knuppa leierte die Zahlen nur so herunter. »Die Klostermauern umfassen rund 6.000 Quadratmeter, davon circa 1.500 die Basilika. Knappe 200 Quadratmeter sind es hier im ehemaligen Refektorium.«

»Dem einstigen Speisesaal?«

»Stimmt. Und um deine nächste Frage zu beantworten …«

»Warum alle von einer Leonhardi-Kapelle, nie vom benachbarten Kloster sprechen?«

»Weil die Mönche geschickt agiert und die nahe Kapelle – nur 70 Meter entfernt im Wald gelegen – in ihr klösterliches Leben, sagen wir, integriert haben, konnten sie bald viele Pilger begrüßen. Das hat zwar einem Kloster noch nie geschadet, andererseits verloren sie dadurch ein wenig an Identität. Alle sprachen von der Leonhardi-Kapelle, keiner vom benachbarten Benediktinerstift Schwarzham.«

»Schwarzham? Wie Burg Schwarzham, wo einst grausame Raubritter ihr Unwesen trieben, deren fahle Pferde …«

Knuppa schnaubte verächtlich. »Klar, die fahlen Pferde, die demnächst wieder in der Leonhardi-Kapelle herumspuken sollen. So ein Blödsinn! Abgesehen davon, dass die Pferde nichts dafür konnten, dass ihre Reiter Verbrecher waren, warum sollten sie gerade in der Kapelle ihres Schutzpatrons ihrer ewigen Verdamnis nachgehen, besser gesagt, nachwiehern?«

»Schutzpatron? Der heilige Leonhard ist …«

»… eine Art ›Multitool‹ unter den Heiligen, wusstest du das nicht? Der Heilige der Gefangenen, aber auch Schutzpatron für das Vieh, vor allem der Pferde. Und ganz nebenbei ist er für Wöchnerinnen, Menschen mit Kopfweh, Patienten mit Geistes- und Geschlechtskrankheiten zuständig.«

»Der Heilige der Pferde, interessant.« Gedankenverloren fuhr sich Halb durch seine stahlgrauen Locken. »Gäbe es vielleicht noch ein anderes Gebäude hier in der Gegend, in dem es spuken soll und dessen schlechter Ruf Neugierige abschrecken würde?«

Knuppa lachte kurz und hart. »Ludwig, nicht einmal den kleinen Aden …«, der Priester deutete auf den jungen Rittersmann von vorhin, der hingebungsvoll mit Wilt, einigen anderen Kindern und ein paar Erwachsenen spielte, »könntest du mit solchen Schauergeschichten von irgendwo fernhalten. Er liebt zwar alles, was nur irgendwie mit Rittern zu tun hat, glaubt aber als Kind des 21. Jahrhunderts eher an Fake News als an Gespenster. Nein, deine Attentäter verstecken sich und ihre Tiere garantiert nicht in einem der altehrwürdigen Gebäude der Umgebung. Die werden viel zu oft besucht, selbst nachts. Liebespaare, Junkies, Mond-Anbeter, sonstige nachsüchtige Gestalten. Zu riskant. Da gibt's wahrlich bessere Möglichkeiten.«

»Erstens sind die Attentäter wahrlich nicht ›meine‹, und zweitens … welche?« Halb musterte seinen einstigen Sitznachbarn mit leiser Schärfe.

»Na ja, nicht ›deine‹ im Sinne von Eigentum, aber durchaus in deinem Interesse.« Plötzlich brach Knuppa in Lachen aus. »Entschuldige bitte, ich bin und bleibe

eben der ›wahrlich vollendete Rhetoriker‹! Natürlich nicht ›deine‹, sondern schlicht ›die‹ – die Attentäter. Die, wenn sie klug sind, eines der vielen leerstehenden ehemaligen Gasthäuser ausspionieren und aufbrechen. Manche von diesen gigantischen Kästen aus dem 19. Jahrhundert hatten sogar noch Stallungen dabei, die später in Garagen umgebaut wurden. Oder Kegelbahnen. Oder Tanzsäle. Auf jeden Fall riesige Räumlichkeiten, in denen du mühelos Pferde unterstellen kannst.«

Halb lächelte spöttisch. »Mein lieber Valentin, für einen Priester besitzt du eine erstaunliche kriminelle Energie. Oder verbirgt sich unter deiner schwarzen Soutane am Ende gar der schwarze Ritter?«

Knuppa seufzte tief. »Ludwig, bei allem Respekt vor deinen Ermittlungen, Verhaftungen und Vernehmungen. Der wahre Experte für das Böse bin immer noch ich! Hölle, Teufel, Todsünden – Herz, was willst du mehr? Abgesehen davon, gemessen an dem, was ich mir bei der Beichte anhören muss, sind die Geständnisse deiner bösen Buben garantiert die reinsten Kirchenchoräle. Und – wäre ich der schwarze Ritter, trüge ich Grün. Als Robin Hood verkleidet hätte ich die Reichen bestohlen, um es ›meinen‹ Flüchtlingen zu geben. Selbstverständlich nur im Rahmen der Gesetzte … also nie! Nein, es tut mir leid, dich enttäuschen zu müssen, aber mit der Selbstbereicherung hab ich's nicht so. Trotzdem danke, dass du mir neue Karrierewege aufzeigen wolltest.« Ächzend erhob sich Knuppa. »Aber jetzt muss ich zu einem Taufgespräch. Ihr könnt gerne so lange bleiben, wie ihr wollt. Dein Kollege hat hier offenbar seine wahre Berufung gefunden. Vielleicht sollte er sich zum Kindergärtner umschulen lassen?«

MITTWOCH, 4. JUNI 2014, 13.20 UHR

»Kindergärtner? Hat er allen Ernstes ›Kindergärtner‹ gesagt?«

Halb lächelte in sich hinein. »Toni, reg dich nicht auf! Das war als Kompliment gemeint. Der Valentin hat sich eben von einem heiligen Prediger zu einem eiligen Zyniker entwickelt. Besser … und vor allem glaubhafter als umgekehrt.«

»Trotzdem! Bei aller Liebe zu Kindern, aber ich bin kein … bei unserem Beruf schon gar nicht …«, zwar grollte Wilt weiter leise vor sich hin, allerdings wirkte sich das leise Brummen erfreulich paradox auf seine Fahrweise aus. Statt zornig das Gaspedal durchzutreten, ließ er das Auto langsam auf dem Waldweg dahinrollen.

»Toni, ich will kein Öl ins Feuer gießen, aber offenbar hat dir die halbe Stunde voll klösterlicher Stille und Kinderlachen sehr gut getan. Du fährst hervorragend ruhig – danke, dass du meiner Wirbelsäule einen Kurzurlaub gönnst. Und wenn du mir jetzt noch sagst, wie wir ins Rathaus nach Baden kommen wollen, bin ich für den Moment restlos glücklich.«

Widerwillig lächelte Wilt. »Auf dem kürzesten Weg. Wir fahren hier etwas erhöht über dem Theresiental. Weiter vorne …«

Das Geräusch war so langsam ins Wageninnere gesickert, dass Wilt umso brutaler bremste. Während sie aus dem Auto sprangen und zur Geländekante rannten, schwollen Angstschreie, Brüllen und Wiehern bedrohlich an. Aber da

war noch ein Klang in dieser Kakophonie, der Halb und Wilt entsetzt ins Theresiental hinunterblicken ließ.

»Kinder! Die überfallen Kinder!« Noch während er seine Waffe zog, begann Wilt einen kaum erkennbaren Pfad schräg den Abhang hinunter zu stolpern.

»Toni, halt! Nicht! Noch nicht!«

Verblüfft drehte sich Wilt derart abrupt zu seinem Chef um, dass er den Halt verlor. Im Fallen rollte er sich zur Hangseite und verkrallte sich im Gestrüpp, um nicht weiter abzustürzen. In derselben Sekunde spürte er die massigen Hände Halbs, die ihn die wenigen Meter zurückschleiften.

»Die tun ihnen nichts! Keine Verletzungen oder Schlimmeres. Schau ... es sind wieder sieben, die galoppieren um die Kinder herum und sperren sie quasi dadurch ein. Siehst du, wie präzise sie die Abstände zueinander einhalten? Wirst sehen, gleich brüllt der Schwarze und dann drehen die um und ... na bitte!« Als ob sie Halb gehorchen würden, zügelten die Raubritter ihre Pferde, wendeten um 180 Grad und umkreisten die Kinder aufs Neue.

»Trotzdem! Warum rennen wir nicht hinunter und ...«

»Zu zweit? Gegen sieben? Denk an den toten Asiaten und an Schwejk! Am Ende haben sie diesmal Pistolen oder Revolver unter ihren bunten Verkleidungen versteckt. Wenn wir sie stören, würden sie die garantiert einsetzen. Wenn eines der Kinder verletzt oder sogar ... alles, nur das nicht! Nein, solange die nur Reiterkunststücke aufführen, beobachten wir und filmen sie mit den Handys. Und staunen. Die sind nämlich echt gut. Vielleicht zeigen sie noch ein Kunststück ... schau!« Synchron bäumten sich die Pferde auf, sodass die ohnehin nur mehr verdutzten Kinder beinahe applaudierten. Als aber eines der Kinder vor einem der Tiere stolperte, kippte die Situa-

tion und wurde beinahe zu einem Albtraum. Noch einmal umklammerte Wilt den Pistolengriff und setzte dazu an, ein weiteres Mal den Abhang hinunterzustürzen, aber der blaue Ritter riss sein Pferd mit erstaunlicher Fertigkeit herum, sodass dessen Vorderhufe knapp neben dem Buben donnernd aufschlugen.

»Hier oben bleiben und filmen! Vor allem, wohin sie flüchten. Erst dann hinunter und die Kollegen verständigen! Wobei …« Halbs Stimme durchbrach Wilts Entsetzen, sodass dieser die Waffe fallen ließ und sein Mobiltelefon mit zitternden Händen aus dem Etui riss. Als die Sirenen ertönten, grinste Halb schelmisch. »Wobei es mich wundern würde, wenn die nicht längst alarmiert wären. Smartphone-Kids überfällt man eben nicht ungestraft!«

MITTWOCH, 4. JUNI 2014, 13.50 UHR

»Nur zur Beruhigung, falls ihr im Polizeifunk davon hört. … Genau, dritter Überfall, diesmal auf Kinder und Jugendliche an ihrem Schulwandertag, aber es ist nichts passiert. Außer der Schreck natürlich. Wobei Elf- bis Fünf-

zehnjährige nicht so zartbesaitet sind, oder? … Danke der Nachfrage, uns ist nichts passiert. Aber wir haben … nein, Toni hat einen wunderschönen Film von unseren Ritterfreunden machen können … inklusive Flucht. Nein, eingegriffen haben wir nicht. Zu gefährlich. Außerdem war das eher die perfekte Generalprobe einer leicht verwilderten Spanischen Hofreitschule als ein echter Überfall. … Genau, eine Stuntshow. … Jetzt? Nach Baden, ins Rathaus. Ich hab da so eine Idee. Gerne, richte ich ihm aus. … Euch auch. … Moment noch! Verena, bist du noch dran? Eine Bitte. Ich will euch natürlich nicht zu Überstunden verleiten, aber falls der Ingeniöhr und du noch etwas länger als bis 16 Uhr bleiben könntet? Da werden wir zurück sein und … Danke! Servus.«

MITTWOCH, 4. JUNI 2014, 14.15 UHR

Halb atmete tief durch. Zwar roch es in dieser Tiefgarage genauso dumpf wie in allen anderen, aber allein der Gedanke, sogleich ein wenig durch Baden bei Wien flanieren zu können, ließ ihn laue Frühlingsdüfte erahnen.

Als sie ins Tageslicht traten, blickte er sich genüsslich um. Links das Casino, umrahmt vom beeindruckenden Kurpark, vor sich das Stadttheater, aber noch bevor sie es erreichen würden, würden sie ins Zentrum abbiegen und nach wenigen Minuten das Rathaus erreichen. Leider, denn er hätte sich gerne länger durch die Mischung aus perfekt inszenierter Vergangenheit und dezenter Präsenz der Moderne treiben lassen.

»Chef, da vorne rechts ist es. Noch vor der Dreifaltigkeitssäule.« Wilt ging raschen Schrittes voraus, zögerte aber, als er seinen Chef zurückbleiben sah.

»Toni, hetz nicht so! Es sind die raren Augenblicke wie dieser, die uns unser Beruf gönnt. Wir müssen derzeit keinen weiteren Überfall befürchten, weshalb wir hier friedlich im Sonnenschein durch Baden spazieren können. Jetzt überleg einmal, wer alles vor uns genau hier auf diesem Boden seine Schritte gesetzt hat. Beethoven und andere der Allergrößten. Oder Kurgäste, denen das Heilwasser geholfen hat, die wieder schmerzfrei gehen konnten. So, wie du rennst, könnte man fast glauben, dass du auf der Flucht bist.«

»Flucht nicht, aber – ganz ehrlich, ich habe Hunger! Je schneller wir hier …«

»… desto eher überhören wir etwas Wesentliches, erst recht, wenn dein Magen zu laut knurrt. Weißt was, ich lade dich ums Eck zu einem mehrgängigen Menü …«

»Mehrgängig ist gut, auch wenn ich darauf müde werde.«

»… zu einem mehrgängigen Fitness-Menü ein, bevor wir uns im Rathaus umhören.«

Als sie das Café-Restaurant betraten, blieben sie wie angewurzelt stehen. Erst langsam passten sich ihre son-

nenverwöhnten Pupillen dem dunklen Braun der Pseudo-Biedermeier-Einrichtung an, weshalb sie sich zu den schemenhaften Tischen vorwärts tasten mussten.

»Ja, Herr Hofrat, und Herr … pardon, wie war doch gleich Ihr Name?«

Noch bevor die beiden die Dame sahen, erkannte Halb das spezielle Timbre. »Wilt, Frau Kurtschak. Mein Kollege Anton Wilt. Wir haben uns bei Herrn Braun … also, Oldenharth kennengelernt. Verzeihen Sie unsere Blindheit, aber wenn man von draußen hereinkommt …« Immer deutlicher zeichneten sich Farbe und Ausmaß der blonden Wagenrad-Frisur ab. Vorsichtig griffen sich nach Stühlen an Kurtschaks Tisch.

»Aber bitte, nehmen Sie Platz.« Lippenstift, Notizblock, Kugelschreiber, drei Brillen, Taschenspiegel, ein großer Schlüsselbund mit einem hübsch stilisierten Wassermann-Anhänger – mit einer Bewegung schaufelte Frau Kurtschak alles vom Tisch in ihre Handtasche, die einem Gepäckstück für einen Wochenendtrip alle Ehre gemacht hätte. Lediglich zwei weitere Brillen blieben liegen und umrahmten Tortenteller und Kaffeetasse.

»Danke!«

»Die Herren wünschen?«

»Zu essen. Hat die Küche noch offen?«

»Selbstverständlich. Der Zwiebelrostbraten ist aber leider aus. Hier, bitte schön.« Ebenso überraschend, wie der Kellner aufgetaucht war, zauberte er zwei Speisekarten her und zog sich dezent ein paar Schritte zurück.

»Ich weiß ja nicht, ob Sie beide reine Fleisch-Tiger sind, aber wenn's etwas Vegetarisches sein darf – die Schwammerl-Gnocchi sind delikat. Oder die Spinatpalatschinken.«

»Toni, für dich vielleicht die Gnocchi? Herr Ober.«

»Gerne, aber ich hab sehr viel Hunger – Chef, ich kann doch nicht verantworten, dass du mich einlädst.« Zum Ober gewandt gab er seine Bestellung auf: »Zuerst die Frittatensuppe, gefolgt von den Schwammerl-Gnocchi mit dem Rucola-Erdäpfelsalat. Und danach … lege ich mich noch nicht fest. Aber vermutlich das Topfensoufflé und eine Melange. Und einen großen Apfelsaft gespritzt. Naturtrüb, bitte. Danke.«

»So viel zum Thema Fitness-Menü!« Halbs Grinsen verschwand hinter der überdimensionalen Karte. »Für mich bitte nur einen kalten Tafelspitz. Und einen naturtrüben Apfelsaft gespritzt. Aber einen kleinen. Danke.«

Kaum, dass der Ober Richtung Küche entschwunden war, begann Frau Kurtschak zu dozieren: »Eine ausgezeichnete Wahl, Herr Wilt. Sie werden sehen, das würzigpfeffrige Aroma der Pilze duelliert sich ganz wunderbar mit dem vollmundig satt-nussigen Geschmack der Erdäpfel. Vielleicht könnten Sie noch einen ganz feinen Schuss Balsamico-Essig über die Gnocchi erbitten. In der Küche haben sie einen herrlichen, Jahre gereiften milden … also, ›Essig‹ kann man das gar nicht nennen, da würde man diese Götter-Flüssigkeit beleidigen. Ein Bouquet hat der, zum Niederknien. Und der veredelt …«

»Die Suppe für den Herrn. Guten Appetit.«

»Danke, hab ich, herrlich!« Wilt widmete sich voller Begeisterung den Frittaten, sodass notgedrungen Halb auf Frau Kurtschaks aromatische Ausführungen antworten musste.

»Einerseits faszinierend, Ihr Geschmack und Ihr Wissen. Andererseits kein Wunder, bei Ihrem Beruf und diesem Erfolg! Meiner Meinung war es höchste Zeit, Sie zur ›Money woman of the year‹ zu ernennen.« Als Halb Kurt-

schaks leichtes Erröten sah, wollte er beinahe »das weiß ich alles von meiner jungen Mitarbeiterin« gestehen, aber irgendetwas an ihrem Lächeln zwang ihn geradezu, sich weiterhin mit fremden Federn zu schmücken. »Damals hieß es, dass Sie die – natürlich rein biologischen – Ingredienzien Ihrer Duft-Kreationen aus dem südostasiatischen Raum beziehen. Aus welchen Ländern?«

»Oh, das variiert. Meinen Lavendel zum Beispiel beziehe ich aus dem nördlichsten Teil Thailands, an der Grenze zu Myanmar.«

»Wo Sie vermutlich Ihre Parfums fertigen lassen?«

»Nein, Herr Hofrat. Sie werden's nicht glauben, aber alle Produktionsprozesse sind hier in der Nähe gebündelt. Ich habe eine alte Fabrikruine gekauft und zu einer hypermodernen Fabrik umbauen lassen, dem Firmensitz von ›LadyMarian‹. Dort werden alle meine Parfums und Duftpolster, aber auch Öle für die kosmetische und pharmazeutische Industrie hergestellt. Und die Flacons, von denen Herr Oldenharth-Braun gesprochen hat.«

»Faszinierend! Wo? Ich meine, wo genau steht Ihre Fabrik?«

Frau Kurtschak zögerte, bevor sie betont geheimnisvoll lächelte. »Herr Hofrat, Sie sind aber neugierig! Den Standort verrate ich nur ungern – von wegen Betriebsspionage, Sie verstehen. Aber weil's Sie sind – na gut! Sie werden lachen, in unmittelbarer Nachbarschaft zur Ruine Schwarzham.«

»Und damit ganz in der Nähe der Leonhardi-Kapelle und des ehemaligen Benediktiner-Stifts und des GREHTTA. Womit klar ist, wieso Sie den Herrn Oldenharth-Braun kennen … weil sein Hotel quasi ums Eck von Ihrer ›LadyMarian‹ steht.«

»Nicht nur deshalb. Wir sind einander immer wieder … zum Beispiel im VBDLU, im Verband der lokalen Unternehmerinnen und Unternehmer, oder in anderen Gremien über den Weg gelaufen. Und da hat man sich im Laufe der Zeit etwas besser kennen gelernt. Und vor kurzem hat mich Karl dankenswerterweise gefragt, ob ich eben anlässlich seines Empfangs einige meiner Parfums als Damenspende …«

»Einmal die Pilz-Gnocchi und für Sie den kalten Tafelspitz. Wohl bekomm's, die Herren.«

»Danke!« Ein letzter Gedanke zuckte durch Halbs Kopf, irgendein Detail, das er eben noch hatte klären wollen, aber schon schlug ihn der köstliche Anblick des Rindfleischs in seinen Bann und vereinnahmte ihn völlig.

»Herrlich! Es zergeht auf der Zunge. Und deine Gnocchi, Toni?«

»Sind ebenfalls ein Gedicht, Chef. Danke für die Empfehlung, Frau Kurtschak.«

»Sehr gerne! Gell, der Dialog zwischen der lebhaften Schärfe der Pilze und dem cremig-breiten Erdäpfel-Aroma sorgt für wahre Geschmacks- und Geruchsexplosionen. In aller Bescheidenheit, aber es erinnert mich ein bisserl an mein Yakisoba.«

»Eines Ihrer Parfums?«

Frau Kurtschaks Lachen erinnerte an das Dr. Lirtscherers, an ein bedrohliches Naturereignis zwischen Explosion und Donnergrollen. »Herr Hofrat, jetzt ist es an der Zeit, dass Sie einmal ein Geständnis ablegen. Von mir und meiner ›LadyMarian‹ haben Sie in Wirklichkeit keine Ahnung! Geschweige denn von meinen berühmten Duftkreationen. Ein Yakisoba ist nämlich ein japanisches Nudelgericht, das zu den Spezialitäten meiner persönli-

chen Küchenkünste gehört. Ganz sicher keines meiner Parfums.«

»Nein, nein, natürlich! Also, natürlich nicht! Ich meine ...« Halb beugte sich noch tiefer über seinen Teller, um nicht allzu sichtbar zu erröten.

»Ist schon gut, Herr Hofrat! Sich nicht bei Damendüften auszukennen, ist für einen Herrn keine Schande. Erst recht nicht, wenn die Dame seines Herzens noch nie eine Affinität zu schweren Parfums hatte. Und bevor Sie mich jetzt fragen, woher ich weiß, dass es in Ihrem Leben – zumindest noch – keine Ehefrau gibt, sag ich es lieber gleich, sonst verhaften Sie mich womöglich. Sie tragen keinen Ehering.«

»Stimmt zwar«, Halb schob den Teller von sich, »aber ich könnte trotzdem«, eigentlich hatte er noch Hunger, »verheiratet sein und«, zur nächsten Mahlzeit käme er erst spät am Abend, »ohne Ehering durchs Leben gehen.« Vielleicht noch eine Mehlspeise? »Das ist doch heute modern, oder?« Ja, auf jeden Fall noch eine Nachspeise, allein deshalb, weil er Toni nicht allein lassen wollte mit dessen übermäßigem Appetit.

»Modern schon, aber doch nicht bei Ihnen, Herr Hofrat! Sie waren immer ein Mitte-links-konservativer klassischer Wiener Bürger ... könnte ich mir vorstellen.«

»Frau Kurtschak, da könnten Sie recht haben.« Toni hatte von einem Topfensoufflé gesprochen. Oder lieber eine süßere Verführung? Halb griff nach der Speisekarte und stutzte, denn neben dem Zauberwort »Schokoladepalatschinken« standen die bunten Buchstaben »A«, »C«, »G«, »F« und »H«. Der untere Seitenrand versprach Aufklärung, dort stand wortwörtlich das »Kleingedruckte«. In der Hoffnung, das winzige Gekritzel zu entziffern,

somit nicht nachfragen und sich nicht blamieren zu müssen, starrte Halb konzentriert auf den unteren Rand. Aber egal wie er sich bemühte, er konnte das Geheimnis nicht lüften. Aus den Augenwinkeln heraus sah er die zwei Brillen Frau Kurtschaks neben ihm liegen. Mit einem rasch dahin geworfenen »Darf ich eh« nahm er die mit dem dickeren Glas, hielt sie wie eine Lupe zwischen sich und die Schrift ... und stutzte. Fensterglas! Die Brille hatte keinerlei optischen Effekt, die Buchstaben blieben unleserlich.

»Aber Herr Hofrat, ich muss schon sehr bitten!« Frau Kurtschak entriss ihm die Brille, beinahe hätte sie ihm wie einem ungezogenen Lausbuben auf die Finger geklopft, so wütend, wie sie war.

»Ich bitt um Entschuldigung! Toni, noch das anvisierte Topfensoufflé?«

Wilt schüttelte erschöpft den Kopf. »Nein danke! Meine Augen waren größer als mein Magen.«

»Dann hätte ich noch eine letzte Bitte. Gnädige Frau, erlauben Sie einem Mitte-links-konservativen klassischen Wiener Bürger, sich auch so zu benehmen? Ja? Fein, Herr Ober, bitte zahlen! Alles zusammen.«

MITTWOCH, 4. JUNI 2014, 15.00 UHR

»Erstens – Chef, danke für die Einladung! Und zweitens, entschuldige bitte, aber ich hab vor lauter Essen kaum zugehört. Hat sich's gelohnt? Von wegen blauer Scharl, irgendwelche neuen Erkenntnisse?«

»Wie bitte? Ah ja, hier. Am ehesten werden wir wohl bei ›Tourismus, Wirtschaft und Kultur‹ Erfolg haben. Und nein, nicht wirklich. Das einzig Neue war, dass der blaue Scharl als Oldenharth-Braun offenbar in diversen Gremien aufkreuzt, ganz in seiner neuen Rolle als wichtiger Wirtschaftstreibender aufgeht. Oder nur so tut – das wiederum hieße, dass er einen langfristigen Plan mit seinem GREHTTA verfolgt. Einstweilen Kreide frisst und sich als seriöser Geschäftsmann gibt, und ... bum! Irgendwas fliegt in die Luft. Selbst wenn's keine Toten gibt, es wird garantiert eine Riesensauerei. Ob die aber übermorgen stattfinden soll, wissen einstweilen nur die Götter. Und natürlich der blaue Scharl. Himmelherrgott noch einmal, so spät!« Enerviert hämmerte Halb auf seine Armbanduhr.

»Na gut, müssen wir uns eben aufteilen. Toni, du gehst zu ›Bauen und Infrastruktur‹ und erkundigst dich, wo es in der Nähe ehemalige Gasthöfe gibt, die vor längerem zugesperrt haben und inzwischen verfallen. Du weißt, riesige Kästen, mit Tanzsälen, Kegelbahnen und so weiter. Bitte möglichst alle Details, gerade die etwas ungewöhnlichen. Ob sie als Treffpunkte von schrägen Vögeln – Junkies, jugendlichen Spinnern, Teufelsanbetern, so was in der

Art – verschrien sind? Und falls einer davon in letzter Zeit den Besitzer gewechselt hat, aber nach wie vor keine Bauaktivitäten stattfinden, spitzt du deine Ohren ganz besonders. Von wem dieser Gasthof gekauft wurde, zu welchem Zweck, ob Geld überwiesen oder es nur versprochen wurde – und so weiter. Und ich statte der Kulturabteilung einen Besuch ab. Ob hier in letzter Zeit irgendwelche Filmproduktionen stattgefunden haben. Am besten internationale Actionstreifen, mit vielen Pferden und Stuntmen. Ich nehme an, das müssten am ehesten die wissen. Von wegen Genehmigungen für Dreharbeiten. Und weil's so schön sonnig ist, Treffpunkt vor dem Rathaus.«

MITTWOCH, 4. JUNI 2014, 15.07 UHR

»Ein echter Hofrat sind sie? Vom österreichischen Bundeskriminalamt? Eh klar! Und meine Oma ist die Haupt-Konkubine des Kaisers von China.«

Mühsam bezwang Halb seine Wut. »Fein! Dann kann ich nur hoffen, dass Sie chinesisches Essen mögen! Aber jetzt lassen Sie bitte Ihre blöden Sprüche und sagen mir,

wer genau für meine Fragen zuständig ist. Und wenn Sie dazu nicht innerhalb der nächsten Sekunden imstande sind, werde ich Sie mit meinem Dienstausweis hier zuerst einmal in Stücke schneiden und danach höchstpersönlich dafür sorgen, dass Ihre übrig gebliebenen Teile wegen Behinderung der Strafverfolgung möglichst lange in dunkler Einzelhaft verbleiben! Haben Sie mich verstanden?«

»Ist ja schon gut.« Betont gelangweilt griff die junge Frau in der Portiersloge nach dem Telefon. »Frau Magistra, da wäre ein … also ein Hofrat vom österreichischen Bundeskriminalamt. Sagt er. Und der will was Komisches wissen und … ah so, meinen Sie? Wenn das so ist, schicke ich ihn rauf zu Ihnen.« Mit offenbar letzter Kraft drehte sie sich zu Halb um. »Zweiter Stock. Magistra Novak. Da der Lift. Aber falls Sie fit werden wollen, dort ist die Treppe.«

Halbs Blutdruck war derart in Wallung geraten, dass er beinahe in den dritten Stock weiter gestürmt wäre, wenn ihn nicht eine Stimme vom Rand des Stiegenhauses aus seinem Zorn gerissen hätte.

»Herr Hofrat Halb, nehme ich an? Novak, grüß Gott. Bitte hier entlang. Was kann ich für Sie tun? Kaffee, Wasser oder vielleicht …?«

»Tee bitte!« Als Halb die Behälter im Regal hinter dem Schreibtisch entdeckte, besserte sich seine Laune schlagartig. »Ein Goldspitzen-Darjeeling? Also, wenn Sie eine Tasse trinken …«

»Gerne. Und entschuldigen Sie bitte die Szene von soeben. Ich könnte Ihnen jetzt lang und breit erklären, dass unser weiblicher Zerberus vor kurzem tatsächlich von einem Hochstapler gefoppt und danach ziemlich ausgeschimpft wurde und seither verständlicherweise beson-

ders skeptisch ist, wenn jemand behauptet, einen besonderen Rang innezuhaben, aber …«

»Schon gut, Frau Magistra. Ich wollte nur wissen …«

»Wegen der Überfälle, nehme ich an.«

»Ja, aber …«

»Verstecke für Pferde und Ritter wüsste ich keine. Zumindest keine auf Anhieb. Wobei natürlich einige religiöse Bauwerke wie das ehemalige Benediktinerstift Schwarzham oder …«

»Waren wir schon.«

»… oder die Leonhardi-Kapelle oder andere, die großteils leer stehen, sich eignen würden. Aber dort bestünde immer wieder die Gefahr – also ›Gefahr‹ aus Sicht der Verbrecher –, dass Neugierige aus den verschiedensten Gründen … Touristen, kunsthistorisch Interessierte oder einfache Menschen wie Sie und ich … eben deshalb diese betreten und dabei auf die Pferde oder gar auf die Täter treffen könnten, was bei diesen …«

»Frau Magistra, was mich eigentlich interessieren würde – gab es in letzter Zeit Filmproduktionen hier in der Gegend? Vielleicht sogar welche mit Actionszenen, mit Stuntmen und Pferden?«

Die graumelierte Mittfünfzigerin holte tief Luft. »Es wurden in den letzten Wochen an uns tatsächlich einige Anfragen wegen Genehmigungen für Dreharbeiten gestellt, die wir allesamt positiv beantworten konnten. Vor allem, weil die jeweils angefragte Location problemlos ohne Belästigung oder gar Gefährdung eventueller Besucherinnen und Besucher für die Filmaufnahmen zur Verfügung gestellt werden konnte, da diese durchgehend wegen Renovierung geschlossen waren und meist noch immer sind. Was sich sonst leider auch auf die Bilanz unserer

Beherbergungsbetriebe negativ auswirkt, die wir aber eben dank dieser Bewilligungen ein wenig aufzufangen hofften, wobei ich betonen möchte, dass wir eben meist von einer an Gesundheit und Kultur interessierten Klientel besucht werden und touristische Herden …«

Halb, der von Anfang an auf akustischen Durchzug gestellt hatte, fuhr aus seiner meditativen Unaufmerksamkeit auf. »Pferden? Sagten Sie Pferden?«

Magistra Novak hielt irritiert inne. »Nein, ›touristische Herden‹, nicht ›Pferden‹. Aber um Ihre Frage kurz und knapp zu beantworten …«

»Wirklich? Wie lieb von Ihnen.«

»… kurz und knapp zu beantworten. Ja, es gab mehrere Drehgenehmigungen für internationale Filmproduktionen. Die meisten hier im Stadtzentrum, also kein Ort, an dem man Pferde und Ritter verbergen könnte. Aber ein Drehort liegt etwas abseits, der wäre als Versteck durchaus geeignet – der Ausgangsbahnhof der Theresiental-Ausflugsbahn.«

Plötzlich war Halbs Lethargie wie weggeblasen. »Wissen Sie zufällig, ob in diesem Film Pferde eine Rolle spielen? Western, Kriegsdrama, Gesellschaftskomödie, Krimi aus den zwanziger Jahren, was immer – Hauptsache, mit wiehernden Darstellern!«

Magistra Novak wirkte beinahe betrübt, als sie Halb endlich seine Tasse Tee reichte. »Hier, bitte sehr. Es war eine Mischung aus nostalgischer Gesellschaftskomödie und einem Krimi mit Actionelementen, aber ich bin mir sicher, dass es darin weder Pferde noch Reiter gab, weil … das Ganze musste geschlossen werden.«

»Das sagten Sie schon. Geschlossen, um renoviert zu werden. Was erst die Möglichkeit bot, dort einen Film zu drehen.«

»Nein, Herr Hofrat, Sie verstehen mich falsch. In dem Fall meine ich die Filmproduktion. Diese wurde geschlossen, noch bevor sie begonnen hatte. Die Produktionsgesellschaft war in Konkurs gegangen. Wobei, der Ausgangsbahnhof der Theresiental-Ausflugsbahn – der ist ebenfalls geschlossen. Wie die anderen Bahnhöfe der Theresiental-Ausflugsbahn. Alle drei – ›Anfang und Ende‹, ›Mitt'ndrin‹ und ›Alles retour‹ sind im Moment mit einem offiziellen Betretungsverbot belegt. Was logisch ist, weil schließlich die ganze Theresiental-Ausflugsbahn derzeit außer Betrieb ist. Eben wegen Renovierung. Zu, alles zu.«

MITTWOCH, 4. JUNI 2014, 15.50 UHR

»Und?«

»Nix.«

»Wie bei mir. Außer Spesen …«

»Wenigstens scheint die Sonne.«

»Hast recht. Lass uns noch einmal Baden pur tanken.«

Schweigsam trotteten sie zur Garage zurück. Zwar warfen beide vereinzelte Blicke auf einige liebliche Details der

Fußgängerzone, aber nicht einmal der gepflegte Charme der Biedermeier-Kurstadt konnte sie aus ihren Gedanken reißen. Noch bevor sie in die Katakomben der Tiefgarage hinabstiegen, deutete Wilt auf seine Uhr.

»Chef, bis wir um diese Zeit im Büro sind, ist es locker 17 Uhr. Wollen wir wirklich noch heute …«

»Nein, natürlich nicht. Himmelherrgott, wo hab ich's nur?« Immer nervöser griff Halb auf und in seine Taschen.

»Vielleicht liegt's wieder einmal friedlich in der Ablage zwischen den Sitzen? Bitte hier, Speichertaste zwei.«

»Danke!« Da Wilt ein anderes Modell verwendete, zögerte Halb kurz, bis er die »Zwei« drückte. »Grüß dich, Ingeniöhr, ich wollte nur … brillant erkannt! Ich bin's, nicht Toni. Sein Handy, weil ich meins wieder einmal nicht finde. Folgendes, wir fahren jetzt erst in Baden weg, daher – schönen Abend euch beiden. Genau, morgen um acht Uhr früh. … Wie bitte? Du hast sensationelle Neuigkeiten? Umso besser, dann steh ich morgen viel lieber zu nachtschlafender Zeit auf. Oder sind sie so exorbitant außergewöhnlich, dass wir noch heute …? Nein, nur normal sensationell? … Fein … aha, aufgelegt.«

»Nicht aufgelegt, sondern kein Empfang.« Vorsichtig nahm Wilt sein Handy wieder entgegen, dabei deutete er auf die Wände um sie. »Stahlbeton-Garagen-Stiegenhaus.«

Erst als sie die Autobahn erreicht hatten, tauchte Halb aus seiner Schweigsamkeit auf. »Ganz ehrlich, Toni, hast du … oder habt ihr im Team den Eindruck, dass ich in letzter Zeit vergesslicher werde?«

»Nein! Wie ich es vermutet habe, liegt dein Handy in der Ablage links von dir. Und dass du es leidenschaftlich ignorierst und daher gerne vergisst, ist nichts Neues.«

Für einen Augenblick schien sich Halb zwischen einem Grinsen und einem wehmütigen Lächeln nicht entscheiden zu können, sodass sein Mienenspiel ziemlich grotesk wirkte. »Nein, nein, ich mein nicht diese verflixte elektronische Hundeleine. Sondern alles andere. Vergesse ich Details, die ihr mir berichtet habt? Oder sogar Termine? Zum Beispiel bin ich gestern in der Früh wieder einmal ganz automatisch in ein falsches Zimmer hineinmarschiert, weil mein blödes Hirn immer noch nicht zur Kenntnis genommen hat, dass wir inzwischen seit drei Wochen im zweiten Stockwerk ... nein, falsch! Seit zwei Wochen im dritten Stock sitzen und eben nicht mehr im zweiten unsere Büros haben.«

Wilt brach in Lachen aus. »Gratuliere, da geht's dir eh viel besser als mir! Vergangenen Freitag in der Früh war ich richtig verzweifelt, weil über Nacht mein Lieblingsbäcker verschwunden schien. Völlig verdattert bin ich vor dem Geschäft gestanden, nur, dass da eben kein Geschäft mehr war. Des Rätsels Lösung kannst du dir denken. Wobei mir noch immer nicht klar ist, wieso ich zwar in die richtige Straßenbahn eingestiegen bin, aber dann dermaßen verwirrt war, als ich neben unserem neuen Amtsgebäude stand.«

»Und die Bäckerei Ritzinger automatisch genau dort gesucht hast, wo du sie seit Jahrzehnten betreten hast, nämlich im Nebenhaus unserer alten Büroadresse. Jetzt stellt sich nur mehr eine Frage.«

»Und die wäre?«

»Hast du trotzdem deine geliebten Nuss-Schnecken bekommen?«

Noch einmal lachte Wilt laut auf. »Selbstverständlich! Natürlich habe ich sofort an der falschen Adresse eine

Bäckerei eröffnen lassen und bereits fünf Sekunden später … bin ich nach meinem ersten Schreck verschämt die Gasse rauf und runter geschlichen. Dabei habe ich die Bäckerei Hüppscher – wohlgemerkt, mit zwei harten ›p‹ – entdeckt, die nicht nur wunderbare Nuss-Schnecken, sondern noch köstlichere Mohnbeugeln hat.«

»Mit anderen Worten, du hast aus einer Niederlage einen Triumph gemacht. Gratulation! Und im selben Atemzug bin ich dir unendlich neidig, weil ich das in meiner Situation derzeit nicht könnte.«

»Warum nicht?«

»Weil ich, um bei deinem Beispiel zu bleiben, nicht einmal wüsste, dass ich Nuss-Schnecken gewollt hätte. Von einem Mohnbeugel-Kompromiss ganz zu schweigen! Schau, mein Problem ist … zugegeben, dass ich mich im Stockwerk irre, hat eher mit Gedankenlosigkeit oder Unkonzentriertheit zu tun. Und ist auch der hässlich frühen Morgenstunde geschuldet, die hat bei mir alles andere als Gold im Munde. Aber was mich mehr quält – ich habe die ganze Zeit den Eindruck, etwas Wesentliches überhört zu haben. Gleichzeitig habe ich nicht die geringste Ahnung, was. Schlimmer noch, ich hab nicht einmal den leisesten Schimmer, wo beziehungsweise bei wem das gewesen sein könnte. Verstehst du, Toni – dass ich was übersehen habe, ist mir klar, aber nicht was oder wo oder bei wem!«

Wilt überlegte kurz, bevor er vorsichtig ansetzte. »Chef, zum einen könnte ich mir vorstellen, dass du derzeit besonders unter Druck stehst. Ich will jetzt wirklich nicht …«

»Seit wann weißt du es? Oder ihr?«

»Es ist doch kein Geheimnis, dass du immer mehr zwi-

schen Lyon und Wien hin- und hergerissen bist. Wobei … heißt das, dass du dich entschieden hast, zu Interpol zu wechseln? Und warum erfahren wir das als letzte?«

»Nein, Toni, nein! Um Gottes willen, ich bleibe euch natürlich erhalten. Und – viel wichtiger – ihr mir!«

»Jetzt verstehe ich gar nichts mehr. Was hat es dann mit ›Seit wann weißt du es?‹ auf sich?«

Halb überlegte fieberhaft. »Na ja … aber das bleibt jetzt bitte unter uns. Ich … also, ich denke daran, deutlich mehr Mieter und Mieterinnen für die leeren Wohnungen in meinem Haus zu suchen, um …«

»… um davon leben und den Posten aufgeben zu können? So in der Art?«

Halb holte tief Luft, jetzt musste er sich jede weitere Lüge genau überlegen. »Nein, die Wahrheit ist, nach reiflicher Überlegung möchte ich jetzt doch … im Hof des Hauses ein Schwimmbad bauen lassen, um mehr für meine Fitness zu tun. Und dafür brauche ich mehr Geld und damit mehr Mieter.«

»Ach so!« Wilt war die Erleichterung deutlich anzusehen. »Sehr gut! Weil … wenn ich ganz ehrlich sein darf – wir alle, und ich meine damit Helli, den Ingeniöhr, Schwejk und Verena, wir alle haben uns in letzter Zeit öfters gedacht, ob du nicht in den vergangenen Wochen dein körperliches Wohlbefinden etwas zu sehr vernachlässigt hast. Manchmal schnaufst du hörbar, wenn du die zwei Stockwerke herauf …«

»Drei, Toni! Drei Stockwerke.«

Wilt begann dermaßen loszuprusten, dass er einige Meter im Blindflug fuhr. »Wunderbar! So viel zum Thema Vergesslichkeit! Vielleicht täte auch mir und meinem Gedächtnis mehr Sport gut. Darf ich mich schon für eine wöchent-

liche Schwimmstunde in deinem zukünftigen Luxus-Spa anmelden?«

»Sehr gerne, Toni! Falls ich mich noch daran erinnern kann.«

»Apropos, hast du mir eigentlich gesagt, wo ich dich hinfahren darf, oder habe ich das bereits vergessen?«

»Doppelt nein – weder gesagt noch vergessen! Bitte ins Spital, ins Giselaneum. Ich möchte nur kurz schauen, wie es Schwejk geht.«

MITTWOCH, 4. JUNI 2014, 17.15 UHR

»L Y H I?«

»Lyhi! Jawohl, Chef!«

»Und du bist dir sicher, dass zwischen dem ›y‹ und dem ›h‹ ein kleiner Abstand war?«

Haschek nickte so heftig, wie es ihm seine Seitenlage erlaubte. »Eindeutig. Dir muss ich nicht erklären, dass in so einer Situation eine Sekunde ewig zu dauern scheint. Auf jeden Fall lang genug, um alle Details zu erkennen und zu speichern.«

Halb nickte abwesend. Mühsam kämpfte er gegen die verhasste Trias aus aufsteigender Übelkeit, kaltem Schweiß und Schwindel an. In seine immer schneller wirbelnden Gedanken platzte wieder das Bild der ruhigen Wasseroberfläche. Dieses dritte, kleinste Becken, wie Johannes Albert es genannt hatte – in seiner Erinnerung wurde es abwechselnd größer und wieder winzig. Ein gähnendes Loch, in das er hineingesogen werden würde. Gefesselt, um das Überleben zu trainieren. Nur, er konnte nicht überleben! Nicht in so einer Enge. Die noch enger wurde, deren Mauern sich auf ihn zubewegten. Selbst als er das Becken aus sicherer Entfernung gesehen hatte, hatte es einen seltsamen Sog auf ihn ausgeübt. Aber das weitere Gespräch hatte ihn abgelenkt, die Aussicht auf den Wienerwald hatte das Seine dazu getan.

Später waren die Pferde über ihn hinweggestürmt, selbst wenn die Ritter ziemlich weit von ihm entfernt ihren dritten Überfall geprobt hatten. In seiner jetzigen Panik schien ihn sein Blick hinunter ins Tal wie ein Gummiband mitten unter die wild stampfenden Hufe zu ziehen. Noch einmal war es ihm aber dank der vielfachen – und köstlichen – Eindrücke danach gelungen, seinen Kopf wieder frei zu kriegen. Aber beides zusammen war zu viel gewesen. Zu viel, um jetzt dieser Umgebung adäquat begegnen zu können.

Als er spontan beschlossen hatte, Schwejk zu besuchen, hatte er natürlich gewusst, dass er dafür ein Krankenhaus betreten müsste. Aber zwischen sich dessen bewusst sein und dort zu sein klaffte eine Lücke. Die Lücke, in die er jetzt zu stürzen und sich darin aufzulösen drohte. Wobei … nein, nicht sich aufzulösen, sondern aufgelöst zu werden drohte. Es waren seine Erinnerungen, die das Hier und

Jetzt zersetzten. Der Geruch – es roch nach dem Streckverband, in dem er Monate lang eingekerkert gewesen war. An seinen verzweifeltsten Tagen hatte er den Ärzten misstraut, stattdessen mit den drei Kugeln, die man aus seinem Rücken operiert hatte, Gespräche geführt. Ob sie wüssten, wie verheerend sie ihn getroffen hätten? Rollstuhl oder Laufschuhe? Dann das Wunder! Wenn auch ein sehr fragiles. Erst vergangenen Jänner hatte er wieder den Helden spielen müssen und war in einem Krankenhaus geendet. Zugegeben nicht so elend, aber … es hatte wieder so gerochen. Streckverbandsmäßig. So wie jetzt wieder. Oder wie Enge oder Pferde. Panikattackengeruch!

»Chef? Chef, geht's dir nicht gut? Falls ja, hättest du großes Glück, weil du …«

Zuerst klang die Stimme wie ein fernes Nebelhorn, aber langsam begann er Schwejks Worte zu verstehen.

»… würdest dir die Anfahrtszeit der Rettung sparen. Abgesehen davon sind die hier sehr kompetent und nicht minder freundlich. Die untersuchen dich in null Komma nichts, und wenn du was haben solltest …«

»Schwejk, danke! Das heißt, danke nein! Ich war nur gerade total in Gedanken versunken. Aber – damit ich das sicher richtig verstanden habe. Verena schießt auf den schwarzen Ritter, trifft, er schreit, greift sich mit der linken Hand an seinen rechten Oberarm, verschiebt dabei Rüstungsteile und zeigt einen Ausschnitt seines rechten Bizeps, auf dem du Teile eines Tattoos siehst. Eine Art Spruchband, auf dem du die Buchstaben ›l y h i‹ erkennst, mit einem kleinen Abstand zwischen dem ›y‹ und dem ›h‹. War's so?«

Hascheks Nicken fiel diesmal weniger heftig aus.

»Vielleicht«, auf Halbs Stirn bildete sich eine tiefe Falte,

ein Zeichen, dass er seine Gedanken ordnete, »sollten wir zuerst einmal unsere Polnisch-Dolmetscher interviewen. Vielleicht haben die eine Idee, wofür diese geheimnisvollen Buchstaben stehen könnten. Möglicherweise gibt's ein Sprichwort mit ›ly hi‹ in der Mitte, das zu einem Bizeps eines polnischen Frauenhelden und Stuntman passt.«

»Du meinst, dass dieser Zbigniew Wojciechowski der schwarze Ritter sein könnte? Weil ihr die Leiche von dem Lebar gefunden habt, der wiederum bereits öfter im Schlepptau seines Cousins in den diversen Datenbanken aufgetaucht ist, und ebendieser Wojciechowski bisher immer den Chef heraushängen hat lassen – deshalb würde es nahe liegen, dass …«

»Sag einmal, Schwejk, woher weißt du das? Ich sehe hier kein Handy und …«

Trotz seiner widrigen Situation lächelte Haschek verschmitzt. »Hier, oberste Lade. Aber das habe ich nicht gebraucht, weil mir das alles Verena erzählt hat. Wundert mich eh, dass ihr euch nicht am Gang begegnet seid. Wobei – eh klar! Sie wird den Aufzug genommen haben, wogegen du mit deiner Platzangst …«

»Danke, Schwejk, dass du mich daran erinnerst! Und ja, ich bin die Treppe heraufgewankt.«

»Ich habe fürs Wanken zu danken! Und wenn du jetzt wieder hinunterhüpfst, vergiss bitte nicht, dich morgen der polnischen Sprache – und ganz besonders den Buchstaben ›l y h i‹ – zuzuwenden. Und ich werde meine verbliebenen Slawisch-Kenntnisse aktivieren und die ganze Nacht darüber nachdenken, was …«

»Du wirst schlafen, um bald wieder gesund zu werden! Das ist ein dienstlicher Befehl. Weil – ob du's glaubst oder nicht, du gehst uns ab. Und daher …«

»Jawohl, Chef! Zu Befehl, Chef!« Mühsam hob Haschek seine freie Hand und salutierte. Dass er dabei sein Gesicht so weit verdecken konnte, um Halb nicht seine Rührung sehen zu lassen, war ein angenehmer Nebeneffekt.

Als Halb auf den Gang trat, umfing ihn noch einmal dieser gnadenlose Erinnerungsgeruch, die olfaktorische Essenz aus Tod, Schmerzen und – am schlimmsten – eingedickter Angst. Selbst die paar Meter zum Stiegenhaus schienen unüberwindlich. Er merkte, wie sich sein Blutdruck verabschiedete, sein Herz daraufhin immer unwilliger seinen Dienst verrichtete, sein Blick sich zuerst trübte und immer mehr einengte. Alle starrten ihn an. Ärztliche Weißmäntel, chirurgische Grünanzüge, hellblaue Pflegekittel. Auch all die Namensschilder wurden immer größer und fixierten ihn, allerdings war es ihm umso weniger möglich, sie klar und deutlich zu lesen. Seltsamerweise purzelten immer beinahe dieselben Buchstaben durcheinander. Setterer, Schetterer, Schterterer, Eschetter – er wusste, er sollte sie kennen, aber erneut gähnte ein riesiges Gedächtnisloch mitten vor ihm auf dem Boden. Vorsichtig wich er ihm aus. Zwischen die visuellen Eindrücke mischten sich besorgte Klänge, die aus den Kleidungsstücken vor und um ihn herum kamen. Dankend winkte Halb alle Hilfsangebote von sich weg, bis er die rettende Tür zum Stiegenhaus erreicht hatte.

MITTWOCH, 4. JUNI 2014, 21 UHR

Wo sie nur war? Sie hatte sonst immer ihr Handy griffbereit. Vier, fünf – ungeduldig zählte Halb jedes Läuten.

»Hab ich dich von weit hergeläutet? Alles in Ordnung? … Nein, nur, weil du sonst immer viel schneller… ah so, aus der Küche. Und das Handy liegt im Wohnzimmer? … Das kenn ich nur allzu gut. Du kochst? … Natürlich tut man das üblicherweise in einer Küche, aber wieso jetzt? Eifersüchtig, ich? Nein, natürlich nicht! Und selbst wenn, stünde es mir nicht zu. Selbstverständlich kannst du um 21 Uhr für wen auch immer kochen und … für Lisa? Welche … ach so, diese Lisa! Doch, ich weiß – nein, also, was denkst du von mir, so vergesslich bin ich nicht. Noch nicht. Lisa Poller, eine deiner zwei besten Freundinnen, die ich bald kennenlernen werde. … Wann? Wenn sie neben dir steht, warum verabreden wir uns nicht gleich? … Ihr Kalender liegt im Auto, verstehe. Ja, ich schreib sie mir auf. Null sechs vier fünf, achtzehn zehn neunzehn fünfundsechzig. Lass mich raten, sie ist am 18. Oktober 1965 geboren. … Natürlich, ich werd sie anrufen. Du, was ich dich eigentlich fragen wollte – ich bin heute wieder über ein neues Parfum namens ›LadyMarian‹ gestolpert. Nun weiß aber selbst ich als alter Junggeselle, dass Parfumkauf das reinste soziale Minenfeld ist. Daher hab ich mir gedacht, ich überrasche dich – also nicht mit dem Geschenk, sondern vorsichtshalber vorher mit der Frage, ob du das überhaupt … Klingt eher nach einem schweren Duft. Bei dem Namen kein Wunder – Robin Hood, Lady Marian, große Liebe, noch größere Gefühle. … Nein, überhaupt nicht zitro-

nig. Ich werde mich erkundigen, aber du kannst weder … Moment, das schreibe ich mir auf. Weder balsamisch noch blumig, geschweige denn gehaltvoll oder gourmand kannst du leiden. Und harzig-holzig-ledrig gar nicht. Keine schweren Düfte. … Tatsächlich, die konntest du noch nie leiden, seit deiner Jugend nicht? Zur Not blumig-spritzig, aber lieber Zitrus-Duftnoten. Wieso ich das nicht bereits gemerkt habe? Du weißt ja, ich bin halt ein unsensibles, leicht monomanes Geschöpf. … Genau, eben ein Mann. Wie meinst du? … Nein, bezüglich deiner Namen noch keine Neuigkeiten, aber der Ingeniöhr hat mir für morgen früh Sensationen angekündigt. Vielleicht kann ich dir davon schon morgen Mittag am Telefon berichten. 13 Uhr? … Ich ruf dich an. Liebe Grüße an Lisa, ich melde mich bald bei ihr. Und dir … oh ja, viele! Ganz, ganz viele. Gute Nacht!«

DONNERSTAG, 5. JUNI 2014, 8.25 UHR

»Guten Morgen! Und bitte um etwas Hilfe, weil …« Mühsam balancierte Halb ein großes Tablett voller Sandwiches und kleinformatiger Mehlspeisen durch die Tür ihres Büros.

»Morgen, Chef! Sehr gerne. Wir könnten aber alles direkt von deinem Servierbrett wegessen, dann kannst du es bedenkenlos fallen lassen.«

»Gute Idee, Ingeniöhr – auf dich vielleicht? Danke, Verena … und hopp.«

Noch bevor sie alle gesittet am Besprechungstisch vor Tellern, Messern und Gabeln saßen, begann Halb: »Entschuldigt das gestrige Chaos – zuerst spät noch herkommen wollen, aber doch nicht mehr herkommen können –, aber dafür haben wir einige interessante Neuigkeiten im Gepäck. Am Anfang …«

»Chef!« Planner zeigte wie eine schüchterne Erstklässlerin auf. »Eure Treffen mit Albert und Knuppa, der Überfall, euer Kurtschak-Mittagessen, eure Rathaus-Abenteuer, davon wissen wir bereits! Wobei Toni absolut nichts dafür kann, dass er alles verraten hat. Tapfer hat er minutenlang unseren neugierigen Fragen standgehalten, aber letztlich …«

»Tut mir leid, Chef. Wenn ich gewusst hätte, dass du uns doppelt – mit Kulinarischem und Informationen – verwöhnen willst, hätte ich natürlich den Mund gehalten. Aber ich hab mir halt gedacht …«

»Sehr vernünftig, Toni! Bleibt für uns mehr vom Buffet. Verena, Ingeniöhr und Helli, ihr unterhaltet Toni und mich mit euren sensationellen Neuigkeiten von gestern, und wir dürfen uns inzwischen Ohren und Bäuche vollschlagen. Wobei, halt, stopp! Eine Neuigkeit habe ich noch auf Lager, die ihr nicht kennen könnt. Es sei denn … Verena, sagt dir ›l y h i‹ etwas?«

»Jein … eher nein. Schwejk hat gestern Abend zwar eine Andeutung gemacht, aber die Details wollte er zuerst mit dir besprechen. Du warst also noch bei ihm?«

»Unmittelbar nach dir. Nachdem du den schwarzen Ritter angeschossen hast, hat Schwejk auf seinem rechten Oberarm den Ausschnitt eines Tattoos gesehen. Ein Banner, auf dem er die Buchstaben ›l y h i‹ erkannt haben will, mit einem kleinen Abstand in der Mitte. Verena, wie gut ist inzwischen dein Polnisch?«

»Quite good.«

»Sehr gut, vor allem die typisch slawische Aussprache. Du hast gestern sicher fleißig mit den polnischen Kollegen geflirtet und entsprechend viel zu berichten. Und heute wirst du noch einmal deinen Charme spielen lassen und …«

»… mich mit den dortigen Kollegen wieder in Verbindung setzen, vielleicht fällt denen ein Sprichwort oder Ähnliches ein, in dessen Mitte ebendiese Buchstaben stehen. Und danach …«

»… bittest du sie, alle Tattoo-Studios im Raum Krakau abzutelefonieren. Wer sich wann wo dieses Motiv stechen ließ.«

Verena Planner stöhnte heftig. »Du lieber Himmel, die werden mich lieben!«

»So …«, demonstrativ griff Halb nach zwei Sandwiches und setzte sich in Ess-Pose, »wer von euch möchte beginnen?«

»Ladies first.« Charmant deutete Perikles Mayer auf seine junge Kollegin.

»Danke, Ingeniöhr. Bei mir geht's leider schnell, sodass ich mir«, mit flinken Fingern erwischte Verena das nächstgelegene Stückchen Apfelstrudel, »diese Köstlichkeit als Trost angeln darf. Als Trost dafür, dass ich leider kaum was herausgefunden habe … also kaum was, was ihr nicht sofort im Internet hättet lesen können. Zbigniew Wojcie-

chowski, geboren 1972 in der Nähe von Krakau, Sohn eines Funktionärs der ›Polnischen Vereinigten Arbeiterpartei‹ und einer Theater-Regisseurin, scheint es in seiner betont konservativ-kommunistischen Familie nicht ausgehalten zu haben. Bereits mit 15 Jahren, also noch vor dem Mauerfall, ist er davongelaufen und hat sich mit diversen Jobs durchgebracht. Unter anderem soll er als Hilfsmechaniker in einer Eisenbahn-Werkstatt gearbeitet haben. Das dürfte ihm gutgetan haben – vielleicht hat ihm die schwere Arbeit zu seinen Muskeln verholfen. Auf jeden Fall galt er bald als die polnische Mischung aus James Dean und Arnold Schwarzenegger … hier, so hat er vor circa 20 Jahren ausgesehen.« Verena schob ein Foto zu Helli Drobatschnig, deren Augen kurz zu strahlen begannen. »Kein Wunder, dass er bald der gefeierte Star einer Fernseh-Soap war. Bald darauf hat er als Filmschauspieler Karriere gemacht. Vor allem als Actiondarsteller, der, man höre und staune, immer darauf bestanden haben soll, seine eigenen Stunts zu machen. Gemodelt hat er ebenfalls, wenn auch nur nebenbei. Jedenfalls muss der im Geld geschwommen sein. Bis zu seinem Abstieg. Im Prinzip nichts Besonderes, immer dasselbe. Zu viele Frauen, zu viele Sportwägen, zu viele Kinder, zu wenig Geld. Außerdem hat er sich immer mehr mit seinen Rollen als stahlharter Actionheld – Marke ›Ich bin das Gesetz‹ – identifiziert. Bis er einem Politiker bei einer Wahlveranstaltung die Nase gebrochen hat, nur weil der ihm widersprochen hat. Wobei, seine eigene Nase hat sich Wojciechowski zwar erstaunlicherweise nie gebrochen, aber auf andere Weise zerstört. Der selbsterklärte Saubermann hatte eindeutig zu oft ein ›weißes Naserl‹ – das Kokain hat ihm vermutlich endgültig das Genick gebrochen. Wenn er nicht die Tochter eines Ministers … also mit

ihr ein Kind gehabt hätte, wäre er sicher früher zur Fahndung ausgeschrieben worden. Aber so wurde im Hintergrund alles versucht, die Pleiten zu applanieren, sein Verschwinden zu verschleiern. Hat aber nix genützt! Weshalb er letzte Woche auf die Interpol-Liste gerutscht ist.«

»Und warum wurden gerade wir um Unterstützung gebeten? Gibt's eine Tangente nach Österreich? Da war doch von einem Gewaltverbrechen die Rede, wenn ich mich nicht irre«, hakte Halb nach.

Verenas Gesicht hellte sich auf. »Exzellentes Gedächtnis! Stimmt, das ist das einzig Interessante, das nicht jeder im Internet findet. Erinnert ihr euch an die allererste Anfrage vom vergangenen Montag? Die Kollegen vom Suchtgift, wegen dieser Autobombe. Inzwischen hat sich herausgestellt, dass Wojciechowski sein Filmwissen über den Bau und die Entschärfung von Bomben noch etwas vertieft haben dürfte. Jedenfalls wird er verdächtigt, die Substanzen bestellt zu haben, aus denen der Sprengkörper von letzter Woche hergestellt war. Und diese Explosion inklusive einer Toten gab's quasi vor unserer Haustür, nur ein paar Bezirke entfernt. Drogenmilieu, Kampf um Verteilungsrouten, ein gefallener Engel mit Bombenerfahrung und jetzt noch die Ritterspiele – scheint leider alles perfekt zusammen zu passen.«

Halb pfiff leise vor sich hin. »Das nenne ich effizient! Eine Ermittlung, drei Verbrechen. Mit Alimenten-Schulden fängt's an, über Drogen und Mord geht's zu Raubritter-Überfällen mit Mord und schwerer Körperverletzung, von den anderen Delikten ganz zu schweigen. Wobei wir einstweilen nur ahnen können, was dieses elende Schauspiel soll. Auf jeden Fall ausgezeichnete Arbeit, Verena. Oder hast du noch mehr?«

»Nichts, was wir nicht ohnehin schon wüssten. Sein Cousin Stanislav Lebar habe Wojciechowski immer vergöttert, weshalb er ihm viel zu leidenschaftlich auf die schiefe Bahn gefolgt sei. Auf der war Lebar im Übrigen bereits alleine beziehungsweise mit anderen unterwegs, zum Beispiel vor Jahren bei einem Banküberfall in einer österreichischen Kleinstadt. Er war wohl der Fahrer des Fluchtautos. Und jetzt ruhen seine verbrannten Überreste in unserer Gerichtsmedizin. Bevor ich es vergesse … wobei, eigentlich könnt ihr es sofort wieder vergessen. Weil bezüglich einer möglichen gemeinsamen Einreise von Wojciechowski und Lebar bin ich nicht fündig geworden. Das war aber auch die sprichwörtliche Heuhaufen-Stecknadel-Suche. Weil sie wären kaum so blöd gewesen, Spuren zu hinterlassen. Daher … nix.«

»Mach dir nix draus, hat sich trotzdem sehr gelohnt! Danke noch einmal. Und, Helli, haben Sie uns ähnlich Interessantes zu berichten? Zum Beispiel wegen der rechtlichen Hintergründe vom GREHTTA und von Bumbachs ›Haus des Pferdes‹? Irgendwelche Auffälligkeiten bei den Besitzverhältnissen oder Dienstverträgen oder so was in der Art?«

Wieder blitzten Frau Drobatschnigs Augen auf, wobei sie diesmal Halb und kein Foto eines »sexiest man alive« fixierte. »Oh, das kann man wohl sagen. Aber ich will dem Ingeniöhr nicht seinen großen Auftritt rauben, weshalb ich direkt an ihn übergebe.« Da ihr – vor tiefer Bescheidenheit nur so vibrierender – Tonfall jeder großen Theaterschauspielerin zur Ehre gereicht hätte, sicherte sie sich erst recht jene Aufmerksamkeit, die sie dem Ingeniöhr hatte zuteilwerden lassen wollen. Erst auf ein betontes Räuspern von Perikles Mayer wandten Halb, Planner und Wilt ihre ebenso belustigten wie bewundernden Blicke ihm zu.

»Danke, verehrte Helli, für diese wunderbare Anmoderation. Tatsächlich konnten wir Überraschendes herausfinden. Wenn ich gestern am Telefon von ›sensationellen Neuigkeiten‹ gesprochen habe, glaube ich nicht übertrieben zu haben. Aber der Reihe nach. Am Anfang stand deine Frage, Chef, nach dem richtigen Vornamen unseres Puzi von Bumbach. Jeder nimmt diesen seltsamen Kosenamen als gegeben hin. Aber wenn man den richtigen Vornamen kennt, ist es verständlich, warum er lieber unter ›Puzi‹ firmiert. Abgesehen davon, dass sich das gut in der Regenbogenpresse macht … und ich bin mir inzwischen ziemlich sicher, dass von Bumbach seinen Namen gerne so oft als möglich liest, auch wenn er in teils fürchterlichem Zusammenhang genannt wird. Abgesehen vom medialen Vorteil klingt Puzi immer noch besser als … allen Ernstes, Eucharius von Bumbach!«

»Eucharius?«

»An und für sich ein altehrwürdiger Name eines altehrwürdigen Heiligen aus dem dritten Jahrhundert, dessen Bedeutung man mit ›der Freundliche‹ übersetzen kann. Im Stammbaum derer von Bumbachs aber findet sich kein einziger Eucharius, weshalb ich weitergegraben und entdeckt habe, warum der arme Puzi mit dieser Last durchs Leben gehen muss. Ganz einfach, seine Taufe war eine Verbeugung vor einem reichen Erbonkel – dem ältesten Bruder seiner Mutter … aus einer früheren Ehe deren Vaters, um genau zu sein. Dieser Mann hatte im Laufe seines Lebens ein Immobilien- und Tourismus-Imperium aufgebaut. Zum Zeitpunkt der Geburt seines Neffen war er ebenso stinkreich wie kinderlos und letzteres würde er allem Anschein nach aufgrund seines Privatlebens … in diesen Kreisen nennt man das wohl eine ›unglückliche Nei-

gung‹, bleiben. Deshalb hatten die Eltern unseres heutigen Puzi offenbar beschlossen, Onkel Eucharius Honig um den Bart zu schmieren, um dem kleinen Eucharius später einmal ein schönes, fettes Erbe zu sichern. Dass der alte Onkel Eucharius noch Jahrzehnte später das Szepter seines Imperiums fest in der Hand halten und nicht im Geringsten daran danken würde, es zu vererben, hatten sie damals nicht ahnen können.«

»Ingeniöhr, und ich ahne, dass in der nächsten Sekunde eine deiner angekündigten Sensationen kommt, weil sonst ...«

»Nicht eine, Chef, sondern DIE! Ein Detail von Onkel Eucharius habe ich euch noch nicht genannt – nämlich, wie dieser Immobilien- und Tourismus-Magnat, der immerhin unter den tausend reichsten Männern der Welt firmiert, mit Familiennamen heißt. Und jetzt bitte atemlose Stille und einen Tusch, weil der Mann heißt ... Eucharius von Oldenharth.«

Den Tusch gab es nicht, aber mit der atemlosen Stille sollte Perikles Mayer Recht behalten. Es schien, als ob Halb, Planner, Wilt und Drobatschnig selbst ihre Kaubewegungen unterbrochen hätten, um ihrer Verblüffung Herr zu werden.

»Himmelherrgottsakrament, das ist ...«

»Der Adoptiv-Vater vom blauen Scharl!«

»Aber wenn von Bumbach und Braun im Hintergrund denselben Financier haben, warum schimpfen sie mehr oder minder lauthals übereinander?«

Halb lächelte zynisch. »Um etwas zu verbergen, nehme ich an. Aber nach dem ›was‹ werden wir sie heute noch näher befragen. Allerdings nicht sofort, weil ... Ingeniöhr, du hast von ›Neuigkeiten‹, Mehrzahl, gesprochen. Gibt's noch mehr von der Sorte?«

»Na ja, meinen größten Erfolg dürfte ich für heute hinter mir haben. Aber natürlich waren Helli und ich weiter sehr fleißig und haben etliches herausgefunden, aber das sollten wir dir … vielleicht besser in deinem Büro?«

Halb zögerte kurz, bevor er begriff. »Ach so, ich verstehe. Aber nein, danke, nicht nötig. Delia wird's nicht stören, wenn ihr davon wisst. Im Gegenteil, vielleicht habt ihr frische Ideen. Folgendes: Verena, Toni, ihr wart zwar dabei, aber euch wird der allerletzte Satz vom Braun, den er mir im Hinausgehen nachgeschrien hat, gar nicht aufgefallen sein.«

»Du meinst die ›Handküsse für deine zukünftige Frau Gemahlin mit der tollen Karriere‹? Doch, selbstverständlich sind sie das. Wir haben uns schon länger gefragt, wann ihr …«

»Also gut, dann … genug des Versteckspiels! Verena, so komisch das klingen mag – noch gar nicht! Delia und ich finden keinen gemeinsamen Termin, bei dem wir ohne Hektik in der Stimme ›Ja, ich will‹ sagen könnten. Zumindest einstweilen nicht. Aber trotzdem hat mich dieser Gruß vom blauen Scharl massiv beunruhigt. Ich habe lang und breit mit Delia besprochen, wer aus ihrem damaligen Umfeld ihre neue Identität, ihr heutiges Leben verpfiffen haben könnte. Wir sind auf keinen grünen Zweig gekommen, weshalb ich den Ingeniöhr gestern hinter euren zu Recht misstrauischen Rücken gebeten habe …«

»Genau das herauszufinden«, unterbrach ihn Verena. »Und? Wer war's?«

»Alle! Oder keine. Wir wissen es nicht.« Helli Drobatschnig knetete ihre Hände, als ob sie diese für ihren Misserfolg verantwortlich machen würde.

»Auf jeden Fall sind uns bei fast allen Damen biografi-

sche Ungereimtheiten aufgefallen, aber vielleicht ist das bei den meisten Lebensläufen der vergangenen 20 Jahre inzwischen üblich. Hier bitte, die Unterlagen.« Noch bevor Halb, Planner und Wilt die Hände abgewischt, die Teller zur Seite geschoben und die fünf eng bedruckten Blätter neugierig beäugt hatten, begann Perikles Mayer mit seinem Vortrag. »Lisa Poller. Jahrgang 1965. Sozialarbeiterin. Diejenige, die als einzige keinen Bruch in ihrer Bio drin hat. Andererseits ist ihr Lebenslauf so unauffällig, dass es unsereins schon wieder auffällt. Vielleicht sollten wir …«

»Danke nein! Sie ist seit längerem eine von Delias engsten Freundinnen, ich kann mir bei allem berufsbedingten Misstrauen nicht vorstellen, dass sie ihr in den Rücken gefallen sein soll.«

»Gut, Chef, also eine weniger. Wobei, ich sollte wohl besser sagen, noch eine weniger. Weil von der Dame mit dem klingenden Namen Bianca Azzurra Segofina haben wir so gut wie nix gefunden. Wobei in dem Fall ›nix‹ nicht ›nichts Auffälliges‹, sondern wortwörtlich ›nichts‹ bedeutet. Also, fast nichts. Ihr Geburtsdatum können wir anbieten, 17. Februar 1960. Aber vor 21 Jahren ist die Dame komplett vom Radar verschwunden. Ich habe mich natürlich sofort auf alle internationalen Dateien konzentriert, aber die sind teilweise so gut gesichert, dass nicht einmal ich …«

»Und das will was heißen!«

»Danke Verena! Vor Segofinas Verschwinden fand ich nichts Erwähnenswertes, außer vielleicht … allerdings muss man so paranoid wie wir sein und immer nur das Böse um die Ecke schleichen sehen, um das überhaupt zu erwähnen. Tatsache ist, dass ihre Konten und Kreditkartenabrechnungen bis zum September 1993 nicht den

geringsten Blick wert waren. Dann allerdings hat sie einmal einen hohen Betrag auf ein ausländisches Konto überwiesen. An und für sich noch nichts Sensationelles, erst recht, wenn man weiß, dass die Dame aus der Nähe von Syrakus auf Sizilien stammt. Was für manche, die zu viele und vor allem schlechte Krimis sehen, sofort ein Grund wäre, automatisch an die Mafia zu denken.«

»Was wiederum zu Segofinas Verschwinden passen würde. In Betonschuhen auf dem Grund des Meeres. Oder aber …«

»… hat sie vielleicht eine tragende Rolle übernommen. Allerdings nicht im Theater, sondern einzementiert in einem Fundament eines Hochhauses, egal, ob auf Sizilien oder in Wien.«

Entnervt fuhr Mayer Wilt und Planner an. »Eure Fantasie in Ehren, aber ich halte mich lieber an die Fakten. Wie gesagt, eine hohe Überweisung auf ein ausländisches Konto, das – und das war das Seltsame – nur für diese einzige Transaktion eröffnet und umgehend wieder geschlossen wurde. Außerdem dürften das Offshore-Banken gewesen sein.«

»Eine einzige Überweisung? Und wann genau war die Dame weg?«

»Jawohl, eine einzige. Dezember 1993. Mit anderen Worten, vor September 1993 und gleich wieder zwischen Ende September 1993 und ihrem Verschwinden drei Monate später fand ich wieder überhaupt nichts Auffälliges. Keine rätselhafte Überweisung, keine unerwartete Einnahme, nichts. Zwar hat ihre Kündigung im November 1993 offenbar viele überrascht, aber im Prinzip ist damals alles korrekt über die Bühne gegangen. Überrascht übrigens deshalb, weil bis dahin galt sie als eine besonders enga-

gierte Sozialarbeiterin, die – laut ihren Dienstbeurteilungen – immer nur das Beste für ihre Klientinnen gewollt und getan habe.«

»Ich werde Delia und ihre Freundin Lisa fragen, wohin diese Frau Segofina entfleucht sein könnte. Vielleicht hat sie schlicht und einfach geheiratet, den Namen ihres Mannes angenommen und …«

»Chef!« Mayers Stimme klang zutiefst beleidigt. »Glaubst du tatsächlich, dass ich das nicht bedacht hätte? Zugegeben, wenn sie in einer obskuren Kapelle am Nord- oder Südpol, auf einem Schiff oder in einem Nobelhotel geheiratet haben sollten, könnte das zwar eine offiziell durchaus anerkannte Eheschließung zur Folge haben, aber unter Umständen sind die notwendigen Benachrichtigungen im Eissturm oder in den Fluten der Niagarafälle oder wo immer untergegangen. Auf jeden Fall habe ich in keinem Archiv ein entsprechendes Dokument gefunden. Zumindest in keinem, das online einsehbar ist.«

Halb strahlte den Ingeniöhr betont naiv an. »Gut zu wissen, welche Gefahren Eheschließungen mit sich bringen können. Aber da wir uns ohnehin ganz sicher für ein stinknormales österreichisches Standesamt entscheiden werden, müssen wir uns wegen Niagarafällen oder Eisstürmen wohl nicht fürchten.«

»Nein, müsst ihr nicht. Wobei – ganz im Ernst, heiraten kann auch in Österreich gefährlich sein. War es zumindest für eine weitere der damaligen Sozialarbeiterinnen. Mit Mädchennamen hat die Dame Tatjana Wayer geheißen, ihren Ehenamen – Tatjana Lang – hat sie nur einige Stunden getragen. Sie und ihr Mann sind auf der Fahrt vom Restaurant nach Hause gegen eine Tunnelwand gedonnert. Das Übliche – laut Obduktionsbefund hatte er zu

feuchtfröhlich gefeiert. Ironischerweise starb sie ganz nüchtern. Auf jeden Fall war das damals eine der Tragödien, die verständlicherweise die Schlagzeilen tagelang beherrscht haben. Noch dazu, da Tatjana Wayer unmittelbar vor einem Karrieresprung gestanden sein soll und der Wechsel ins Ministerium schon sicher gewesen sei. In den Dienstbeurteilungen standen nur die Formulierungen, mittels derer man wen hinauf- beziehungsweise hinausloben will. Bei allem ›über die Toten nur Gutes‹, beliebt dürfte sie nicht gewesen sein.«

»Mein lieber Ingeniöhr, das hast du ... beziehungsweise ihr, Helli und du, ganz wunderbar erkannt. Laut Delia sei Frau Wayer immer sehr bestimmt aufgetreten und habe genau gewusst, dass sie eines Tages eine bessere Position bekleiden würde. Außerdem habe sie ihre Moral auf einem silbernen Tablett vor sich hergetragen. Die Wahrscheinlichkeit, dass sie riskiert hätte, sich mit Gesindel wie dem blauen Scharl abzugeben, ist daher sehr gering.«

»Dasselbe gilt vermutlich für Frau Hopfner.« Nach Mayers sonorer Stimme klang Drobatschnigs tiefer Alt nur eine Spur heller. »Margit Hopfner, geboren 1967. Der war aber kein langes Berufsleben vergönnt, weil die ist mit ihrer Heirat 1996 aus dem Dienst ausgeschieden und nie wieder zurückgekehrt. Was kein Wunder war, denn als verehelichte Boltinger und fünffache Mutter ...«

»Boltinger? Wie die Hochleistungskugellager-Boltinger-Werke? Weltweit führend – einer der österreichischen Beiträge zur internationalen Luft- und Raumfahrt, der allerdings die Öffentlichkeit wie der Teufel das Weihwasser scheut?«

»Nicht ›wie die‹, sondern ›die‹! Frau Hopfner hat einen der drei Erben dieses Unternehmens geheiratet ... das übri-

gens dank verschiedener komplizierter Stiftungs-Konstruktionen nach wie vor in Familienbesitz ist. Natürlich finden sich kaum nachprüfbare Zahlen im Internet, aber deren Umsatz wird auf knapp 100 Millionen Euro geschätzt … pro Jahr.«

Halb schüttelte heftig den Kopf. »Nein, die war's so gut wie sicher nicht! So wer meidet nicht nur die Öffentlichkeit, sondern erst recht lichtscheues Gesindel. Weiter bitte.«

»Berenike Schopfmeyer hat eine ähnliche Biografie, wenngleich vermutlich ›nur‹ mit einem Vermögen von ein paar Millionen. Sie ist 1971 geboren … am 17. Oktober 1971, um genau zu sein. Herr Hofrat, was Ihre zukünftige Frau Gemahlin nicht gewusst haben dürfte – Frau Schopfmeyer kam aus einer sehr begüterten Familie. Sie hätte die Zahnarztordination ihrer Eltern übernehmen sollen, hat sich aber gegen die Medizin und für die Sozialarbeit entschieden. Aber wie das Leben so spielt, heiratete sie 2001 den Zahnarzt, der die Ordination ihrer Eltern übernommen hat, als diese in Pension gehen wollten. Somit blieb die Ordination quasi in der Familie, die Senior-Generation half hinter den Kulissen weiter aus, und aus der Sozialarbeiterin Berenike Schopfmeyer wurde die Ordinationsmanagerin Magistra Berenike Rintinger. Ach ja, und dreifache Mutter. Übrigens, die Ordination wird in sozialen Netzwerken über den grünen Klee gelobt, Doktor Rintinger und sein Team seien großartig im Umgang mit Zahnarzt-Phobikern, hätten goldene Plomben-Hände und seien die Nettesten und Besten überhaupt … und absolut und überhaupt.«

»Nettesten und Besten? Klingt nicht gerade nach jemandem, die für Geld oder sonstige Vorteile die Namen ihrer früheren Klientinnen leichtfertig an jemanden wie den

blauen Scharl verraten würde. Was ist mit dieser Frau Holl? Delia hat gemeint, dass die Dreck am Stecken gehabt haben soll?«

»Ja und nein!«, antwortete Helli Drobatschnig. »Sie wurde beschuldigt, Geld unterschlagen zu haben. Und weil schon vorher über ihre Moral – sie galt als ›zu vielseitig‹ – böse gemurmelt wurde, waren alle nur zu gerne bereit, jegliche Anschuldigungen sofort zu glauben. Nichtsdestotrotz hat sich das Ganze aber bald als Intrige – noch dazu als eine recht raffinierte – herausgestellt. Als man Frau Holl nach dieser Affäre die Rückkehr auf einen besser dotierten Posten in einer anderen Abteilung angeboten hat, hat sie angenommen und dafür alle Drohungen fallen gelassen, diverse Verdächtige zu verklagen. Inzwischen hat sie parallel zu ihrer Beamtenkarriere Rechtswissenschaften studiert und ist nach ihrem akademischen Abschluss in die Volksanwaltschaft gewechselt.«

»Was heißt ›zu vielseitig‹? Ich meine, könnte sie deshalb in Kontakt mit dem damaligen Milieu gekommen, sogar um Informationen erpresst worden sein?«

»Das glaube ich nicht, Herr Hofrat. Mit ›vielseitig‹ meinte ich, dass Magistra Holl inzwischen ganz offiziell mit einer Frau zusammenlebt. Dass so jemand andere Frauen, noch dazu an Zuhälter verraten haben soll ... ich kann's mir nur schwer vorstellen.«

Halb seufzte: »Uns gehen langsam die Kandidatinnen aus. Macht's mir bitte eine Freude und präsentiert uns wenigstens noch eine potenzielle ›Bösewichtin‹, die Delia und vielleicht auch andere an Leute wie den blauen Scharl verraten haben könnte.«

Der Ingeniöhr hob beschwörend die Hände: »Gleich, Chef, gleich. Nur kurz noch zu Magistra Novak ... laut

deiner Delia eine der damaligen Juristinnen. Da haben Helli und ich ein Problem gehabt – 1993 gab es nämlich vier Juristinnen dieses Namens, die mit dieser Materie befasst gewesen sein könnten. Wir haben uns bemüht, allen vieren nachzuwassern, aber uns ist nichts Ungewöhnliches aufgefallen. Bei allen geradezu langweilige Lebensläufe – Heirat, Kinder, Karenzzeiten, Rückkehr in den Dienst, normale Wohn- und Vermögensverhältnisse, keine Scheidungen … die Familien, um deren Stimmen sich vor einer Wahl so gut wie jede Partei streitet. Und was die Ärztinnen anbelangt – diese Doktor Schetterer, aber auch die Psychiaterin und die zwei Psychologinnen … wir können euch die gute oder die schlechte Nachricht anbieten. Welche wollt ihr zuerst?«

»Die schlechte natürlich!« Verena hatte als Erste geantwortet, auch, weil Halb an einem letzten Stück Topfenstrudel kaute.

»Gut, die schlechte Nachricht ist – wir haben keine. Also, fast keine Informationen über Doktor Schetterer, die im Übrigen Schetter hieß. Sie ist 1996 an Krebs verstorben, weshalb wir kaum elektronisch gespeicherte Daten finden konnten. Und von einer Konsiliar-Psychiaterin ebenfalls keine Spur, lediglich eine Psychologie-Studentin haben wir anzubieten, die während der fraglichen Zeit in der ›Beratungsstelle für Menschen in der Prostitution‹ ein Praktikum absolviert hat. Tragischerweise wurde sie dabei von einem rabiaten ›Kunden‹ … einer von denen, die ihre Frau auf den Strich schicken und sich dann, wenn sie flüchtet und Hilfe sucht, ganz blöd stellen, zuerst alles leugnen, und wenn das nichts nützt, ausrasten … von so einem Abschaum wurde die junge Frau am Gang angegriffen und schwer verletzt.«

»Und, wo bleibt die gute Nachricht?«

»Das war sie, Chef! Diese Studentin hieß Renate Berthner.«

Der verbale Staffellauf Wilt-Planner-Halb funktionierte wieder problemlos: »Den Namen kennen wir doch.«

»Und zwar vom ersten Überfall.«

»Berthner-Přihoda, das ältere Ärzte-Ehepaar.«

»Genau!«, schloss der Ingeniöhr. »Diese Renate Berthner ist deren Tochter. Und weil dadurch wenigstens irgendein Zusammenhang zwischen der damaligen Situation und dem wann immer folgenden Verrat von Delias Identität über die Opfer der Raubritterüberfälle der vergangenen Tage bis zum mehrfachen Verdacht gegen Karl Tassilo von Braun-Oldenharth, oder wie der blaue Scharl heute heißen mag, hergestellt sein könnte …«

»… hast du dir gedacht, diesen mehr als kruden Zusammenhang verkaufe ich als gute Nachricht? Mein Gott, Wien ist ein Dorf, da trifft man im Laufe von 20 Jahren halt ab und zu auf Leute, die die illegitimen Töchter des Stiefsohns der Erb-Tante vom Urahn sein könnten! Ingeniöhr, du solltest in die Politik gehen, dort können sie immer wen brauchen, der heiße Luft als eine Sensation verkauft.«

»Danke Chef, das werte ich als Kompliment. Erst recht, da wir, Helli und ich, noch ein As im Talon haben.«

»Eins der Sorte ›der Diener vom Chauffeur meiner Putzfrau‹ kennt den Großvater vom blauen Scharl?«

»Nein!« Die Kürze und Schärfe von Mayers Antwort ließen selbst Halb in seinem Frust innehalten. »Folgendes … und bitte, Chef, sei nicht wieder auf 180, weil du uns missverstehen könntest, dass wir meinen würden, dass Delia …«

»Was der Ingeniöhr meint, ist Folgendes.« Wieder einmal sprang Helli Drobatschnig mit ihrer ruhigen sachlichen Art ein. »Ihre gestrige Liste, Herr Hofrat, enthält nur Namen von Fachfrauen, an die sich Frau Schoitelmüller heute noch erinnern kann. Sie war aber sicher nicht die Einzige, nicht einmal im Frühling 1993, der die Behörden helfen wollten.«

Halb nickte knapp. »War sie nicht! Delia hat mir von acht unmittelbaren Leidensgenossinnen erzählt.«

»Acht! Das deckt sich mit dem, was wir gestern herausgefunden habe. Was aber wäre, wenn eine dieser acht anderen jungen Frauen, die mit Frau Schoitelmüller gemeinsam aus dem Sumpf gezogen werden sollten, doch nicht ganz die alten Brücken abgebrochen hätte? Frau Schoitelmüllers richtigen Namen in Erfahrung zu bringen und ihn bei passender Gelegenheit zu verraten, wäre für jede von ihnen ein Leichtes gewesen. Vielleicht musste diejenige sogar alle anderen verraten, weil sie wieder in eine Bredouille gekommen ist, aus der sie sich nur mit diesem ›Pfand‹ herauslavieren konnte. Daher haben wir – das heißt, in dem Fall gehört natürlich der ganze Ruhm unserem Ingeniöhr – er hat alles getan, um die echten Namen dieser acht jungen Frauen herauszufinden und ihren Werdegang seit 1993 zu verfolgen. Zwar können wir heute noch nicht ›Die war's!‹ verkünden, allerdings sind wir schlauer als zuvor.«

»Zumindest etwas!« Noch einmal sichtete und schichtete der Ingeniöhr die Zettel vor ihm. »Von den acht anderen jungen Frauen sind drei, soweit wir das überprüfen konnten, nie wieder auffällig geworden. Ehe, Kinder, eine ist Hausfrau und Mutter geblieben, während die beiden anderen nach den Karenzjahren wieder in ihre Berufe zurückgekehrt sind. Die Hausfrau und Mutter hatte Fri-

seurin gelernt, die beiden anderen arbeiten als Krankenschwester und Goldschmiedin. Von den weiteren fünf hat leider keine den Übergang in ein mehr oder minder bürgerliches Leben geschafft. Von diesen fünf starben wiederum zwei an einer Überdosis, eine 1995, die andere 1996. Eine dritte, Annajulia Brauner, verbüßt seit 2006 eine lebenslange Haftstrafe wegen zweier Morde an zwei Freiern. Die vierte, Andrea Olliau, hat ebenfalls mehrere Jahre hinter Gittern verbracht. Eine Computerfachfrau, der einige Male die Passwörter von jeweils mehreren tausend Bank- und Kreditkarten – natürlich rein irrtümlich – über ihren Bildschirm geflackert waren. Und da sie erstens höchstpersönlich ein klitzekleines Suchtproblem hatte und zweitens den überraschenden Geldregen als Anlass nahm, selber ein wenig im Drogengeschäft zu dilettieren, stahl sie weitere Passwörter einiger Firmen, denen total zufällig eine Nähe zum international organisierten Drogenhandel nachgesagt wurde und wird. Die letzte Haftstrafe hat ihr vermutlich – zumindest vorübergehend – das Leben gerettet, weil die Bestohlenen sollen alles andere als erfreut reagiert haben. Vielleicht ist das der Grund, warum sie vor kurzem bei einem Gewaltverbrechen ums Leben kam … allerdings ist das insofern ein bisserl seltsam, weil ich nicht in die entsprechenden Akten hineinkomme, die sind im Moment gesperrt. Egal! Und die letzte in dieser Reihe, Barbara Rudolfer, hat bisher eine ähnliche, wenn auch weniger spektakuläre ›Karriere‹ hinter sich. Drogendelikte, aber alle nur im üblichen Rahmen. Allerdings könnte sie in letzter Zeit in eine sehr viel größere Geschichte verwickelt worden sein. Einige Details deuten nämlich auf eine Kronzeugenregelung mit neuer Identität hin. Auf jeden Fall ist sie seit ein paar Tagen spurlos verschwunden.«

»So wie das ›Zwutschkerl‹? Ich meine natürlich Frau Segofina, die Sizilianerin?«

»Segofina, ja, Sizilianerin … aber wieso ›Zwutschkerl‹?« Unbeabsichtigt hatte es Halb wieder einmal geschafft, die Aufmerksamkeit aller vier »Teamlinge« blitzschnell auf sich zu lenken.

»Um ehrlich zu sein – ich weiß gar nicht, warum Delia und die anderen sie damals ›Zwutschkerl, die Mini-Heilige‹ genannt haben. Ich nehme aber an, dass Frau Segofina klein und von zarter Gestalt war … ein ›Zwutschkerl‹ eben.«

»Und was hast du uns sonst noch verschwiegen?« Der Vorwurf in Verenas Stimme war nicht zu überhören, wenngleich wenn sie ihn mit übertrieben aufgerissenen Augen getarnt hatte.

Halb lächelte versöhnlich. »Nichts, was euch nicht schon Toni berichtet haben wird. Wobei … stimmt, das habe ich gestern auf der – sehr ermüdeten – Heimfahrt nicht einmal Toni erzählt. Also gestern, Rathaus, letzter Termin in Baden. Eine sehr redselige Dame, die ihr euch ein bisschen wie das berühmte ›Kleingedruckte‹ in Verträgen vorstellen müsst. Zuerst ewiges Palavern, erst ganz am Schluss – wenn man nicht mehr voll konzentriert ist – das Wichtigste. Also in der letzten Zeit wurden mehrere Filme in Baden gedreht. Wobei nur einer der Drehorte abseits genug lag, um dort eventuell Pferde und Ritter-Requisiten verstecken zu können. Erst recht, da in dem Film sogar Pferde und Stuntmen hätten vorkommen können. Aber als ich uns – innerlich jubelnd – bereits am Ziel unserer Ermittlungen sah, hat sie über mir einen vollen Kübel kalter Ernüchterung ausgeschüttet. Die Produktion habe nie stattgefunden, da sie vorher pleitegegangen sei.

Einfach geschlossen! Wie der Bahnhof der Theresientalbahn. Der allerdings nicht wegen einer Insolvenz, sondern wegen Renovierung. Und deshalb ... Moment, was hab ich gerade gesagt?« Dass die letzten Worte eine rein rhetorische Frage waren, zeigte sich an Halbs plötzlich auftretender Hektik. Er kritzelte einige Worte auf das erstbeste Stück Papier, das er an sich reißen konnte.

Einige Sekunden starrte er es an, bevor er triumphierend hervorstieß: »Das muss es sein! Dort muss es sein! Wir haben sie! Besser gesagt, ihr Versteck. Wobei, einstweilen nur die Idee, nicht den genauen Ort. Aber egal, irgendwo dort! Weil, warum pfeift eine Museums-Touristenbahn, wenn sie gesperrt ist?«

DONNERSTAG, 5. JUNI 2014, 8.55 UHR

»Und warum pfeift sie?« Tonis Frage stand stellvertretend für die Ahnungslosigkeit der vier Teamlinge.

»Weil sie fährt! Was sie aber eigentlich nicht dürfte. Weil ›alles zu‹ ist! Zumindest laut meiner Dauer-Rednerin von gestern Nachmittag. Lasst's mich nachdenken. Alle drei

Bahnhöfe dieser Bahn seien derzeit ... wie hat sie sich ausgedrückt? Irgendwas mit einem ›offiziellen Betretungsverbot‹. Und die drei tragen recht witzige Namen. Der Hauptbahnhof heißt richtig literarisch ... ›Anfang und Ende‹, der am Wendepunkt ...«

»Lass mich raten, der heißt auch so literarisch – ›Am Wendepunkt‹?«

»Nein, Verena, banaler. Nämlich ›Alles retour‹. Und einen dritten gibt's auch noch ...«

»Der heißt ›Mitt'ndrin‹. Zumindest steht's so auf der Homepage. Und die Dame hatte vollkommen recht, die Theresiental-Ausflugsbahn ist von Anfang März bis Ende Juni komplett gesperrt. Strecke wie Bahnhöfe.« Ausnahmsweise hatte nicht der Ingeniöhr, sondern Toni als Erster auf seinem Handy wild umherzutippen begonnen.

»Und daher stellt sich die Frage – wieso hat vergangenen Sonntag die Lokomotive mehrfach gepfiffen?«

»Vielleicht hat sie Probefahrten gemacht?«

»Das wird sich überprüfen lassen. Helli, bitte übernehmen Sie das. Wer betreibt überhaupt diese Ausflugsbahn? Enthusiasten oder Profis? Und wenn ...«

»Chef, bevor du weiter fragst, wir haben bereits einige Antworten. Schau mal, die Homepage. Antwort eins: Bahn-Enthusiasten!« Während Verena und Toni auf ihren Handydisplays um die Wette fingerten, hatte der Ingeniöhr seinen Laptop hochgefahren und die Informationen auf den Bildschirm geholt. »Und zwar der ›Verein der Freunde der Theresiental-Ausflugsbahn‹, um genau zu sein.«

»Und findet sich da was von irgendwelchen Aktivitäten während der Renovierungs-Sperre?«

»Nein, aber ... Sekunde, hier steht eine Telefonnummer. Probieren wir's gleich – allerdings ist es nicht sehr wahr-

scheinlich, dass um die Uhrzeit jemand abhebt und … Ah, guten Morgen! Ein Glück, Sie zu der Zeit zu erreichen. Mein Name ist … ist Vollmüller, Walter Vollmüller. Und ich hätte eine für mich sehr wichtige Frage. Wissen's, ich hab einen Enkel, und der ist ein unwahrscheinlicher Lokomotiven-Fan. Und der hat in zwei Wochen Geburtstag. Wie alt er wird? Er wird … acht Jahre. Sie sagen's, Opas wie ich wissen solche Sachen nie so genau. Also, acht Jahre. Und ein Besuch bei Ihnen auf der Theresiental-Ausflugsbahn wäre natürlich das Allergrößte für ihn. Und … ach so, Sie haben derzeit wegen Renovierung geschlossen? Oje, aber … das ist komisch, weil Freunde von mir haben erzählt, dass sie letztes Wochenende von der Ferne ein Lokomotiv-Pfeifen gehört haben. Und da hab ich mir halt gedacht, vielleicht machen Sie so was wie Probefahrten … ich mein, wenn Sie mir gerade sagen, dass alles geschlossen ist, wieso haben meine Freunde dieses Geräusch gehört? Da denk ich mir, waren das vielleicht Probefahrten, die Ihr ›Freunde-Verein‹ gemacht hat, damit die Lokomotive wieder bewegt wird? Weil wenn der Neville … das ist mein Enkerl, also der Neville bei so einer Probefahrt mitmachen könnte … ah nein? Daran ist derzeit nicht zu denken? … Die Lok steht eingemottet im Schuppen. Entschuldigen Sie meine dumme Neugier, aber das wissen Sie ganz sicher? Ah so, Sie sind die Sekretärin des Vereins und daher bleibt Ihnen nichts verborgen. Eh klar. Und …«, als ihm Halb plötzlich einen Zettel mit großen Buchstaben unmittelbar vor die Nase hielt, schien Mayer seinen roten Faden zu verlieren. Aber dank seines schauspielerischen Talents schlüpfte er sofort wieder in seine Rolle. »Und wenn es noch Waggons in diesem Schuppen gäbe, wäre der Neville aber so was von den Socken. … Meh-

rere sogar? Nicht nur Personen-, sondern auch Transportwaggons? Noch im Originalzustand? Toll! Mein Gott, das tät mein Neville sich wahnsinnig gerne anschauen. Und Sie als Sekretärin wissen natürlich, wann wieder jemand den Schuppen inspizieren wird? Weil wenn mein Neville wenigstens bei so einer Inspektion dabei sein … Keine Chance? … Ah so, weil der Vorstand ist derzeit – aha, seit sieben Tagen und bis Mitte nächster Woche … auf einer Lokomotiv-Studienreise in Polen! Und außer diesen Herren darf kein einziger das Heiligtum der Lokomotiv-Halle betreten? … Natürlich, das kann ich gut verstehen. Also dann, entschuldigen Sie vielmals die Störung, herzlichen Dank … Wie bitte? Wieso ›leider zu spät‹? … Na echt, am Dienstag vor einer Woche haben Sie eine Probefahrt gemacht? Mit hohen Gästen aus dem Ausland? Diese Glücklichen! … Weil der vornehme Herr von dem neuen Nobelhotel hat Ihrem Verein eine nennenswerte Summe versprochen … den Vertrag hat er unterschrieben? … Ah, das noch nicht. Trotzdem vielen lieben Dank für die Informationen. Genau, wird's halt ein anderes Geschenk für den Neville werden. Danke, Wiederhören!«

Kaum, dass der Ingeniöhr aufgelegt hatte, brachen Verena, Toni und Helli in schallendes Gelächter aus.

»Vollmüller, Walter Vollmüller? Und der Neville ist acht Jahre alt?« Auch Halb konnte das Lachen kaum unterdrücken.

Betont bescheiden zuckte Perikles Mayer mit den Schultern. »Im ersten Moment wollte ich mich ›Halb-Mayer‹ nennen, aber dann schien es mir nicht opportun, unsere echten Namen zu verwenden – deshalb hab ich eben auf ›Voll-Müller‹ umgeschwenkt. Und Neville … meine Güte, ›Kevin‹ wollte ich das Kind nicht nennen. Aber Franzi,

Karli oder Toni – nichts für ungut, Toni – so heißt heute kein Bub mehr. Und Perikles erst recht nicht!«

»Egal, auf jeden Fall …«, verlegen wischte sich Halb eine letzte Lachträne aus dem Augenwinkel, »wissen wir jetzt, dass die Lokomotive mitsamt einiger Waggons vor neun Tagen vom blauen Scharl und seinen ›hohen Gästen‹ besichtigt wurde. Jedenfalls war's kein Tinnitus, sondern ich habe tatsächlich ein Lokomotiv-Pfeifen gehört. Daher sollten wir …«

»… diesen Schuppen überprüfen. Und du meinst, dass die Raubritter dort eingebrochen sind und die Lokomotive nach der offiziellen Probefahrt noch einmal in Bewegung gesetzt haben? Aber wozu?«

»Aber nicht nur einmal, sondern drei Mal! Verena, was hast du selber vorhin berichtet? Wo hat Wojciechowski nach seiner Flucht aus dem Elternhaus gearbeitet?«

»Er hat … ach du lieber Himmel! Als Hilfsmechaniker in einer Werkstatt für Eisenbahnen.«

Halb hob nur ganz leicht die Augenbrauen. »Eben! Vielleicht würde sich – bei näherer Nachfrage – herausstellen, dass dort betagte Lokomotiven gewartet wurden. Und zu deiner zweiten Frage – wozu? Es war zwar riskant, aber außer den Vereinsmitgliedern – die derzeit wohl großteils gar nicht in Österreich sind – hätte sich keiner gewundert, wenn die Lokomotive jetzt dieser Tage durch die Gegend fährt. Eine Probefahrt halt. Vermutlich sind die Renovierungsarbeiten längst beendet, aber weil der Vorstand derzeit nicht im Lande weilt, sperren sie erst wieder Ende Juni auf. Das aber haben der blaue Scharl und seine Wojciechowski-Bande vor einer Woche erfahren. Worauf die seelenruhig eingebrochen sind, die Lokomotive in Gang gesetzt und einen Transportwaggon angehängt haben.«

»Genial!« Diesmal hatte Wilt am schnellsten geschaltet. »Die fahren bis zum Versteck der Pferde, laden sie in den Waggon, rollen möglichst in die Nähe des nächsten Überfalls, ziehen sich ungesehen um, und wegen der kurzen Distanz riskieren sie nicht einmal, beim Hin- und Zurückreiten zum und vom Tatort entdeckt zu werden. Nach getaner Tat läuft alles wieder in umgekehrter Reihenfolge ab. Zuletzt bringen sie Lok und Waggon zurück in den Schuppen. Sie sind zwar Verbrecher, aber ... irgendwie genial!«

»Nicht alle, Toni. Aber dieser Wojciechowski ist ganz sicher ein Gegner, den man gar nicht ernst genug nehmen kann.«

»Und falls ihr wissen wollt, wo die Pferde stehen – nicht verzagen, Ingeniöhr fragen! Ich würde auf ›Mitt'ndrin‹ tippen. Weil ...«

»... dieser Bahnhof am nächsten zu den bisherigen drei Tatorten liegt.«

»Schicken wir sofort ein Einsatzkommando hin oder ...«

»Nein, Verena! Wir beobachten nur. Erstens würden wir kaum alle sieben auf einen Streich erwischen – die picken nicht die ganze Zeit aufeinander, erst recht nicht in Gesellschaft ihrer Pferde. Zweitens wollen wir sie auf frischer Tat beziehungsweise unmittelbar davor ertappen. Selbst wenn der ›Halberte‹ gemeint hat, dass sich so ein Überfall nicht lohnen würde – bei solchen Empfängen trügen die noblen Herrschaften immer nur Kopien zur Schau, die echten Schmuckstücke blieben in den Banksafes – bin ich mir trotzdem sicher ... Showdown morgen Nachmittag beim GREHTTA-Empfang.«

»Aber warum? Warum sollte Braun-Oldenharth seine eigene Zukunft als Hoteldirektor ruinieren? Das hat aus-

nahmsweise ehrlich geklungen, als er uns vorgestern von seinem neuen Leben als Made im Speck vorgeschwärmt hat.« Wilts Fragen klangen nach verzweifelter Ahnungslosigkeit.

»Und wenn ich anschließen darf. Herr Hofrat – gut, wenn Sie sagen, dass diese Verbrecher in ihren bunten Kostümen auf ihren edlen Rössern morgen Nachmittag zuschlagen werden, glaube ich Ihnen. Aber, bei allem Respekt vor Ihrer Erfahrung, Ihrem Wissen und Können ... warum dieses Ritter-Theater? Wieso stürmen die nicht auf Motorrädern die Veranstaltung, rauben, morden mit Maschinenpistolen und rasen wieder davon?«

Halb holte kurz Luft ... blies sie hörbar aus, wartete, hielt den Atem an, bevor er seine Lungen vollpumpte. »Helli, ich weiß es nicht! In meinem Hinterkopf geistert eine Idee herum, aber die ist zu unausgegoren, um sie als Theorie zu verkaufen. Und Toni, keine Ahnung, warum der blaue Scharl scheinbar sich selber schaden könnte. Aber eines bin ich mir sicher – Typen wie er lügen dir kalt ins Gesicht, während sie im Hintergrund das nächste Verbrechen planen. Und mein Instinkt sagt mir, dass das morgen Nachmittag stattfinden wird.«

»Und warum die bisherigen drei sinnlosen Überfälle? Wohl kaum, um uns vorzuwarnen, worauf wir uns gefasst machen können, oder?« Noch einmal zeigte sich Helli Drobatschnig ungewöhnlich neugierig.

»Oh, die waren nicht sinnlos! Zumindest nicht aus Sicht der Bande. Auf die Idee hat mich zuallererst Flitzi, mein vierjähriger Reserve-Enkel gebracht«, ein Lächeln huschte über Halbs Gesicht, »und Toni hat sie vorgestern Nachmittag wunderbar formuliert. Das waren Proben, Theaterproben! Vergangenen Sonntag, beim ersten Überfall auf

die älteren Herrschaften, da wurden die Grundlagen des Auftritts geprobt. Wer reitet von rechts, wer von links? Sind die Angriffs- und Fluchtwege frei, oder stolpern sie einander über die Pferdefüße? Beim zweiten … kann ich nur vermuten. Und fürchten, dass der Mord und die zwei schweren Körperverletzungen bei dieser zweiten Probe trainiert werden sollten. Der dritte Überfall wiederum … war ursprünglich nicht geplant, aber aufgrund von Lebars Tod war eine eingeschobene allerletzte Generalprobe notwendig geworden, um dem neuen Mitglied der Truppe wenigstens eine Stellprobe zu ermöglichen.«

»Aber, Chef, da hat Helli recht, mit den Überfällen hat uns diese Laienspieltruppe nur vorgewarnt. Warum? Ich meine, die hätten einfach alleine proben können, die sind doch nicht so blöd.«

»Aber vielleicht halten die uns für blöd! Vielleicht meinen die, dass wir gerade wegen der drei ähnlichen Überfälle davon ausgehen, auch der vierte würde genau nach diesem Schema ablaufen. Aber weil wir eben nicht so blöd sind, gehen wir ihnen nicht auf den Leim und erwarten für morgen eine hässliche Änderung in ihrem Modus Operandi.«

»Welche?«

Halb lächelte sardonisch. »Wenn ich das wüsste, könnten wir für heute blaumachen und müssten dieses kleine, feine Detail nicht bis morgen um 15 Uhr herausfinden. Verena und der Ingeniöhr müssten nicht zur Bahnstation ›Mitt'ndrin‹ fahren, müssten sich nicht als Liebespaar auf romantischen Spazierwegen ausgeben und dabei ganz nebenbei die Lage auskundschaften. Und sich dabei auf keinen Fall in Gefahr begeben, eh klar! Toni und ich müssten nicht wieder zum Bumbach'schen Spross, um ihn mit fester Stimme zu fragen, warum er die familiäre Gemein-

samkeit zwischen ihm und unserem besonderen Freund Oldenharth-Braun verschwiegen hat. Und wir müssten nicht hoffen, dass er sich irrtümlich verplappern und uns das entscheidende Puzzleteil verraten wird.«

»Und später besuchen wir unseren besonderen Freund, gell?«

»Um Gottes willen, nein, Toni! Den blauen Scharl lassen wir vollkommen in Ruhe. Von mir aus soll der uns für die Trottel der Nation halten, aber vor allem soll er sich in Sicherheit wiegen. Sonst kommt der auf die Idee und befiehlt unseren Raubrittern eine weitere Gemeinheit. Nur nicht! Also, auf zum ›Haus des Pferdes‹ … wo ich doch diese Viecher so liebe.«

DONNERSTAG, 5. JUNI 2014, 11.30 UHR

»Die Herren von der Polizei wären wieder hier. Sind Sie für sie zu sprechen?«

Ganz kurz flackerte in Halb die skurrile Hoffnung auf, von Bumbach würde mit »Nein!« antworten. Butler Wuster würde sich zu ihnen umdrehen und mit gesetzten

Worten verkünden, dass der junge Herr für sie keine Zeit habe … nein, noch besser – der junge Herr nicht anwesend sei, worauf er das Faktotum grob zur Seite schieben, von Bumbachs Arbeitszimmer entern und ihn sofort in der Manier amerikanischer Krimis mit Handschellen abführen würde. Doch …

»Ich habe die Herren bereits erwartet. Ich lasse bitten.« Hin- und hergerissen zwischen seiner »böser Bulle«-Fantasie und dem zerknirschten Tonfall von Bumbachs verlor Halb für einen Moment seinen roten Faden, doch bevor er Gefahr lief herumzustottern, half ihm sein Gegenüber, indem er wie aufgezogen zu beichten begann.

»Falls Sie mir an den Kopf werfen möchten, dass ich mich rücksichtslos, aber vor allem unsagbar dumm verhalten habe – ich pflichte Ihnen zur Gänze bei! Es hätte mir natürlich klar sein müssen, dass Sie von sich aus diesen … wie soll ich sagen – familiengeschichtlichen Makel entdecken würden. An und für sich ist mein Vorname Strafe genug, aber dass dieser zu einer – wenn auch nur auf rechtlicher Ebene – Verwandtschaft mit jemandem wie diesem Parvenu Herrn von Oldenharth-Braun führt, das nehme ich Onkel Eucharius übel! Warum er ihn adoptiert hat, ist mir schleierhaft. Ich kann mir nur schwer vorstellen, dass er das aus … mein Gott, heute formuliere ich mich von einem Fettnäpfchen ins andere! Also dass er das aus privatesten Gründen, die mit seiner etwas unglücklichen Neigung zu tun hätten, getan haben könnte. Nein, nicht mehr in Onkel Eucharius' Alter! Und schon gar nicht bei so wem wie diesem Braun. Ich hätte Ihnen natürlich davon berichten müssen, dass Herr von Oldenharth-Braun und ich einander kennen. Wobei – und ich bitte Sie, meine Herren, inständig mir zu glauben, wenn ich Ihnen versichere,

dass ich diesen … diesen Braun erst vor drei Wochen kennengelernt habe. Da rief mich wie aus dem Nichts heraus Onkel Eucharius an, um mir das Kommen ›meines neuesten Adoptiv-Verwandten‹, wie er sich ausgedrückt hat, anzukündigen. Und keine Stunde später stand dieser Oldenharth-Braun vor mir. Ein schmieriges Grinsen von der ersten bis zur letzten Sekunde – ich glaube, der kann gar nicht anders.«

»Oh, der kann ganz anders.«

»Tatsächlich?« Von Bumbach hatte jede der drei Silben mit unnachahmlichem Erstaunen betont. »Ich hätte gedacht, Sie hätten ihn nur ähnlich oberflächlich wie mich kennengelernt … wie jemand wie Sie das eben im Zuge von Ermittlungen so tut. Woher …«

»Herr von Bumbach, wir wollen Sie in Ihrem Redefluss nicht stören. Details berichten wir später. Bitte weiter, Sie waren gerade bei Herrn Brauns schmierigem Grinsen.«

»Genau … und plötzlich stand er da. Ich muss gestehen, ich brauchte einige Minuten, um die ganze Verkommenheit seines Anliegens überhaupt erst zu verstehen. Kurz überkam mich die unbändige Lust, ihn einfach hinauszuwerfen. Aber genau in der Sekunde begann er von den Nachteilen für mich zu sprechen, die ein überhastetes und unüberlegtes Verhalten meinerseits zur Folge hätte. Also besann ich mich und hörte ihm zu. Was sehr einfach war, weil ab dem Zeitpunkt sprach er klar und deutlich … und dabei unwahrscheinlich grob und ordinär! Aber egal, ich konnte ihn leider nur allzu gut verstehen. Eine Kooperation zwischen seinem und Onkel Eucharius' GREHTTA und meinem – und damit auch irgendwie Onkel Eucharius' – ›Bumbach'schen Haus des Pferdes‹ würde uns beiden nur zum Wohle dienen. Allein deshalb, weil eben

sein Adoptivonkel, der rein zufällig ebenso mein Erbonkel ist, mit klaren Worten seinem Standpunkt den Ausdruck verliehen habe, dass er eine solche Zusammenarbeit sehr schätzen würde. Ob Onkel Eucharius das tatsächlich gesagt hat, konnte ich bis heute nicht verifizieren, aber es sähe ihm ähnlich, dass er mit dem heiligsten Schatz der Familie von Bumbach seinem eher niveaulosen Hotel auf die Sprünge helfen wolle.«

»Wie genau? Sollte am Ende Ihr ›liber omnium scientiarum equum‹, also dieses ›Buch allen Pferdewissens‹, doch nicht bei Ihnen, sondern im GREHTTA ausgestellt werden?«

»Um aller Heiligen willen, nein!« Allein bei dem Gedanken schien von Bumbach einem Herzinfarkt nahe. »Nein, das nicht! Nein, da hätte mich Onkel Eucharius noch so enterben können, das hätte ich nie geduldet. Das nicht, aber ... dieser Braun-Oldenharth ließ mich wissen, dass es mein Onkel gerne sehe, wenn ich alle meine weiteren hiesigen Pläne – das Amphitheater für die Aufführungen der Reitakrobaten, das Hotel, das Restaurant, die Pferdeklinik, das Pferde-Seniorenstift – einfach alles aufgäbe und mich stattdessen ganz der wissenschaftlichen Aufarbeitung und Präsentation des ›liber omnium scientiarum equum‹ widmen würde. Dann würde ich allein in den Genuss des Erbes von Onkel Eucharius kommen. Das würde genügen, um das Museum auf längere Sicht zu finanzieren ... natürlich mit mir als gut dotiertem wissenschaftlichen Leiter. Ganz nebenbei hätte ich mir mit dem Museum ein Denkmal gesetzt, das die elenden Pressefritzen verstummen ließe.«

»Angesichts des Unrechts, das Ihnen angetan wurde ... zu Recht!« Halb hoffte, dass der Klang seiner Worte seine wahre Meinung vollkommen verbürge.

»Danke, sehr liebenswürdig!« – Es hatte funktioniert! – »Und um meinen guten Willen zu beweisen, sollte ich … aber jetzt müssen Sie mir versprechen, niemandem zu verraten, dass ich meinem Onkel gegenüber wortbrüchig geworden wäre! Weil laut diesem adoptierten Subjekt würde Onkel Eucharius es mir sehr übel nehmen, wenn ich die morgige Überraschung sabotierte und schon im Vorfeld etwas durchsickern ließe. Weil nur durch absolutes Stillschweigen meinerseits würde es möglich sein, übermorgen quasi weltweit in allen Medien zu stehen, und so ein Echo würde natürlich dem GREHTTA von Beginn an eine ungeahnte Aufmerksamkeit verschaffen, die sich wiederum in Gästezahlen ausdrücken …«

»Was sollten Sie tun, um Ihren guten Willen zu beweisen? Herr von Bumbach, Sie ahnen gar nicht, wie viel auf dem Spiel steht. Bitte um die Wahrheit!«

Von Bumbach zuckte kurz zusammen, bevor er kleinlaut fortsetzte. »Angesichts der Wichtigkeit der morgigen Eröffnung und der Notwendigkeit, bereits beim Nachmittagsempfang im GREHTTA den Gästen eine Sensation zu bieten …«

»Ja?«

»… haben dieser Oldenharth-Braun und ich auf den ausdrücklichen Wunsch von Onkel Eucharius vereinbart, dass ich nicht erst in ein paar Monaten, sondern bereits morgen für einige Stunden meinen begehbaren Safe öffnen und das ›liber omnium scientiarum equum‹ dem wohl sehr beglückten Publikum präsentieren werde. Oldenharth-Braun wird unmittelbar nach der offiziellen Begrüßung einen Shuttle-Service zwischen dem GREHTTA und hier starten. Einige Rolls-Royce und andere größere Limousinen werden interessierte Gäste hierher …«

»Aber …« Halb schnappte kurz nach Luft, bevor er lossprudelte. »Wenn ich mich richtig erinnere, schließt die Panzertüre automatisch, wenn sich mehr als drei Personen auf einmal im Tresorraum befinden. Wie soll das bitte bei so einem Ansturm funktionieren? Das gibt eine Meuterei, wenn sich gerade diese – vermutlich eher selbstbewussten – Herrschaften stundenlang anstellen müssen! Und dann hätte das GREHTTA genau die Publicity, die es nicht beabsichtigt.«

Von Bumbach seufzte tief. »Da haben Sie leider recht, Herr Hofrat. Deshalb haben wir auf Wunsch von Erbonkel Eucharius vereinbart, dass ich morgen – natürlich nur für die kurze Besuchszeit – die Sicherheitsmechanismen abstelle. Das weiß niemand außer uns dreien … und jetzt auch Sie beide. Noch dazu hat mir dieser Oldenharth-Braun versichert, einige besonders qualifizierte Security-Leute für die paar Stunden zu engagieren, die einzig und allein …«

»Ausgezeichnet, Herr von Bumbach! Das funktioniert aber nur, wenn Sie nicht ein Sterbenswörtchen über unser Gespräch verlieren, am allerwenigsten gegenüber Herrn von Oldenharth-Braun! Eine letzte Frage – warum haben Sie vorgestern Herrn Oldenharth-Braun für Ihre Verhältnisse recht deutlich beschimpft, wo Sie doch so etwas wie Verwandte und derzeit enge Kooperationspartner sind?«

Nun stöhnte von Bumbach, als ob er die ganze Raumluft auf einmal einsaugen und unmittelbar wieder ausatmen wollte. »Ganz einfach, mir war danach.«

DONNERSTAG, 5. JUNI 2014, 12 UHR

»Wie naiv kann man nur sein?«

»Toni, die Gier ist bekanntlich ein Luder! Braun musste die zwei Worte ›Erbonkel‹ und ›Eucharius‹ nur anklingen lassen, um von Bumbachs Hirn – trotz dessen Abneigung ihm gegenüber – auf Knopfdruck abschalten zu können. Trösten wir uns mit dem Positiven – schön, dass von Bumbach über den blauen Scharl geschimpft hat, weil ihm danach war. Und nicht, weil er uns was vorspielen wollte, um von den wahren Hintergründen abzulenken … so wie Braun vorgestern.« Halbs letzte Worte gingen im Geheul etlicher Sirenen unter, die sich wie ein gelb-rot-blau leuchtender und brüllender Wurm ins Theresiental schlängelten. »Ich will jetzt nicht den Teufel an die Wand malen, aber … liegt nicht dort, wo die hinrasen …«

»Rauch! Schlimmer, dort brennt's lichterloh!« Aufgeregt deutete Wilt auf einen in Gelb-, Orange- und Rottönen strahlenden Punkt neben dem silbernen Schienenband, von dem schwere schwarze Wolken aufstiegen.

»Das liegt mitten im … Oh Gott, bitte nicht!« Halbs Gesichtsfarbe wechselte im Sekundentakt zwischen leichenblass und krebsrot. »Das wird ›Mitt'ndrin‹ sein, diese verdammte Bahnstation, zu der ich Verena und den Ingeniöhr hingeschickt … ich Hornochse, ich hätt wissen müssen, dass ich dem Braun und dem Wojciechowski sofort eine halbe Armee auf den Hals …«

»Chef! Hier, Verena.« Trotz Halbs Schreckensvisionen hatte Wilt sein Handy gehört und mit erleichtertem Blick auf das Display weitergereicht.

»Verena, wir sehen den Brand! Euch beiden … nichts passiert? Nein, nein, ich habe keine Sekunde daran gezweifelt, dass ihr vorsichtig genug … sind auf dem Weg zu euch. Bis gleich.«

Auf den wenigen Metern zum Auto lächelte Halb derart erleichtert, als ob er gerade um sein eigenes Leben gefürchtet hätte.

»Warum ruft sie eigentlich auf deinem Handy an, wenn sie mich sprechen will?

Wilt zuckte lapidar die Schultern. »Vielleicht nimmt sie von vornherein an, dass du deines wieder einmal im Auto liegen gelassen hast.«

DONNERSTAG, 5. JUNI 2014, 12.15 UHR

Diesmal hatte Halb vorgesorgt, ohne zu wissen, wie bald die Dose Eukalyptus-Creme zum Einsatz käme. »Wer will, wer braucht's … ihr habt schon? Von dir, Verena?«

»Nicht von mir, Chef, von …«

»Hallihallo, Herr Hofrat, Herr Wilt! Na so was, einerseits sehen wir einander ewig lange weder auf dem Gang noch auf der Treppe noch im Hof bei den Mistkübeln, obwohl wir beinahe Nachbarn sind, andererseits aber verbindet uns offensichtlich eine gemeinsame Neigung … nein, nein, nicht nur zu Leichen. Das wäre angesichts unserer Berufe zu simpel. Es scheinen im Moment Brandleichen zu sein, die uns immer wieder zusammenführen. Wobei, nicht alle, aber unsere heutige Brandleiche da hinten in den kläglichen Resten des einst stolzen Gebäudes …« Halb hatte bereits bei ihrer ersten, gnadenlos fröhlichen Silbe das spezielle Baustellen-Timbre von Doktor Lirtscherers Stimme erkannt, obwohl sie seine Trommelfelle von etlichen Metern hinter ihm erreicht hatte.

»Frau Doktor, es ist trotz der Umstände immer wieder ein Vergnügen, Sie außerhalb unseres Wohnhauses zu sehen. Ganz besonders wegen Ihrer Fähigkeit, uns über die wesentlichen Fakten kurz und knapp ins Bild zu setzen. Unsere heutige Brandleiche …« Mit seiner Charme-Offensive hatte Halb nicht nur sein Team in sichtbares Erstaunen versetzt, sondern die Gerichtsmedizinerin derart verunsichert, dass sie kurz zu stottern begann.

»Ist … also … Wieder eine junge Frau. Wobei das ›wieder‹ bezieht sich auf eine Tote, die nichts mit Ihrer Abteilung zu tun hat. Sondern mit Ihren Kolleginnen und Kollegen von der Suchtmittelkriminalität. Aber …«

»Sie meinen aber nicht das Autobomben-Opfer vom vergangenen Freitag, oder?«

»Doch, Herr Hofrat! Sie verblüffen mich immer wieder! Hat diese arme Kreatur …«

»Ja, sie hat mit uns zu tun. Vermutlich sogar mit dem-

selben Fall, in den das Kohlenmeiler-Opfer von vorgestern verwickelt gewesen sein dürfte. Möglicherweise wurden beide von derselben Person beseitigt. Und eben diese Tote vom vergangenen Freitag und die von heute …«

»Würde ich beide durchaus als jung bezeichnen. Ja! Wobei ich natürlich von der heutigen weder die Identität geschweige denn ihren Geburtsjahrgang kenne. Ganz im Gegensatz zum Opfer der Autobombe. Das war 1975 geboren.«

»Ein Jahr älter als Delia.« Eigentlich hatte Halb die Worte nicht aussprechen wollen, aber sie rutschten ihm versehentlich gut hörbar heraus.

»Das ist Ihre Verlobte, nicht wahr, Herr Hofrat? So jung? Nein, wie schön, wenn man noch … das darf ich doch sagen, also in Ihrem reifen Alter eine so wunderbare Frau wie Ihre Delia Schoibelmeyer …«

»Schoitelmüller!«

»… wie sie kennenlernen darf. Ein 76er-Jahrgang? Da ist Frau Schoitelmüller beinahe gleich alt wie diese arme Autobomben-Tote. Frau Olliau war nur ein Jahr älter …«

»Wie bitte? Wie, sagten Sie, heißt die Tote vom Freitag?« Verena Planner hatte als Erste auf den Namen reagiert, aber Mayer, Wilt und Halb hatten ebenfalls im Bruchteil einer Sekunde aufgehorcht.

»Ein ungewöhnlicher Name, gell. Nicht so wie Bauer oder Fischer oder Schmied oder Müller oder Meyer, egal, in welcher Schreibweise, oder …«

»Olliau, Frau Doktor? Andrea Olliau?«

Wie immer, wenn Halb grob ihre ausufernden Ausführungen unterbrach, reagierte die Gerichtsmedizinerin etwas gekränkt. Umständlich zog sie sich die Handschuhe aus und einen dicken Block aus einer der zahlreichen

Taschen an und in ihrem Overall. Nach einigen Sekunden betont interessierten Blätterns war Doktor Lirtscherers Zorn verraucht. »Nein, wie interessant! Sie, Herr Hofrat, verblüffen mich zwar meistens am meisten, aber Ihre Mitarbeiterin und Ihre Kollegen … Hut ab! Genau so hieß das Opfer der Autobombe vom vergangenen Freitag. Andrea Olliau, Jahrgang 1975.«

DONNERSTAG, 5. JUNI 2014, 12.25 UHR

»75? Die Leiche soll 75 Jahre alt … nein, die war viel jünger. Aber vielleicht durch den Brand, aber wir haben sie doch ohne Flammen … Himmelherrgott noch einmal, das ist so verdammt kompliziert, und ich kann nach allem, was passiert ist, noch gar nicht klar denken und …«

»Ganz ruhig, Ingeniöhr, ganz ruhig. Da hinten stehen zwei Rettungen, es wäre nicht die geringste Schande, wenn ihr beide euch jetzt ins Spital bringen und untersuchen lassen würdet. Und nach Gesprächen mit den dortigen Psychologinnen und Psychologen …«

»Chef, bei aller Wertschätzung deiner lieb gemeinten

Ratschläge, aber … verdammt noch einmal, wir … wir … ich kann's nicht«, gestand Verena hilflos ein.

»Verena, Ingeniöhr, setzt euch ins Auto, Liegesitze ganz nach hinten, Schiebedach auf, Blick nach oben in den Himmel, normal atmen.« Halb beugte sich über den Wagen und begann mit derselben Kamillentee-Honig-Stimme zu sprechen, mit der er erst vorgestern bei Delia Erfolg gehabt hatte. »Den üblichen Sermon von wegen ›Bei unserem Kampf um Gerechtigkeit ist der Tod eben unser täglicher Begleiter‹ erspare ich euch und uns. Menschliche Leichen sind und bleiben etwas Schreckliches. Daran gewöhnt man sich nie! Und ich will euch nicht mit den üblichen Phrasen wie ›Darüber reden hilft!‹ oder dem ganzen ›Geteiltes Leid ist halbes Leid‹-Schmus langweilen. Aber – ihr solltet trotzdem erzählen, was genau ihr erlebt habt. Wie gesagt, nicht, weil es euch hülfe … falls es dieses Wort überhaupt gibt. Sondern einzig und allein deshalb, weil ich euer Chef bin und verdammt noch einmal wissen will und muss, was euch eben widerfahren ist. Also, wer beginnt?«

Bereits bei »nicht, weil es euch hülfe« hatten Verena und der Ingeniöhr zu erkennen begonnen, dass Tonfall und Wortwahl nicht mehr ganz zusammenpassten. … und waren daher beim »verdammtnocheinmal« nicht in dem Maße zusammengezuckt, wie Halb sich das als eine Art Schocktherapie erhofft hatte.

»Also gut, dann bin ich der Held.« Mühsam schob und bog sich der Ingeniöhr aus der Liegesitz-Position in die Höhe. »Chef, wir wissen beide, was du uns heute in der Früh aufgetragen hast … und auch sonst immer sagst. Uns auf keinen Fall in Gefahr zu bringen, im Fall des Falles uns immer zuerst in Sicherung zu bringen und ebenso ausnahmslos auf Verstärkung zu warten. Wissen wir! Außer-

dem sind wir beide weder Anfänger noch selbstmordsüchtige Vollidioten. Das einmal als Einleitung! Aber diesmal war es … und bevor du einen Schreikrampf und Herzinfarkt – oder umgekehrt – kriegst … bitte glaube uns, es war zu Beginn einfach nicht abzusehen, in was für ein Inferno sich die zuvor friedliche Szene innerhalb weniger Sekunden verwandeln würde. Als wir hinkamen, schien der Schauplatz vollkommen verlassen zu sein. Sandhaufen, umgeworfene Bauzäune, ›Eltern haften für ihre Kinder‹-Schilder, die üblichen Reste einer ehemaligen Baustelle rundherum. Wir haben so getan, als wollten wir ›verliebt im siebenten Himmel‹-Fotos vor dem putzigen Miniatur-Bahnhofsgebäude machen. Verena ist ganz entzückend herumgetänzelt und ich bin wie im Liebestaumel ihr nachscharwenzelt. Natürlich haben wir die ganze Zeit die Ohren gespitzt, ob wir ein Wiehern oder sonst ein verräterisches Geräusch hören. Es war aber so abnorm still, dass uns das wiederum neugierig gemacht hat. Und Spuren von Hufen haben wir auch keine gefunden. Also haben wir wie verliebte Teenager unsere Nasen an den großen Scheiben plattgedrückt … wieder nichts. Das war der Teil des Gebäudes, in dem der Fahrkartenschalter und potentielle Eis- und Getränkeautomaten die Menschenmassen erfreuen werden … hätten sollen. Daran schloss sich seitlich eine längere, schmälere Halle an, die in Zukunft eine Art Mini-Museum mit historischen Exponaten der Theresiental-Ausflugsbahn beherbergen … beherbergt hätte. Das ist wohl das Einzige, was du uns vorwerfen kannst! Dieser Moment, in dem wir eine der Glastüren offen fanden und nicht gedacht haben, dass da was faul sein könnte. Wir sind fröhlich lachend hineingegangen … und Gott sei Dank haben wir den Gestank sofort bemerkt und sind hinausgerannt. Und gerannt und gerannt.

Eine ekelhafte Mischung aus Leichen-Süße und Benzin-Schärfe. Keine Minute später flog zuerst der Museumsteil in die Luft, unmittelbar darauf zerriss es das Hauptgebäude. Gott sei Dank waren wir bereits weit genug entfernt, sodass wir nur vor Schreck, nicht infolge einer Druckwelle hingefallen sind. Danach … haben wir uns so verhalten, wie du uns das immer eingebläut hast. Wir haben nach Verstärkung telefoniert. Zuerst die Feuerwehr, dann unsere Leute inklusive Gerichtsmedizin. Durch den vielen Sand rund ums Gebäude hat der Brand erfreulicherweise nicht auf den Wald übergegriffen, das reine Löschen war – soweit wir das beurteilen konnten – keine große Geschichte. Aber die grässliche Überraschung … die Leiche war in einer Abstellkammer im Museumstrakt versteckt. Gefesselt, das konnte man noch erkennen. Und dann haben wir euch angerufen. So, das war die ganze Geschichte. Oder, Verena, hab ich was vergessen?«

Planner schüttelte dermaßen heftig den Kopf, als ob sie das Grauen dadurch aus ihm herausbekommen könnte. »Ich glaub nicht! Aber … ganz ehrlich, ich … meine Erinnerungen von vor der Explosion – da ist nix! Es beginnt erst mit … die ersten Sekunden war das nur … einfach nur ›wow‹! Im ersten Moment waren die Bilder hinter mir nur ein Super-über-drüber-Kino mit Dolby Surround und Geruchs- und Temperatur-Effekten, das Ganze auf der coolsten Hyper-mega-Leinwand, die ich je gesehen hab. Dann das Adrenalin – als das seitliche Gebäude krachend zusammenbrach, wäre ich am liebsten gestorben. Und gelaufen, aber das bin ich eh. Und ich würde jetzt noch laufen, hätte mich nicht der Ingeniöhr … und dann war da die Feuerwehr, an die erinnere ich mich noch. Oder wieder, ich weiß nicht. Und an euch. Und an Doktor Lirtscherer.«

Während Wilt seine Hände voller Verzweiflung vor sein Gesicht hielt, versuchte Halb seine Gefühle unter Kontrolle zu bringen und möglichst viel Vernunft walten zu lassen. »Himmelherrgott noch einmal … ich weiß, man soll nicht fluchen, aber das muss jetzt sein – ihr solltet euch nur als Liebespaar tarnen und die Situation erkunden! Ohne jegliche Gefahr! Von hineingehen war keine Rede! Und von hineingehen wegen keiner Geräusche schon überhaupt nicht! So, aber jetzt … und ohne Widerrede. Zu den Rettungen da drüben.«

DONNERSTAG, 5. JUNI 2014, 13.20 UHR

»Chef, Danke, aber … nein, das geht zu weit! Du bist ärger als meine Eltern zusammen! Was soll das heißen, kein dritter Kaffee mehr? Wir alle haben die frohe Botschaft doch gehört. Ich habe keine Gehirnerschütterung! Und wegen der Amnesie soll ich mir einstweilen keine Sorgen machen, mein Gedächtnis wird vermutlich bald zurückkehren. Und jetzt das – dass du uns mit deinem Allheilmittel ›Konditorei-Besuch‹ selbst den heutigen Tag versüßen willst, ist

besonders lieb. Aber dass du mir wegen meiner Amnesie einen dritten Kaffee ausreden willst … nein!«

»Ausnahmsweise muss ich Verena beipflichten.« Mit charmantem Lächeln sprang Mayer seiner Kollegin bei. »Allein deshalb, weil auch ich einen weiteren ›doppelten Einspänner‹ will. Abgesehen davon werden wir noch viel mehr Koffein benötigen, wenn wir vor dem morgigen GREHTTA-Empfang Licht ins Dunkel der Handlungsfäden bringen wollen.«

»Ich auch, Chef! Ich bin auch für mehr Koffein und für mehr Licht im Hirn. Zumindest in meinem.« Genüsslich schob sich Wilt ein großes Stück Dobostorte in den Mund.

»Toni … nein, mit Verlaub, das gilt für euch alle – bei der Zuckermenge ließe selbst ein Fass voller Espresso eure Hirn-Lichter kaum heller strahlen!« Halb machte eine vage Handbewegung, die alle Torten und dick überzuckerten Kaffeetassen vor ihm umfasste. »Abgesehen davon versteh ich euch nicht. Ihr tut so, als ob wir es mit dem kompliziertesten Verbrechen aller Zeiten zu tun hätten. Dabei scheint mir das Muster immer klarer zu sein. Mit zwei Ausnahmen: ›Warum gerade Ritter?‹ und zum zweiten die Frage, woher der blaue Scharl von Delias Vergangenheit weiß … und nach seinen süffisanten Worten kennt er sie, garantiert! Aber sonst … zu Beginn zwei Überfälle, beide vermutlich als ›Bühnenproben unter realen Umständen‹ gedacht. Der erste als Einstieg, weshalb leichte Beute ausgesucht wurde. Alte Herrschaften, die sicher keinen Widerstand leisten. Bei der zweiten Attacke sollte offenbar töten und verletzen geübt werden. Deshalb die wehrhafteren Zielpersonen. Und prompt funktionierte es nicht reibungslos, einer der Raubritter wurde schwer verletzt. Möglicherweise drohte er in seinen Schmerzen oder seiner

Angst zu sterben, alles zu verraten. Daher wurde er beseitigt … was nicht ganz plangemäß klappte, weil der Kohlenmeiler irrtümlich zu brennen begann. Daher musste nachbesetzt werden. Der neue ›Schauspieler‹ und Stuntman musste sich erst einarbeiten, ein dritter Überfall wurde nachgeschoben. … bei dem offenbar einerseits die Abläufe bei einer großen Gruppe geprobt werden sollten, andererseits auf keinen Fall noch einmal etwas misslingen durfte. Daher die jugendlichen Opfer. Bei unserer Suche nach dem Pferdeversteck stießen wir in unmittelbarer räumlicher Nähe der Überfälle durch Zufall auf einen alten Bekannten. Und aufgrund unserer Erfahrung im Allgemeinen und mit Herrn Braun im Speziellen können wir davon ausgehen, dass er auch in diese Verbrechen involviert ist. Wie genau … noch keine Ahnung! Ob er oder andere die Truppe um diesen gefallenen Fernsehserien-Engel engagiert haben, wissen wir – noch – nicht! Und dann stolperte uns Herr von Bumbach über den Weg, dessen seltsames Gehabe zum einen familienbedingt, zum anderen aber auf sein – im Grunde sympathisches – Unvermögen, konsequent zu lügen beziehungsweise wenigstens wie ein Grab zu schweigen, zurückzuführen sein dürfte. Erfreulicherweise – denn dank seiner Mischung aus Erb-Gier, Naivität und entwaffnender Ehrlichkeit können wir seit heute Mittag davon ausgehen, dass weder die Gäste des GREHTTA-Empfangs als Gruppe noch ein Einzelner von ihnen, sondern von Bumbachs unbezahlbarer Schatz das Ziel des vierten Überfalls sein wird. Das ›liber omnium scientiarum equum‹ wäre nicht der erste weltberühmte Kulturgegenstand, der im Auftrag eines dubiosen Milliardärs gestohlen wird, um in dessen Keller in irgendeinem zur Festung ausgebauten Schloss dieser Welt zu verschwinden.«

»Und die ›Mitt'ndrin‹-Explosion mitsamt unserer zweiten Brandleiche? Nein, falsch, eigentlich der dritten, wenn wir das Autobomben-Opfer dazuzählen. Wie hängen die mit all dem zusammen?« Während Halbs Ausführungen hatte keiner der »Teamlinge« weder Torten noch Kaffees angerührt, aber jetzt nahm Verena einen großen Schluck ihrer dritten Melange.

Halb fuhr fort: »Die Autobombe, also der Tod von Frau Olliau, könnte ein Kollateralschaden sein. Oder, aus Tätersicht, ein angenehmer Zufall. Weil Wojciechowski wegen des Jobs als Raubritter ohnehin nach Österreich kam, wurde er, der sich offenbar inzwischen auch als Bombenexperte einen guten Ruf in schlechten Kreisen erarbeitet hatte, mit einer entsprechenden Summe ›gebeten‹, die Drecksarbeit in dem sich anbahnenden Drogenkrieg um neue Verteilungsrouten und -räume zu übernehmen. Zumindest fürs Erste. Ob es reiner Zufall war, dass es dabei eine der ehemaligen Mit-Prostituierten von Delia erwischt hat … ich hoffe es zwar sehr, aber ich weiß es nicht! Und wenn wir beim Schwarzmalen sind – ich weiß, dass das jetzt ziemlich schräg klingt, aber … ich habe so eine Ahnung, dass wir bald wieder mit der seit Jahrzehnten verschwundenen Bianca Azzurra Segofina zu tun haben werden. Ihr wisst schon, die …«

»Das ›Zwutschkerl‹, wie du sie zu benennen beliebst.«

Halb schüttelte unwillig den Kopf. »Nicht ich, sondern die damalige Gruppe … sowohl ihre Sozialarbeiter-Kolleginnen als auch ihre Schützlinge haben sie so genannt. Hoffentlich ist nicht sie die Tote, die ihr heute in den Ruinen von ›Mitt'ndrin‹ gefunden habt. Laut Frau Doktor Lirtscherer war's eine eher junge Frau, aber … Moment, wie spät haben wir's?« Rasch blickte Halb auf seine Armbanduhr. »Au weh,

ich hab Delia versprochen, sie um 13 Uhr anzurufen. Die paar Minuten wird sie mir nicht übelnehmen. Ihr Handy hab ich auf Speicherplatz eins, ihre Bankklappe auf Taste zwei. Ah, es läutet! Komisch, weder besetzt noch hebt wer anderer ab. Sekunde, jetzt noch die Kurzwahl eins.« Als Halb mit einem gemurmelten »später vielleicht« kurz darauf auflegte, konnte er kaum seine Sorge verbergen.

»Wenn du willst, Chef, übernehmen wir die ganze Organisation für den morgigen Einsatz.«

»Und ich ruf ›Hänschen klein‹ an und frag ihn, wo er morgen wie viele seiner Leute postieren wird.«

Nur mühsam unterdrückte Halb ein gerührtes Lächeln. »Danke! Aber ich bitte euch vor allem um eines – sowohl das GREHTTA als auch das ›Haus des Pferdes‹ müssen perfekt überwacht werden. Geradezu unsichtbar! Der blaue Scharl darf nichts merken! Ich hoffe sehr, dass er narzisstisch genug ist, um uns für die Vollidioten der Nation zu halten und sich nicht zu wundern, wenn er nichts mehr von uns hört. Und von Bumbach – er hat vorhin Toni und mir gestanden, dass er auf Bitten seines Erbonkels Eucharius, der ihn das wundersamerweise über unseren Freund Braun wissen lassen habe, für die GREHTTA-Gäste seinen begehbaren Tresorraum nicht nur schon morgen öffnen, sondern noch dazu die Sicherheitsanlagen abschalten lassen würde, um einen flüssigen Besucherstrom zu ermöglichen. So ein riesiges Rindvieh!«

»Den Tresorraum öffnen und gleichzeitig die Alarmanlagen abschalten? Wie blöd kann man nur sein?«

Jetzt musste selbst Halb grinsen. »Das sah Herr von Bumbach aber ganz anders, vor allem, weil sein neuer Adoptiv-Verwandter versichert habe, ihm für diese Zeitspanne einige Sicherheitsleute zur Verfügung zu stellen, die

selbstverständlich alles unter Kontrolle hätten. Dass diese ›Securitys‹ aber morgen auf dem Weg vom GREHTTA zu Bumbach leider verloren gehen und durch einige Männer unserer Spezialeinheiten ersetzt werden, brauche ich nicht erst zu erwähnen. Und … ah, Delia.« Der Blick aufs Handydisplay genügte, um Halb strahlen zu lassen. »Delia, ich hab dich … ach so, Sie sind's. Ich weiß, ihr Vorgesetzter. Noch nicht im Dienst? Ach so, ja, mein Gott! Entschuldigen Sie vielmals, aber sie hat mich gestern extra gebeten, sie für heute total kurzfristig zu entschuldigen, weil sie völlig unerwartet … danke für Ihr Verständnis! Ach so und für morgen auch. Noch einmal danke, gell! Richte ich ihr aus. Danke. Auf Wiederhören.«

»Sollen wir die Abgängigkeitsanzeige sofort oder …« Auch Planner konnte ihrer Stimme eine Baldrian-Färbung verpassen.

»Nein, nein, das ist sicher nur ein … ich meine, vielleicht ist ihr Handyakku leer und sie kann deshalb nicht anrufen …«

»Chef, wann hast du sie …«

»Gestern in der Früh. Gemeinsames Frühstück, normaler Abschied. Und telefoniert haben wir gestern Abend.« Plötzlich bäumte sich Halb auf. »Ich Depp, diese Lisa … 18. Oktober 1965, das war ihr Geburtsdatum. Achtzehn zehn neunzehn fünfundsechzig … aber die Vorwahl habe ich vergessen.«

»Das haben wir gleich.« Vorsichtig schob der Ingeniöhr seinen Tortenteller beiseite und pflanzte sein Tablet auf den Tisch. »Lisa … und weiter?«

Im Bruchteil einer Sekunde war Halbs Energie wieder verpufft, er sank wie ein alter Mann in sich zusammen. »Wenn ich das nur wüsste! Delia hat mir Lisas Namen

mehrere Male genannt. Himmelherrgott noch einmal, mein Gedächtnis! Und ich habe noch gescherzt – die Ehklar-Lisa. Diese ›eine deiner zwei besten Freundinnen‹-Lisa, die du einst als Sozialarbeiterin kennengelernt …«

»Poller, Chef! Du meinst Lisa Poller!« Der Ingeniöhr schrie den Namen beinahe heraus. »Die Dame, die als erste auf der Liste stand. Der Liste, die du mir …«

»Ich Idiot, natürlich! Mein Gott, mein Hirn ist vollkommen vernagelt!« Einem Moment gelähmten Entsetzens folgte ein neuer Energieschub. »Von der du … also, Helli und du heute in der Früh berichtet habt. Dass so viel unauffällige Biografie schon wieder auffällig sei. Genau die! Die war gestern Abend bei Delia eingeladen. Delia hat für sie beide gekocht, als ich angerufen habe. Und die könnte wissen, wo Delia …«

»Null, sechs, vier, fünf ist die Vorwahl! 0043645/18101965. Willst du sie anrufen oder soll einer von uns?« Wie auf Kommando griffen Planner, Wilt und Mayer gleichzeitig nach Halbs Handy, das noch auf dem Tisch lag.

»Danke! Aber das schaffe ich gerade noch. Besser gesagt, wieder … Danke!« Beim ersten Freizeichen lächelte Halb sogar ein wenig, aber mit jedem weiteren Läuten verdunkelte sich sein Gesicht. »Mailbox! Frau Poller, Halb hier. Entschuldigen Sie die Störung, aber könnten Sie mich bitte dringend zurückrufen? Es geht – um Delia. Bitte, bitte um Rückruf, meine Nummer sehen Sie eh auf dem Display. Danke! Wiederhören.«

Auf eine Sekunde lähmenden Schweigens folgte ein wildes Durcheinander.

»Das muss nix heißen …«

»Eh klar, um die Uhrzeit …«

»Sie ruft sicher bald zurück.«

Demonstrativ legte Halb das Telefon vor sich auf den Tisch … und nahm es wieder, um die Taste eins zu drücken. Mit jedem Läuten wurde sein Gesicht länger. Dann schob er es so weit von sich, als ob es verhext wäre. »Bei meinem Pech heute – keine von beiden. Garantiert nicht!«

»Und wenn wir die Handys von Frau Poller und Delia orten lassen? Wir könnten eine Streife vorbeischicken und …«

Das neuerliche Telefonklingeln ließ alle vier zurückzucken. Verena feixte als Erste. »Kein Rede von Pech! Das läutet schon so fröhlich. Sicher Frau Poller, die …«

Halb wuchtete sich in die Höhe … und erbleichte. »Doch Pech! Großes Pech! Lirtscherer! Bitte, Frau Doktor?« Automatisch rückten Planner, Wilt und Mayer näher an ihren Chef heran. Sie hatten ihn bereits öfters leiden sehen, aber einen derartigen Verfall seiner Fassung binnen Sekunden hatten sie noch nie erlebt. »Genau, die sitzen neben mir. Ich soll auf laut stellen? So schlimm?« Ohne seine Leichenbittermiene zu verziehen legte Halb das Handy wieder vor sich. Behutsam drückte Verena die Lautsprecher-Taste.

»Hallihallo an alle in der Runde. Wer immer jetzt um den Herrn Hofrat sitzt. Ich dachte mir, dass es Sie interessieren könnte, wer die Leiche von heute aus dem Flammeninferno ist, dem Frau Planner und Herr Mayer gerade noch entfliehen konnten. Nicht auszumalen, wenn Sie nicht einen so guten Geruchssinn gehabt und so geistesgegenwärtig reagiert hätten. Weil das Feuer hat …«

»Wer, Frau Doktor?« Kurz blitzte etwas Hoffnung in Halbs Augen auf. »Ist es doch eine ältere Frau? Gegen 50 oder älter?«

»Nein, Herr Hofrat, jünger. Die Tote war … lassen Sie mich nachsehen, Jahrgang 1976.«

Halbs Körper versteinerte, nur seine linke Hand zerquetschte beinahe das Telefon.

»Hallihallo, sind Sie noch dran?«

»Eine Sekunde bitte.« Vorsichtig schälte Verena das Handy aus seinen Fingern. »Planner hier, Frau Doktor. Können Sie uns vielleicht noch mehr sagen? Weitere Identifizierungsmerkmale, anhand derer Sie feststellen können, ob die Leiche tatsächlich …«

»Tot ist? Doch, das kann ich jetzt schon sagen! Ganz, ganz sicher!« Doktor Lirtscherers Lachen erinnerte wieder einmal an eine mittlere Sprengung eines Steinbruchs. »Aber falls Sie gemeint haben, ob ich die Tote identifizieren kann – kann ich. Habe ich bereits. Wissen Sie, trotz der enormen Hitzeentwicklung infolge der Verwendung von Benzin als Brandbeschleuniger …«

»Wer?« Halbs Stimme war kaum zu erkennen, ähnelte eher dem Brüllen eines Tieres.

»Ich konnte den Zahnstatus der Leiche trotz ihres Zustands noch erfassen. Und da wir ihn in unserer Datei haben …«

»Ist es nicht Delia!« Halbs glühendes Flüstern war ein einziger Liebesbeweis, nur schade, dass er Delia auf ewig entgehen würde.

»… kann ich Ihnen berichten, dass es sich bei der Toten von heute Mittag um eine ehemalige Drogensüchtige und Kleinkriminelle handelt, die vorher erdrosselt und erst danach verbrannt wurde. Barbara …«

»Rudolfer?«

»Herr Hofrat, endlich erkenne ich Ihre Stimme wieder! Aber Sie müssen mir verraten, woher Sie diese arme Kreatur …«

»Der Name ist rein zufällig im Zuge einer anderen

Ermittlung aufgetaucht. Es ist aber sehr wichtig, dass es sich bei dieser Leiche wirklich um …«

Doktor Lirtscherers Seufzen klang mehr nach einer Windböe denn nach einer Steinbruch-Sprengung. »Herr Hofrat! Habe ich mich je geirrt? Oder Sie gar enttäuscht?«

Halbs Lächeln war geradezu hörbar. »Nein! Und Sie wissen gar nicht, wie ›nein‹! Danke und auf Wiederhören!«

DONNERSTAG, 5. JUNI 2014, 13.45 UHR

»Siehst du, Chef, Delia geht es garantiert gut und …«

»… sicher genau so, wie du es gesagt hast. Sie wird keinen Akku mehr haben und …«

»… sich als großes Missverständnis herausstellen.«

»Euch ein ganz großes Danke!« Diesmal legte Halb sein Handy vorsichtig, geradezu versöhnlich vor sich hin. »Aber ihr wisst so gut wie ich, dass Delia nach wie vor verschwu… nein, das gibt's nicht! Die Frau Poller!«

Als ob es zu bescheiden wäre, hatte das Telefon zuerst nur leise zu vibrieren begonnen, bevor es sich auch mit dem Klingelton bemerkbar machte.

»Frau Poller, danke für den raschen … wie bitte? Verstehe. So ähnlich … nicht von der Polizei, sondern vom Bundeskriminalamt. Können wir Frau Poller besuchen? Ab 16 Uhr. Nein, natürlich nicht verhören, nur uns kurz mit ihr unterhalten! Keine Angst, wir werden sie nicht über Gebühr strapazieren. Danke, Herr Oberarzt.«

Halb starrte sein Handy an, als ob er nicht telefonieren, sondern mit dem Gerät selber kommunizieren wollte. Er fixierte es, als ob es selber von einer geheimnisvollen Kraft beseelt wäre, die sich gegen ihn verschworen hätte und daher alles bis zur Undurchdringlichkeit verwirren würde. Noch während diesen hypnotischen Versuchen begann er zu seinen »Teamlingen« zu sprechen. »Ein Oberarzt Doktor Glück. Frau Poller sei laut ihrer und diverser Zeugenaussagen von einem großen Wagen gezielt abgedrängt und gerammt worden und gegen eine Hausmauer gedonnert. Noch vor der Operation hat sie gebeten, mich anzurufen. Den Rest habt ihr eh gehört – ab 16 Uhr können wir sie auf der Unfallstation in der Valerie-Stiftung besuchen. Seltsam, sehr seltsam! Kaum stolpern wir in einem obskuren Fall mehrerer Raubritterüberfälle über den ehemaligen Zuhälter und Betrüger Braun, geschehen binnen weniger Tage zwei Morde, davon eine Autobombe und eine Erdrosselte, und beide Opfer werden als Brandleichen gefunden. Beide Frauen waren mehrfach mit dem Gesetz in Konflikt geraten, hauptsächlich wegen diverser Drogendelikte. Abgesehen davon hatten sie vor über 20 Jahren eine gemeinsame Vergangenheit als Prostituierte. Ob der Kontakt danach abgerissen war, werden erst die Ermittlungen zeigen. Außerdem stoßen wir auf die Biografie einer der damaligen Sozialarbeiterinnen. Die Dame, eine Sizilianerin, ist im Dezember 1993 über Nacht ver-

schwunden, seit damals wie vom Erdboden verschluckt. Damit nicht genug, ist seit gestern oder heute eine weitere … Delia Schoitelmüller abgängig, die vor 21 Jahren ebenfalls zum Umfeld der beiden Mordopfer wie der mysteriös Entschwundenen gehörte. Und zum Drüberstreuen gibt's aktuell noch einen Mordversuch an einer weiteren Sozialarbeiterin, die – erraten – ebenfalls aus dem Dunstkreis von 1993 stammt. Dass dieser Verbrecher Braun von der neuen Identität zumindest meiner Delia wusste, hat er mir genussvoll um die Nase gerieben. ›Handküsse Ihrer zukünftigen Frau Gemahlin! Eine tolle Karriere!‹ – das kann kein Zufall sein. Aber wie hat das alles mit den Raubüberfällen und dem minutiös geplanten Diebstahl eines unbezahlbaren Kulturgutes zu tun? Oder, besser gesagt und gefragt, hat das überhaupt miteinander zu tun?« Endlich wandte sich Halb wieder Planner, Wilt und Mayer zu.

»Ich lasse Delias Handy orten. Und leite eine Großfahndung ein.« Ein kurzes Tippen, dann klappte der Ingeniöhr seinen Laptop zu.

»Verena, Ingeniöhr, bitte macht das! Toni und ich fahren noch einmal zum ›Halberten‹. Ich kann nur hoffen, dass er mehr über den morgigen Empfang und das ganze GREHTTA-Getue und damit über den blauen Scharl weiß, als er zugeben wollte. Herr Ober, bitte alles zusammen …«

»Chef, kommt nicht in Frage! Stimmt schon, Herr Ober. Alles zusammen, aber diesmal übernehmen wir alles!«

DONNERSTAG, 5. JUNI 2014, 14.30 UHR

»Locken-Luzi, du schaust gar nicht gut aus. Komm, setz dich erst einmal.« Trotz seiner einschüchternden Statur wirkte Johannes Albert auch als mitfühlender Freund durchaus überzeugend. »Der Toni hat mir alles erzählt. Wenn ich irgendwas für deine Delia machen kann …«

»Das kannst du, indem du uns alles berichtest, was du über den morgigen GREHTTA-Empfang weißt. Wir haben inzwischen immerhin in Erfahrung gebracht, dass Braun für morgen einen großen Coup geplant hat. Details erzählen wir dir nachher, aber es geht …«

»… um den Diebstahl des ›liber omnium scientiarum equum‹. Hab ich mir eh seit längerem gedacht. Weil wo ein Typ wie der Braun herumspukt, geht's meistens um viel Geld, das er sich problemlos unter den Nagel reißen zu können glaubt, weil er ach so viel klüger wie die ganzen anderen Deppen ist. Die klassische Mischung aus Dummheit und Narzissmus. Diese Leute halten aufgrund dieser beiden herausragenden Eigenschaften prinzipiell die anderen für die Blöden.«

Halb lächelte schief. »Ich will gar nicht wissen, woher du das alles weißt. Nur, was du wirklich nicht weißt – es könnte sein, dass das nur die Spitze des Eisbergs ist! Dass ganz was anderes dahintersteckt. Eine entsetzlich grausliche Geschichte mit zwei Brandleichen innerhalb von sechs Tagen, einer seit fast 20 Jahren verschwundenen Person, einer aktuell abgängigen … eben meiner Delia und

einem – wenn's nicht so unpassend wäre, würde ich sagen ›brandaktuellen‹ – Mordversuch auf eine vierte Person. Alle haben einander vor 21 Jahren aus dem Milieu beziehungsweise von der ›Gegenseite‹ her gekannt. Also, was weißt du?«

Albert überlegte ganz kurz. »Ich weiß gar nix. Aber ich weiß, dass ich wen weiß, der wirklich was weiß. Und den hab ich herholen lassen. Der Mann arbeitet im GREHTTA in der Küche. Also auf einer Ebene, die euer Braun als so minder empfindet, dass er ihn nicht einmal ignoriert. Aber umgekehrt funktioniert es sehr gut, unser Spion aus der Küche bekommt fast alles mit. Darf ich bekannt machen … oder kennt ihr einander nicht eh schon? Bitte, Herr Hassan, kommen's nur herein.«

Als der Afrikaner den Raum betrat, begrüßte ihn Wilt mit einem ebenso überraschten wie erfreuten »Ah, Sie sind das!« und einem festen Händedruck. »Chef, darf ich dir den Herrn vorstellen, der ganz ausgezeichnet Puzzle legt. Und Ihnen darf ich meinen Chef, Herrn Halb vorstellen. Wobei … excuse me, may I introduce …«

»Sie können gerne mit mir Deutsch sprechen. Ich bin seit Jahren in Österreich. Ich sollte Sie ganz gut verstehen, zumindest habe ich die Kurse gemacht bis Niveau B2. Herr Monsignore Knuppa hat gesagt, dass ich vor Sie … vor Ihnen nicht fürchten muss. Und Herr Albert hat gesagt, Sie wollen alles über Empfang in GREHTTA wissen. Stimmt das?«

Halb schüttelte seinem Gegenüber betont förmlich die Hand. »Ja, stimmt. Und noch etwas – jedes Detail ist sehr wichtig. Sie kennen das Wort? Detail.«

Abdullahi Hassan lächelte zuerst Halb und dann Wilt an. »Sehr gut sogar. Detail ist wie ein Puzzleteil. Hat man

alle, hat man Bild. Also, morgen beginnt Empfang um drei Uhr. Davor müssen wir alle …«

Ganz nebenbei hatte Albert einen jungen Mitarbeiter hereingewunken, der im Hintergrund mitstenographierte. Dankbar lächelte Halb ihren Gastgeber an, der aber zu konzentriert zuhörte, um das überhaupt mitzukriegen.

DONNERSTAG, 5. JUNI 2014, 15.30 UHR

»Wie besprochen – die Mitschrift geht in circa einer halben Stunde an Planner, Drobatschnig, Mayer und, eh klar, an Toni und dich. Damit habt ihr den Überblick über das offizielle Veranstaltungsprogramm, wie was wann sich morgen im GREHTTA abspielen soll. Wir stimmen überein, dass der Überfall sowohl im Hotel als auch im Bumbach-Pferdehaus stattfinden könnte … oder an beiden Orten, entsprechend bereitet ihr eure Einsätze vor. Wir von ›SoS – Sicherheit ohne Scheuklappen‹ sind selbstverständlich entsprechend unseres – ehrlich gesagt, recht mageren – Auftrags vor Ort. Allerdings werd ich mir noch das eine oder andere ›Security-Schmankerl‹ überlegen, lasst's euch über-

raschen. Und zu deiner Delia – Ludwig, falls du dich an die siebente Klasse erinnerst, als ich dich …«

»… nach einem hundsgemeinen Fünfer in Bio auf recht unorthodoxe Weise zu trösten versucht hast? Deine Worte … warte … waren: ›S'hilft dir nix, aber das war richtig fies-mies.‹ Und?«

Anstelle seines üblichen selbstsicheren Lächelns trat ein überraschend mitfühlender Ausdruck auf Alberts Gesicht. »S'hilft dir nix, aber … wann immer, ruf mich an!«

Im Hinausgehen drehte sich Halb noch einmal um. »Halberter, du irrst. Es hilft!«

DONNERSTAG, 5. JUNI 2014, 16.20 UHR

Diesmal hatte er sich olfaktorisch gewappnet. Kurz bevor sie die Tür zur Unfallstation passierten, trug Halb einen dicken Batzen Eukalyptus-Creme auf seine Oberlippe auf, sodass zwar alles nach Krankenhaus aussah, aber nicht danach roch.

»Entschuldigen Sie, wir suchen Herrn Oberarzt Glück. Wo …«

»Ich bin hier! Und Sie sind die Herren vom Bundeskriminalamt, nehme ich an. Frau Poller liegt da vorne, Zimmer 14.« Noch bevor ihnen der ausnehmend freundliche Weißmantel die Tür öffnete, bemühte er sich um einen strengen Oberarzt-Blick. »Aber gell, wie am Telefon erwähnt, Sie dürfen die Patientin nicht …«

»Ich bitt Sie, Herr Oberarzt. Frau Poller ist derzeit unsere wichtigste Zeugin, wir wollen Informationen, nicht sie traumatisieren. Selbstverständlich fassen wir sie mit Glacéhandschuhen an. Falls trotzdem was sein sollte … die Klingel hängt sicher über dem Bett. Danke.«

Halb überlegte fieberhaft, was er als »Eukalyptus-Creme für die Augen« verwenden könnte. Die schrecklichen Geruchserinnerungen hatte er erfolgreich unterdrückt, aber wenn er jetzt eine völlig zerstörte Frau vor sich …

»Perfekt! Deli hat Sie perfekt beschrieben! Allein wie sie Ihre stahlgrauen Locken geschildert hat. Herr Hofrat, es freut mich sehr, Sie endlich einmal kennen zu lernen, auch wenn wir uns beide andere Umstände gewünscht hätten. Und Sie müssen der Toni sein … ich meine natürlich Herr Wilt.«

Trotz mehrerer Gipsverbände sowie zahlreicher Schwellungen und Verfärbungen im Gesicht machte Lisa Poller nicht den Eindruck einer Schwerverletzten, geschweige denn einer Sterbenden. Halb war dermaßen erleichtert, dass er beinahe zu stottern begann.

»Frau Poller, schön, dass es Ihnen … also, ich meine, gut geht's Ihnen nicht, aber …«

»Danke, Herr Hofrat, ich weiß, wie ich aussehe. Aber gerade deshalb werden Sie es mir nicht übelnehmen, dass ich den Arzt gebeten hatte, Sie wegen des Mordversuchs

anzurufen. Und dass das heute ein solcher war, davon bin ich überzeugt. Falls Sie mich aber für eine hysterische Ziege halten, fragen Sie bitte die Deli. Weil die kennt mich wirklich gut! Und die wird Ihnen sicher bestätigen, dass ich keine …«

»Frau Poller, verzeihen Sie, aber wir müssen Sie zu allererst über einige wesentliche Details informieren. Erstens habe ich Sie heute noch vor dem Anruf Ihres Arztes zu erreichen probiert, um zu fragen, ob … ob …«

»Frau Poller, bitte erschrecken Sie nicht, aber Delia Schoitelmüller ist abgängig! Weder ist sie an ihrem Arbeitsplatz aufgetaucht, noch können wir ihr Handy orten. Die Großfahndung ist im Laufen, aber wir würden uns sehr freuen, wenn Sie uns mit ein paar Details von gestern Abend helfen könnten.« Wilt war zwar schon öfters mitten im Satz eingesprungen, aber dass seinem Chef die Worte so plötzlich abhandengekommen waren, hatte er noch nie erlebt.

»Deli – verschwunden? Das kann nicht sein! Sie doch nicht!«

»Doch, leider. Und da Oberarzt Glück uns nur wenig Zeit mit Ihnen gönnt …«

»Fragen Sie, fragen Sie. Ich werde mich trotz meines Kopfwehs bemühen, mich möglichst genau an gestern Abend zu erinnern. Was wollen Sie wissen?«

Halb hatte sich wieder so weit gefangen, dass er mit der Befragung beginnen konnte. »Ist Ihnen an Delia irgendetwas aufgefallen? War sie anders … Sie wissen schon – ängstlich oder nervös oder sonst irgendwie komisch?«

Mit allem hatten sie gerechnet, aber dass Frau Poller in Lachen ausbräche, verblüffte selbst zwei erfahrene Kriminalisten. »Natürlich war sie anders! Ich habe sie nur sel-

ten dermaßen fröhlich erlebt wie gestern Abend. Und so glücklich, nein, so glücklich war sie überhaupt noch nie. Sie hat sich so sehr auf die Hochzeit gefreut, aber ... Herr Hofrat, das ist mir eigentlich peinlich, aber ...«

»Keine falsche Scham. Nur die Wahrheit. Bitte!«

Trotz ihrer Verletzungen breitete sich ein sanftes Lächeln auf Lisa Pollers Gesicht aus. »Herr Hofrat, Sie wissen gar nicht, wie sehr Sie Deli ... ich weiß, starke Worte, aber trotzdem ... liebt. Und wie sehr sie sich daher nicht nur auf die Heirat, sondern vor allem auf die Ehe mit Ihnen gefreut hat.«

Plötzlich bekam Halb einen heftigen Hustenanfall, weshalb er wild gestikulierend das Zimmer verließ.

»Also alles eitel Wonne und Waschtrog? Keinerlei dunkle Gedanken, keine diffusen ... oder gar konkreten Ängste? Nichts? Nur ...«

»Ja, Herr Wilt. Nur strahlende Sonne in süßer Schokolade! Ich glaube, wir haben uns gestern Abend wie die Backfische benommen, so viel gekichert haben wir noch nie. Dabei waren wir über die Jahrzehnte immer wieder sehr fröhlich. Wahrlich, Deli kann da sehr ...«

»Nur noch ein Detail. Wie Sie gerade eben vom Verschwinden Delias erfahren haben, haben Sie wörtlich ›sie doch nicht‹ geantwortet. Wieso ›sie doch nicht‹? Wer anderer schon?«

Mühsam drehte sich Frau Poller um einige Millimeter, sodass sie Wilt besser in die Augen sehen konnte. »Ich weiß nicht, ob Sie darüber Bescheid wissen, wie Deli und ich 1993 einander kennengelernt haben?«

»Da können Sie ganz beruhigt sein. Weder Frau Schoitelmüller noch mein Chef haben je ein Geheimnis über ihre Vergangenheit gemacht. Und gerade in letzter Zeit haben

wir … also, rein zufällig und in ganz anderem Zusammenhang … auf jeden Fall mit einigen Personen Ihrer damaligen Abteilung und Delias einstigem Umfeld zu tun gehabt. Drum wussten wir sofort, wer Sie sind.«

»Und auf Ihrer Liste, stand da der italienische Name Segofina? Ja? Ihre Eltern liebten die Wolken und das Meer, weshalb sie ihr die Vornamen Bianca Azzurra gegeben hatten. Auf italienisch klingt das viel hübscher als nur ›weiß blau‹.«

Eine Sekunde sah Wilt das Bild italienischer Nächte am Meer vor seinem inneren Auge, aber umgehend war er wieder im Hier und Jetzt. »Das ist die Dame, die Sie immer ›Zwutschkerl‹ genannt haben?«

Soweit ihr das möglich war, riss Poller ihre Augen erstaunt auf. »Das wissen Sie? Dann sagt Ihnen wohl auch der Name Holl etwas. Anita Holl?«

»Selbstverständlich. Die Dame ist inzwischen eine Frau Magistra Holl und arbeitet in der Volksanwaltschaft.«

»Und sie lebt offiziell mit einer Frau zusammen!

»Und das stört Sie?« Wilt war zu überrascht, um seiner Stimme einen neutraleren Klang zu geben.

»Nein, nein, nicht im Geringsten!« Frau Poller wedelte mit ihrem weniger verletzten Arm herum, als ob sie Wilts Frage verscheuchen wollte. »Was glauben Sie, was ich als Sozialarbeiterin – noch dazu in so einer Abteilung – im Laufe der Zeit für seltsame Beziehungen erlebt habe? Dagegen ist eine anständige lesbische Beziehung nix! Was ich eigentlich sagen wollte, ist, dass es ähnliche Gerüchte über unser Zwutschkerl gab. Man murmelte, sie habe eine nicht ganz – wie soll ich sagen – saubere Liebesgeschichte am Laufen gehabt. Wobei, es war schon ein bisserl auffällig, dass das Zwutschkerl ihre Affäre noch mehr verbor-

gen hat als die Holl die ihre. Vielleicht, weil sie Sizilianerin war und bei denen das noch um einen Zacken ›heiliger‹ ist, was weiß ich. Möglicherweise aber auch deshalb, weil Segofinas privates Geheimnis eines der Kategorie … nennen wir es ›ganz pfui‹ gewesen sein soll. Nicht, was Sie jetzt denken! Nein, nix Sexuelles, viel schlimmer! Es hieß, unser Zwutschkerl habe sich blöderweise in die Gegenseite verliebt. In einen Zuhälter, verstehen Sie. Noch dazu in einen, der sich – so das Gemurmel – irgendwo ins weite Ausland habe absetzen müssen, weil er hier mit Haftbefehl gesucht worden sei. Wobei, an diese Zuhältergeschichte kann ich mich noch gut erinnern. Das muss im Hochsommer 1993 gewesen sein. Grässlich, er soll als Warnung für andere eines seiner ›Pferderln‹ mit einem Springmesser entsetzlich zugerichtet haben. Natürlich hat er geleugnet … und ist verschwunden.«

»Hieß der Mann zufällig Braun?«

Poller grinste. »Der blaue Scharl? Sicher nicht. Nein, der potenzielle Geliebte vom Zwutschkerl war einer von den ganz Harten, die sich bereits damals ihr weniges Hirn weggekokst hatten. Der war total schräg, hat sich gerne als Edelmann bezeichnet. … und ist manchmal ganz in Grün gekleidet gekommen, weil – allen Ernstes – Robin Hood sein großes Vorbild war. Den und Richard Löwenherz hat er geradezu vergöttert. Sein Name war … warten Sie, Kurt Worschak. Genau, in der Branche hieß der nur ›der Worsch‹. Und der war über Nacht verschwunden. Angeblich in die Südsee oder nach Rio oder in ein anderes Pseudo-Paradies. Das hätte uns alle keine schlaflosen Nächte gekostet, wenn nicht auch unser ›Zwutschkerl‹ bald darauf weg gewesen wäre. Total und komplett! Soweit ich mich erinnere, gab es eine Fahndung, aber … nix. Wir alle haben

angenommen, dass sie nach irgendeiner ganz großen Enttäuschung zurück nach Italien gegangen ist und dort nie mehr wieder an Wien erinnert werden wollte. Wie auch immer, an dieses Verschwinden habe ich gedacht, als ich vorhin mit ›sie doch nicht‹ geantwortet habe.«

»Ich bitte um Entschuldigung, aber … das war ein kapitaler Frosch im Hals. Was habe ich verpasst?« Halb betrat das Krankenzimmer. Sein Gesicht war etwas gerötet, als ob er es sich zu kalt gewaschen hätte.

»Erzähl ich dir später, Chef. Im Prinzip hätten wir's.«

»Vielen Dank, Frau Poller. Wir haben Sie lange genug gequält. Wir wünschen Ihnen gute …«

»Nein, halt, noch was! Tee bitte.« Frau Poller deutete auf ein Glas, das – für sie unerreichbar – auf dem Tisch abgestellt war. Nach mehreren vorsichtigen Schlucken holte sie tief Luft. »Ihr und mein Frosch im Hals haben mich jetzt an etwas von gestern Abend erinnert. Es ist zwar nur ein Detail, aber vielleicht hilft's. Und zwar – als ich um knapp vor Mitternacht von Deli weg bin, ist ganz unten im Haus ein recht fülliger Mann gestanden. Das wäre noch nichts Ungewöhnliches, aber dass er da im Dunkeln stand, war etwas seltsam … zumindest jetzt, wo ich drüber nachdenk. Wie ich auf den Lichtschalter gedrückt hab, da … ich weiß nicht, vielleicht bin ich nur hysterisch, aber ich meine, dass er erschrocken zusammengezuckt wäre. Auf jeden Fall ist er hinunter Richtung Keller gegangen. Dabei hat er sich geräuspert … eine sehr raue Stimme. Und, was das Komischste ist – irgendwie ist der mir bekannt vorgekommen.«

DONNERSTAG, 5. JUNI 2014, 17.15 UHR

Mühsam bettete sich Halb auf seinen Bürosessel. »Du hast Poller nichts von Olliau und Rudolfer erzählt, oder?«

»Nein, Chef, natürlich habe ich sie nicht unnötig beunruhigt. Ich habe dir unser Gespräch ziemlich wörtlich widergegeben, da war kein Wort über die Toten.«

»Entschuldige, Toni, aber … diese Beschreibung von Delias Glück war der eine Tropfen, der mein Gefühlsfass endgültig zum Überlaufen gebracht hat. Ich musste raus.«

»Eh klar, Chef! Aber … also, wenn du mir eine sehr persönliche Bemerkung gestattest. Ich bin neugierig, wie du in Gegenwart von Delia mit genau dieser Information umgehen wirst, die dir – uns – Poller vorhin quasi verraten hat? Ich meine, du wirst wohl kaum zu ihr hingehen und sagen: ›Übrigens, ich hab zufällig mitgekriegt, wie sehr du mich liebst! Das trifft sich gut, weil einerseits … wunderbar für mich. Und andererseits … wie soll ich sagen … also – ja, ich dich auch.‹«

Noch während der letzten Silben wollte Wilt das Gesagte am liebsten wieder zurücknehmen, da er ihre momentane emotionale Sprengkraft erst in dieser Sekunde begriff. Umso erstaunter war er, als er seinen Chef erstmals wieder lächeln sah.

»Toni, du weißt gar nicht, wie Recht du hast! Genau das werde ich ihr sagen, weil wir sie finden werden! Und zwar noch bevor …«

»Chef!« Verena war ohne anzuklopfen hereingestürmt.

»Eine schlechte und eine gute Nachricht. Die schlechte – weder in ihrer Wohnung noch am Gang davor im Stiegenhaus noch am Gehsteig haben wir irgendwelche Einbruchs- oder sonstige Entführungsspuren gefunden. Die gute … halbwegs gute: Die Fahndung läuft auf Hochtouren. Jede Kollegin und jeder Kollege haben ihr Bild und sehen sich in jeder denkbaren Ecke nach ihr um. Und …«

»Ja?«

Verzweifelt versuchte Verena, ihren Worten wenigstens einen Hauch Optimismus zu verleihen. »Bisher … also nichts. Leider haben wir sie noch nicht gefunden, aber wir haben auch nicht …«

»Danke, Verena! Danke an alle! Und wenn diese elende Sch…«

»Scheußlichkeit vorbei sein wird, feiern wir das größte Polizeifest, das Wien je gesehen hat! Mir dir, Delia, uns und allen Kolleginnen und Kollegen, die bei der dann erfolgreichen Suche geholfen haben werden. … also eh allen! Ludwig, du kannst dir sicher sein – es wird rauschend werden.« Völlig unbemerkt war Hofrat Doktor Ernst Straka eingetreten, nicht, um als Vorgesetzter seinen Untergebenen aufmunternde Worte zukommen zu lassen, sondern einzig und allein, um seinen langjährigen engen Freund zu trösten. »Ich soll dir auch von meiner besseren Hälfte alles erdenklich Gute wünschen. Und sie lässt dich fragen, ob du nicht zu uns zum Nachtmahl kommen möchtest? Sie würde dir natürlich eine deiner Leibspeisen kochen. Schnitzel vielleicht?«

»Sehr gerne, Ernst! Aber …«, wieder schienen Halbs Nase und Hals überreizt zu sein, auf jeden Fall riss er ein überdimensionales Herrentaschentuch vors Gesicht, drehte sich kurz weg und schnäuzte sich heftig. »Aber

nicht heute! Auf diesem rauschenden Fest, da möge mir deine verehrte Frau Gemahlin mindestens zwei Schnitzel herausbacken. Nur für mich! Na ja, und für Delia natürlich auch, sollte sie das überhaupt wollen. Sag ihr das bitte!«

»Mach ich! Und jetzt, … Ludwig, gehst du nach Hause! Und zwing mich bitte nicht, das als Anweisung deines Vorgesetzten auszusprechen. Selbstverständlich bleiben unsere Handys die ganze Zeit an. Und bitte verlier deines nicht wieder! Und lade es ordentlich auf …«

»Schon geschehen, Herr Hofrat!« Verena deutete auf das dünne schwarze Kabel, das aus Halbs Telefon herauszuwachsen schien.

»Sehr gut! Und jetzt fährt dich eine Streife nach Hause. Weil eine Entführung genügt! Nicht, dass du uns auf dem Heimweg noch gekidnappt wirst! Wäre nicht das erste Mal. Also, wenn du zuhause bist, …«

»Ernst, ich bin kein kleines Kind!«

Straka wedelte wild mit seinen Armen. »Papperlapapp! In so einer Situation ist keiner Herr seiner Gedanken! Ich bestell dir eine Streife, die dich nach Hause bringt. Du weißt, dass wir dich jederzeit – und sei es um drei Uhr früh – anrufen, falls es Neuigkeiten gibt. Und umgekehrt kannst du uns, mich, jederzeit …«

»Um drei Uhr früh?«

Straka hielt nur ganz kurz inne, bevor er unverschämt grinste. »Probier's! Heute dürftest du selbst das tun, ohne unsere Freundschaft zu gefährden. Aber vermutlich hättest du bei der Bereitschaft mehr Glück. Und morgen in der Früh sieht alles viel heller aus.«

Mühsam hievte sich Halb in die Höhe. »Noch einmal …«

»Ab nach Hause! Und, trotz allem – gute Nacht!«

DONNERSTAG, 5. JUNI 2014, 18 UHR

»In der Seitengasse da drüben können's mich rauslassen. Danke fürs Heimbringen.«

»Entschuldigen's, Herr Hofrat, aber …«, es war der jungen Polizistin sichtbar peinlich, ihrem »hohen Fahrgast« widersprechen zu müssen. »Aber wir haben den Befehl, Sie bis in Ihre Wohnung zu bringen. Wir können uns natürlich etwas im Hintergrund halten, um nicht …«

»Nein, nein, ist schon okay. Da haben's den Schlüssel, der da ist für das Haustor. Und die für die Wohnung. Und Sie sind so lieb und tragen meine Tasche. Also, gemma.«

Bereits beim Aufsperren hörten sie die durchdringenden Laute. Zuerst war Flitzis zorniges Schreien zu hören, gefolgt von seines kleinen Bruders Weinen. Nach Halbs Erfahrungen klang es nicht, als ob sie einander, sondern einen gemeinsamen Gegner bekämpfen würden. Prompt erhob sich die Stimme ihrer Mutter über die kindlichen Missklänge. »Nein, das geht jetzt wirklich nicht mehr! Jetzt gibt's erst einmal ein ganz tolles Ritteressen, dann spielen wir noch mit den Schifferln. Und vor dem Schlafengehen liest euch der Papi eine Gutenachtgeschichte vor. Und … ja so was, der Onkel Luzi.«

Das Geschrei endete abrupt. »Onkel Luzi, warst du schlimm?« Flitzi schaute ihn aus großen Augen an.

»Wieso? Ach so, wegen der beiden … nein, ganz im Gegenteil. Die haben mich nach Hause gefahren, weil ich

brav war, aber leider sehr müde bin. So müde, dass ich jetzt ganz von alleine ins Bett gehen und schlafen werde.«

»Aber davor kannst du uns noch eine zweite Gutenachtgeschichte erzählen. Der Papi liest immer toll vor, aber deine Geschichten sind auch immer urspannend.«

»Nein, Flitzi. Danke, dass du mir gerne zuhörst, aber kleine Ritter müssen schlafen, um bald große Ritter zu sein. Und deshalb ist das heute keine gute Idee.«

»Doch, Ludwig, ausnahmsweise würde sogar ich das für eine sehr gute Idee halten.« Maria Korber öffnete demonstrativ ihre Wohnungstür.

Halb gab sich geschlagen und wandte sich an die beiden Polizisten. »Na dann, Frau Kollegin, Herr Kollege. Wir alle können bezeugen, dass Sie mich gut bis zu meiner Wohnungstüre gebracht haben. Ich wünsch Ihnen noch einen friedlichen Nachtdienst. Und jetzt freu ich mich auf ein richtiges Ritteressen.«

DONNERSTAG, 5. JUNI 2014, 18.30 UHR

Kaum, dass Halb seinen letzten Bissen Wurstbrot heruntergeschluckt hatte, erhob er sich langsam vom Esstisch. »Danke, Maria, es war wunderbar. Aber jetzt lass ich euch allein, damit ihr beiden noch in der Wanne plantschen und … übrigens, wo ist denn Gilles? Immerhin soll er bald eine Gutenachtgeschichte vorlesen.«

»Abendseminar. Aber er sollte längst da sein. Möchtest du nicht auf ihn warten? Er würde sich sicher sehr freuen.«

Mit einem unsagbar müden Lächeln wandte sich Halb noch einmal zu ihr um. »Schau ich so schlimm aus?«

»Ehrlich gesagt, schlimmer. Falls du darüber sprechen willst, gerne. Wenn nicht … aber auf jeden Fall solltest du noch etwas bleiben.«

»Onkel Luzi! Bleib noch. Nach der Wanne liest du uns eine zweite Gutenachtgeschichte über …«

»Na, wenn du das auch willst, bleib ich noch ein bisserl. Danke, Maria.«

Als Gilles Korber eine halbe Stunde später nach Hause kam, wunderte er sich über die Stille. Aber bevor er noch nervös in die Wohnung hineinstürmen konnte, kam ihm seine Frau mit den beiden – ebenfalls auffallend ruhigen – Buben entgegen, hielt ihren Zeigefinger senkrecht über ihre Lippen und deutete lächelnd ins Wohnzimmer. Umgeben von Spielzeug lag Halb auf der Couch und schnarchte leise. Er schlief so tief, dass er nicht einmal reagierte, als

ihm die Korbers mit vereinten Kräften einen Polster unter den Kopf schoben und ihn mit einem Plaid zudeckten.

FREITAG, 6. JUNI 2014, 15 UHR

»Bequem, Chef?«

»Ja, danke, Verena.« Als Halb sich in dem komfortablen Bürostuhl zurücklehnte, hatte er den Eindruck, gleich wieder einzuschlafen. Der ganze Tag war von einer seltsamen Müdigkeit durchzogen gewesen . Zuerst das morgendliche Kindergeschrei als ungewöhnlicher Wecker, der erste Blick aufs – leere – Handydisplay. Danach ein ausführliches Frühstück, das er gegen seine Erwartung sogar ein bisschen genossen hatte. Nach einer neuerlichen Fahrt im Polizeiauto hatten sie den ganzen Vormittag mit dem Wälzen und Optimieren verschiedener Einsatzpläne verbracht. Dabei hatten sie sich auf ausgiebige Unterlagen verlassen können, die ihnen Johannes Albert, Herr Hassan und andere Verbündete zugespielt hatten. Letztlich waren sowohl die Kommandanten der beteiligten Spezialeinheiten als auch seine »Teamlinge« und er der Meinung gewesen, dass die Szenarien, die sie bereits gestern aus dem Bauch heraus formuliert hatten, ohne-

hin die besten wären. Vor allem dank Abdullahi Hassans Unterstützung war es Verena, Toni, dem Ingeniöhr und ihm gelungen, ungesehen in die oberste Etage eines noch nicht vollendeten Hoteltrakts zu gelangen. Und nun saß er in diesem Turm und bemühte sich, nicht nur Löcher in die Luft zu starren. Die Aussicht war hervorragend. Vor ihnen breitete sich der große Innenhof des Hotels aus, jener Platz, auf dem die Gäste bald einträfen, nachdem sie ihre Limousinen verlassen und die Hotelhalle durchquert haben würden. Als Erstes würden sie vom traumhaften Blick ins schier unendliche Grün begrüßt werden, der nur von einigen Tupfen blauer Klein-Seen unterbrochen wurde.

Da das GREHTTA für diesen Anlass Personal von Leiharbeitsfirmen hinzuziehen musste, fielen jene Herren mit den voluminösen Oberkörpern nicht auf, deren Servierjacken im vorderen Schulterbereich spannten.

Jetzt begann das Spektakel! Das in solchen Kreisen wohl übliche Paarlaufen der Schönen und Reichen entfaltete binnen weniger Minuten einen Glanz, den selbst kritische Geister ob seiner professionell gebotenen Selbstdarstellungen bewundern würden. Zahllose Blitzlichter flackerten über bekannte Gesichter und solche, die rein zufällig durch das Bild huschten. War die anfängliche Geräuschkulisse vor allem von Gläserklirren beherrscht gewesen, so begann jetzt die »Ah!«- und »Oh!«-Phase, in der sich die Gäste gegenseitig ihrer – teils sogar echten – Begeisterung über die Natur und den prunkvollen Rahmen versicherten. In den nächsten Sekunden würde Oldenharth-Braun in schmieriger Bescheidenheit das Podium betreten und die üblichen Phrasen dreschen, bevor ein Werbevideo über eine Großleinwand flimmern und dabei eine ziem-

lich geschönte Geschichte der Region im Allgemeinen und des GREHTTA im Speziellen bieten würde.

Halb schreckte auf. Offenbar hatte er das – ihnen seit gestern bekannte – Programm und die tatsächlichen Abläufe unter ihm im Halbschlaf vermischt, aber nun war er hellwach. Der Höhepunkt hatte begonnen – die ersten Feuerwerkssalven schossen in den Himmel, mit jeder neuen Form- und Farb-Girlande stieg das Entzücken im Publikum. Nach wenigen glitzernden Bildern am Firmament ertönte plötzlich eine Fanfare.

»Jetzt!« Halb, Planner, Wilt und Mayer hatten fast den Ausgang erreicht, an dem sie die weiteren Ereignisse abwarten sollten, als sie erkennen mussten, dass die Überfall-Pläne offenbar im letzten Moment geändert worden waren. Statt dass die Ritter über die erwartete Route – die Wiesen – herangestürmt kamen, brachen sie aus einem kleinen unscheinbaren Gebäude am Ende des entgegengesetzten Hoteltraktes hervor, in dem sich nicht nur Halb und seine »Teamlinge« befanden, sondern auch die Eingreiftruppe verborgen war.

»Rüber!« Im Laufen sahen sie, dass nur ein kleiner Teil des Publikums binnen weniger Sekunden den Ernst der Lage erkannt und teils Scheiben eingeschlagen hatte. Nach ihrer Flucht ins Gebäudeinnere liefen sie nun vor ihnen panisch durcheinander. Hingegen hatten die meisten im Publikum noch immer nichts begriffen, sodass es den Reitern möglich war, sozusagen unter großem Applaus der Lämmer diese zur Schlachtbank zu führen und ihre Beutetiere mühelos einzukreisen. Wie beim ersten Probe-Überfall auf die beiden älteren Ehepaare wechselten nun im Sekundentakt Drohgebärden mit martialischen mittelalterlichen Waffen und die Aufforderungen, Wert-

gegenstände in die an Lanzen befestigen Lederbeutel zu geben. Dabei aber machten die Verbrecher einen entscheidenden Fehler – im Glauben, dass auch das Personal das Weite gesucht hätte, konzentrierten sich alle sieben Ritter auf den Raub vor ihnen und schenkten dem Geschehen hinter ihnen keine Aufmerksamkeit. Eine grobe Nachlässigkeit – die nun jene Polizisten nützten, die sich als Kellner getarnt hatten. In einer fließenden Bewegung rissen sie die Servierjacken herunter und ihre Pistolen aus den Schulterholstern. Um keine der Geiseln zu gefährden, schossen sie von unten nach schräg oben, sodass sie vor allem die Oberkörper der Reiter trafen. Einige der Kugeln schienen in ihren schusssicheren Westen hängen zu bleiben, aber noch während die »Ritter« auf die Gefahr in ihrem Rücken reagieren und aus versteckten Satteltaschen kleine Maschinenpistolen ziehen konnten, stürzten zwei von ihnen aus ihren Sätteln, sodass vier der Verbrecher in heillosem Wirrwarr die Flucht ergriffen. Nur der schwarze Ritter drehte sich noch einmal um.

Während Halb und seine kleine Truppe zu zwei der drei am Boden liegenden Männer rannten, hatten bereits einige Gäste und Polizisten mit der Reanimierung begonnen. Ein Blick genügte, um die Sinnlosigkeit dieser Maßnahmen zu erkennen.

»Hofrat!«, es war ein kaum verständliches Keuchen, das vom dritten Opfer ein paar Meter entfernt kam. Planner war als Erste bei ihm … und schrie. Als Halb sich zu dem blutüberschmierten Körper herunterbeugte, erkannte er erst auf den zweiten Blick, wen er vor sich hatte.

»Ruhig bleiben, Braun. Ganz ruhig! Die Rettungen sind unterwegs. Sogar mit Hubschraubern. Du schaffst das. Von so ein paar Kugeln wirst du dich doch nicht …«

Plötzlich bäumte sich Braun auf und riss Halb zu sich herunter. »Meer. Fina! Falschese …« Vorsichtig ließ Halb den Mann auf den Boden zurückgleiten, den er zu Lebzeiten bis auf den Grund seiner Seele verachtet hatte. Dann schloss er ihm die Lider.

»Was hat er …« Verenas Frage wurde von Schüssen unterbrochen, die von den Wiesen abseits des GREHTTA zu kommen schienen. Noch einmal mobilisierten die Polizisten alle Kräfte und sprinteten in deren Richtung. Dort, wo mehrere kleine Seen die grünen Golfwiesen unterbrachen, bot sich ihnen ein surreales Bild. Offenbar hatten sich die vier geflohenen Ritter an dieser Stelle bereits in Sicherheit gewähnt und ihr Tempo gedrosselt. Ein zweiter schwerer Fehler – denn innerhalb weniger Sekunden waren aus jedem der Teiche mehrere Schüsse auf die Flüchtigen abgegeben worden. Wieder war einer der Reiter aus dem Sattel gekippt, die drei anderen ergaben sich augenblicklich, als plötzlich etliche schwarze Gestalten aus den Wässern stiegen und sie mit futuristischen Waffen in Schach hielten.

Als er ein Dröhnen über ihren Köpfen hörte, wandte sich Halb erstaunt dem Hubschrauber zu. Nach kurzem Zögern lächelte er und winkte Johannes Albert zu, dessen »Victory«-Zeichen er selbst aus dieser Distanz erkennen konnte.

FREITAG, 6. JUNI 2014, 16 UHR

»Wie bitte? ›Mehr, fina, falschese‹? Oder vielleicht ›Meer, fina, falsch Esse‹? Chef, ich weiß, Braun lag im Sterben, aber … was kann er gemeint haben?«

»Du sagst es, Verena. Er lag im Sterben, daher ist die Frage berechtigt, ob er überhaupt noch etwas Sinnvolles sagen wollte. Andererseits …«

»Immerhin hat er dich extra zu sich gerufen. Weil das gekeuchte ›Hofrat‹ galt eindeutig dir. Das lässt schon den Schluss zu, dass er dir – und nur dir – noch etwas mitteilen wollte.«

Halb seufzte tief. »Möglich, Ingeniöhr, möglich. Ich habe keine Ahnung. Aber jetzt zu etwas ganz Prosaischem. Da die Hotelhalle von der Spurensicherung abgesperrt ist, weiß ich nicht, wo das nächstgelegene …«

»Wenn ich mich richtig erinnere … im Wellnessbereich. Wenn du reinkommst, links die Stiegen runter. Dann rechts den Gang entlang, bis du direkt drauf stößt. Ich weiß, das klingt nach einem langen Weg, aber ich glaube, das sind die derzeit nächstgelegenen Toiletten.«

»Danke, Toni. Geht schon einmal zu den Wägen, ich komme in ein paar Minuten nach. … natürlich nur, falls ich mich nicht verirren sollte.«

Als er den Gang betrat, merkte er erst, wie die Spannung langsam von ihm abfiel … und das Elend von neuem begann. Wo war sie? War sie noch am Leben? Das WC fand er mühelos, und als er an das Waschbecken trat, rannen ihm neuerlich die Tränen herunter. Stöhnend drehte Halb den Kaltwasserhahn auf, füllte beide Hände und

klatschte sich das kühle Wasser ins Gesicht. Noch einmal … und noch einmal … und …

Der Mann im Spiegel rechts hinter ihm hatte etwas Verwegenes an sich.

Im selben Atemzug wusste er, woher er ihn kannte. Erst gestern früh hatte Verena sein Foto Helli gezeigt – ihre Augen hatten zu leuchten begonnen. Ein schöner Mann! Ein gefährlicher Mann! Zbigniew Wojciechowski.

Und diesem Moment sah Halb die Maschinenpistole in seiner linken Hand.

»Wollen Sie mich erschießen?«

»Nein, nicht gleich. Als Geisel sind Sie mehr wert.« Sein Gegner schlenkerte lässig mit der Waffe. »Wir gehen natürlich nicht über Hotelhalle. Zu viele Leute. Im Treppenhaus gibt es Tür nur für Personal. Tür führt in Lager, von dort kommt man in Garage, von da weit weg. Wo steht Ihr Auto?«

»Draußen! Wir sind mit zivilen Fahrzeugen gekommen und haben sie abseits des GREHTTA geparkt.«

»Schlecht! Können Sie Autos knacken?«

Halb grinste süffisant in den Spiegel. »Das gehört nicht unbedingt zur Ausbildung bei der Kriminalpolizei. Lediglich einen alten VW Käfer könnte ich Ihnen – sogar nur mit einer Drahtschleife – öffnen, aber den werden wir wohl kaum da unten finden. Also, was tun wir?«

»Trotzdem weiter! Gesicht zu mir! Hände hinter Kopf. Herkommen, vor mir langsam gehen.« Wojciechowski trat einen Schritt zurück, damit ihm Halb beim Verlassen des Toilettenvorraums nicht zu nahe kam. Folgsam drehte sich dieser um und tat wie befohlen. Er musste auf Zeit spielen. Mit sehr viel Glück würden sich Toni, Verena und der Ingeniöhr bald über sein langes Ausbleiben wundern und ihn suchen gehen. Wenn er allerdings zu sehr verzögerte, lief

er Gefahr, Wojciechowski unnötig zu reizen – und dann würde ihm auch sein Wert als Geisel nichts mehr helfen. Beim Umbiegen in den Gang senkte Halb den Kopf, er hoffte, mit dieser Geste den mehrfachen Mörder zu beruhigen. Mit der Maschinenpistole in der linken Hand fuchtelte dieser wieder herum, während er seinen rechten Arm vorsichtig hob und mit dem Handrücken über die Nase fuhr. Dabei rutschte sein T-Shirt ein wenig in die Höhe und entblößte ein Tattoo auf dem rechten Oberarm. Halb konnte den unteren Teil eines Herzens erkennen, durch das ein Spruchband mit den Worten »Fly high« ging.

»ly hi«! Beinahe wäre Halb vor Freude stehen geblieben, gerade noch riss er sich zusammen und trottete weiter. »ly hi« – das waren die mittleren Buchstaben von »Fly high«. Jene Buchstaben, die Schwejk am Oberarm des schwarzen Ritters gesehen hatte, nachdem ihn Verena offenbar mit einem Streifschuss verletzt hatte. Vermutlich hatte Wojciechowski beim Überfall vor vier Tagen mit seinen Fingern das »F« und »gh« verdeckt, als er sich im Schmerz an seinen rechten Bizeps gegriffen hatte. Es bestand kein Zweifel mehr, der Mann hinter ihm war der schwarze Ritter … und er hatte im rechten Schulterbereich eine Verletzung, weshalb er seine Waffe in der linken Hand trug.

Als sie die Tür zum Stiegenhaus erreichten, nickte Halb schwer keuchend in Richtung der Klinke. »Soll ich eine Hand herunternehmen und öffnen oder …«

»Rechte bleibt oben. Linke langsam herunter, Türe öffnen …«

In dem Moment griff sich Halb ans Herz, taumelte und fiel zu Boden.

»Du Schwein, wenn du glaubst, du kannst damit …«, sofort hatte Wojciechowski damit begonnen, auf Halb

einzutreten, der sich automatisch zusammenrollte, um die Tritte etwas abzufangen.

»Nein, ich … habe seit langem Probleme. Sofort.« Langsam erhob sich Halb. Noch während er scheinbar geschwächt mit unsicheren Bewegungen nach der Klinke tastete, hatte er seine Beine unbemerkt so weit in Position gebracht, dass er im Bruchteil einer Sekunde nach oben schnellen, mit seiner rechten Hand die Tür aufreißen und mit der linken Faust auf Wojciechowskis rechte Schulter einschlagen konnte. Das Glück war Halb hold. Da Wojciechowski seine Maschinenpistole etwas zu sehr gesenkt hatte, wurde sie von der aufschwingenden Metalltür getroffen und ihm aus der Hand gerissen. Inzwischen hatte Halb beide Hände um Wojciechowskis Oberarm gekrallt und seine Finger in dessen Fleisch gegraben. Ob der schwarze Ritter nun mehr aus Schmerz oder Wut brüllte, war Halb egal. Mit Befriedigung sah er, wie sich das weiße T-Shirt sofort rot färbte. Als sein Gegner strauchelte, warf sich Halb mit seinem ganzen Gewicht gegen ihn, sodass beide zu Boden gingen. Endlich fand sich Halb in einer Situation, die er immer wieder – wenn auch unwillig – trainiert hatte. Er wusste, wie er selbst einen Berserker fixieren konnte, ohne sich in Gefahr zu bringen.

»Spucken Sie's aus. Wo ist sie? Ich bin mir sicher, Sie wissen's. Wo ist die Frau, die Sie entführt haben? Meine Frau!« Mit seinem rechten Unterarm drückte Halb Wojciechowski immer mehr die Luft ab, während er mit der linken Hand dessen rechten Arm ausgestreckt hielt.

»Nicht ich … entführt. Wenn ich … wäre schon tot. Aber sie lebt noch. Aber … kommst zu spät, deine Frau … bald tot. Brennt gut.«

Zu viel! Aus! Vor allem Wojciechowskis letzte Worte

katapultierten Halb aus der Realität. Er spürte Delias Flammen auf seiner Haut. Ihr Brennen versengte seine Brust, er konnte kaum mehr atmen. Mit beiden Händen umkrallte er den Hals dieser Bestie. Er wollte alles beenden. Sich beenden. Ihn beenden.

»Chef!« Ein weiteres Brüllen, irgendwie aus der Ferne. Und es klang anders, seltsam vertrauter.

»Chef, nicht!« Jemand umfasste ihn von hinten, zahllose Hände rissen an seinen Armen.

Plötzlich fror er elend. Kein Feuer mehr, sondern Eis. Er zitterte, sein Rücken war steif wie ein Brett.

»Chef! Gleich kommen die Sanitäter. Nicht uns wegsterben! Nicht jetzt, nicht hier, nicht uns!«

Langsam kehrte die Wärme wieder. Er lag. Alle Bewegungen um ihn herum nahm er kaum wahr.

»So, jetzt geben wir ihm noch ein Beruhigungsmittel …«

»Auf keinen Fall!« Halb fuhr von der Rettungsliege so abrupt hoch, dass der Mann neben ihm einen Sprung zur Seite tat. »Bitte, Herr Doktor, ich bin weder verrückt noch … was weiß ich. Es geht wirklich um Leben und Tod. Fragen Sie …« Behutsam drückte ihn Tonis Hand zurück auf die Liege.

»Herr Doktor, der Herr Hofrat hat recht! Falls er was erfahren hat, könnten wir … nein, wir können noch …«, Verenas Stimme drohte zu kippen.

Delia! Noch einmal setzte sich Halb ruckartig auf. »Ja, habe ich! Delia lebt noch, aber nicht mehr lang. Herr Doktor, ich unterschreibe Ihnen jeden Revers, den Sie von mir haben wollen, aber … lassen Sie mich bitte gehen. Wenn nicht, dann …«

»Was dann? Wollen Sie auch mich erwürgen?« Lapidar zeigte der Arzt auf die Rettungsliege daneben.

»Ist er … ich meine, habe ich ihn …«

»Nein! Aber dass er noch lebt haben Sie Ihrem unwahrscheinlichen Glück und dem Mut und der Reaktionsgeschwindigkeit Ihrer Mitarbeiter zu verdanken! … und natürlich seiner Konstitution.« Wieder deutete der Mediziner auf Wojciechowski, bevor er das Zeichen zu dessen Abtransport gab. »Also gut, vor Zeugen! Sie gehören ins Krankenhaus. Ich habe Sie gewarnt, Sie sind nicht in der Verfassung aufzustehen. Geschweige denn, wessen Leben auch immer zu retten. Das wäre eigentlich unser Job. Aber wenn Sie unbedingt tauschen wollen.«

FREITAG, 6. JUNI 2014, 16.45 UHR

»Er war's nicht! Wer anderer hat Delia entführt. Und … ja, sie lebe noch, aber nicht mehr lange. ›Aber kommst zu spät, deine Frau bald tot, brennt gut.‹ Das waren seine letzten … na ja, seine letzten Worte mir gegenüber.«

»Und sonst … nix?« Vorsichtig lehnte sich Wilt ans Auto, als fürchtete er, durch zu heftige Bewegungen dessen kostbaren Insassen neuerlich zu erschüttern.

»Nix, aber das reicht!« Halb hievte sich vom Beifahrersitz, sodass er zwischen seinen drei »Teamlingen« zu ste-

hen kam. »Bei allem Schrecken, aller panischen Angst. Wir haben noch eine Chance. Warum also könnte Delia entführt worden sein? Lösegeldforderungen gibt's bekanntlich keine ... außerdem wären sie angesichts unserer Kontostände eher sinnlos. Der blaue Scharl ist tot, daher scheidet eine aktuelle Erpressung eher aus.«

»Chef, aber was wäre ... ich weiß, es klingt scheußlich, aber ...«

»Verena, spuck's aus! Keine Rücksichtnahme! Aber?«

Planner holte tief Atem. »Was wäre, wenn sehr wohl der blaue Scharl hinter all dem stecken würde? Aber da er und einige der Raubritter inzwischen tot sind, weiß vielleicht niemand mehr, wo Delia gefangen gehalten wird.«

Halb schüttelte heftig den Kopf. »Nein! Ich bin fast sicher, dass wir es diesmal mit ›Läus' und Flöh'‹ zu tun haben, also mit zwei unabhängigen Grauslichkeiten, die nur zufällig zur gleichen Zeit am gleichen Ort auftreten. Zum einen die Raubritter-Überfälle mit allen ihren Gewalttaten, zum anderen die ›1993er-Mordserie‹ beziehungsweise Mordversuche – Olliau, Rudolfer, Poller und ...«

»Nein, Chef! Zumindest gibt es einen gemeinsamen Angelpunkt – Wojciechowski. Schade, dass du ihn bis zur Bewusstlosigkeit gewürgt hast. Wobei ... das ist jetzt nur ein leiser Vorwurf – allerdings nicht aus moralischen Gründen, sondern weil er ohnehin ein zu harter Brocken wäre, um uns mit einem Geständnis und weiteren Detail-Informationen zu erfreuen.« Normalerweise hätte Mayers grobe Sichtweise Halb zu einer Rüge verleitet, aber heute nickte er nur und spann den Faden weiter.

»Stimmt, laut den Kollegen von der Suchtmittelkriminalität soll er die Autobombe gebaut haben, die Olliau getötet hat. Jetzt stellt sich die Frage, ob von diesem Opfer

eher eine Tangente ins Drogenmilieu oder eine ins Jahr 1993 zurückreicht.«

»Vielleicht beides, Chef? Vielleicht sollte Olliau ... vielleicht sogar Rudolfer ... aufgrund irgendwelcher Drogen-Rivalitäten aus dem Weg geräumt werden. Dabei ist der Täter oder die Täterin rein zufällig auf ein wesentliches Detail von vor 21 Jahren gestoßen, das ihn – oder sie – dazu bewogen hat, umgehend weiter zu töten beziehungsweise töten zu lassen?« Verena warf einen fragenden Blick in die Runde, den Toni gewissermaßen auffing.

»Das würde aber wiederum bedeuten, dass Braun mit der ganzen Geschichte im Grunde nur insofern zu tun hätte, dass er sie zu einem Jahrhundertraub – des von Bumbach'schen ›Pferdebuchs‹ – ausnützen wollte. Weil laut Lisa Poller sei er 1993 weder in das Verschwinden von Segofina, geschweige denn in die Gewaltorgien dieses Kurt Worschak involviert gewesen. Und mit Drogen hatte der wohl auch nichts am Hut.«

»Ingeniöhr, was wissen wir eigentlich über diesen Worschak?«

»Nichts, Chef. Natürlich hat uns Toni von eurem Spitalsbesuch bei Poller berichtet, worauf wir gestern noch diesen Namen durch alle Datenbanken gejagt haben. Ziemlich ergebnislos, weil der seine Verbrechen in der Antike verübt hat und ...«

»Wie bitte?«

»Er stammt aus dem prädigitalen Zeitalter. Und daher gibt es seit den Papierakten-Zeiten keine neuen Infos. Worschak, allgemein nur ›Worsch‹ genannt, galt schon länger als gemeingefährlicher Zuhälter. Zu viele Drogen, zu wenig Hirn. Aber irgendwie ist er immer davongekommen. Bis zu dem Tag im August 1993, an dem er eines seiner ›Pfer-

derln‹ mit einem Messer richtiggehend ›geschnitzt‹ hat, sodass er kurz darauf hätte verhaftet werden sollen. Aber da war er bereits weg. Wohin auch immer, er hatte sich rechtzeitig abgesetzt.«

»Vielleicht hat er dort weitere ›Edelmänner‹ für seine Robin-Hood- und Richard-Löwenherz-Leidenschaft gefunden.« Selbst jetzt konnte sich Wilt ein breites Grinsen nicht verkneifen.

»Edelmänner? Robin Hood? Richard Löwenherz? Toni, du sprichst in Rätseln.«

»Aber Chef, das habe ich dir gestern … oder nicht? Möglich, dass ich ein paar Details versehentlich ausgelassen habe, als ich dir die Kurzfassung meines Gesprächs mit Frau Poller geboten habe. Also des Teils unseres Gesprächs, als du draußen …«

»Danke, Toni, ich kann mich nur allzu lebhaft erinnern. Bitte, erinnere dich noch einmal ganz genau, ob du mir nicht vielleicht noch weitere Details vorenthalten haben könntest. Abgesehen von den seltsamen historischen Vorlieben dieses Herrn Worsch.«

Wilt dachte kurz nach. »Nein, sonst nix. Oder doch! Na ja, ein winziges Detail. Frau Poller hat ganz nebenbei erwähnt, dass die Eltern dieser verschwundenen Sozialarbeiterin …«

»Der Sizilianerin, Frau Segofina?«

»Genau. Dass deren Eltern wegen ihrer besonderen Liebe zum Meer ihrer Tochter die Vornamen Bianca Azzurra, also ›die weiße blaue‹, gegeben hätten.«

»Zum Meer? Das Wort habe ich heute schon einmal gehört. Dann hat er doch ›Meer‹ und nicht ›mehr‹ gemeint.« Beinahe konnte man hören, wie sich in Halbs Hirn die »Denk-Zahnräder«, wie er sie gerne nannte, zu bewegen begannen.

»Meer? Ah ja, tatsächlich. Die erste Silbe, die dir Braun gerade noch ins Ohr hauchen konnte. »Meer, fina, falschese«. Und du meinst, dass ...« Verena unterbrach sofort, als ihr Chef loszusprudeln begann.

»Und was wäre, wenn Braun nicht ›falschese‹, sondern ›falsche Se‹ gemeint hätte ... und leider gestorben wäre, bevor er das zweite Wort vollendet hätte? Also zuerst das Wort ›falsche‹, dann eine Pause und danach die Silbe ›Se‹.«

»Und was sollte das heißen?«

Halb zögerte, setzte zum Sprechen an, unterbrach noch einmal, holte tief Luft, um sich Wort für Wort abzuringen. »Es ist zwar ... unwahrscheinlich spekulativ und komplett verrückt, aber ... was wäre, wenn er uns vor einer ›falschen Bianca Azzurra Segofina‹ warnen wollte. Nehmen wir an, dass er gespürt hätte, er hätte nur mehr ein paar Sekunden zu leben. Da hätte er logischerweise noch so viel wie möglich herauspressen wollen. Noch dazu war er bereits verwirrt, daher hat er einiges durcheinandergeworfen, bevor er es mir ins Ohr gehaucht hat. ›Meer‹ für die Vornamen Bianca Azzurra, ›fina‹ statt ›Segofina‹. Und ›falsche Se‹ ...«

»... stünde für ›falsche Segofina‹! Aber diese Frau ist seit 21 Jahren wie vom Erdboden verschluckt! Und warum sollte sie gerade jetzt wieder auftauchen und wie eine Rachegöttin eine Spur des Todes hinterlassen? ... verzeih, Chef, ich wollte nicht ...«

»Ist schon gut, Verena. Das müssen wir sie wohl selber fragen. Das können wir aber erst, wenn wir sie haben. Und wir werden sie erst haben, wenn wir überhaupt wissen, hinter welcher Identität sie sich inzwischen verbirgt. Auf jeden Fall würde es wenigstens das Geheimnis der mysteriösen Bank-Aktivität klären.«

Der Ingeniöhr schaltete als Erster. »Stimmt. Wenn ich mich richtig entsinne, hat sie im September 1993 diesen einen hohen Betrag auf ein Konto einer Offshore-Bank überwiesen, das nur für diese eine Transaktion eröffnet worden war. Aus jetziger Sicht könnte die Summe das Startgeld für ihren Geliebten Worschak gewesen sein, um sich an seinem Fluchtort ein neues berufliches Umfeld – welches auch immer – schaffen zu können. Und um unsere damaligen Kollegen von der Zielfahndung nicht auf seine Fährte zu locken, hat sie deswegen dieses ›Konto-auf, Konto-zu‹-Spiel auf einer möglichst anonymen Bank durchgezogen.«

»Toni, wie genau hat dieser Worsch geheißen. Ich weiß, du hast es vorhin erwähnt, aber ich war wohl etwas …«

»Kein Problem, Chef. Worschak, Kurt Worschak. Warum?«

»Weil … nein, das ist unmöglich! Andererseits …« Halbs Reden glitt in ein Gemurmel ab, das seine »Teamlinge« nur allzu gut aus den Situationen kannten, in denen ihr Chef voll in seine »Genialitäts-Gefilde« eintauchte.

»Nein!« Offenbar war ihm Toni auf diesem »Tauchgang« gefolgt, zumindest schrie er diese eine Silbe vor Erstaunen aus sich heraus. »Chef, meinst du wirklich?«

Halb nickte so heftig, dass ein leises Knacksen seiner Halswirbelsäule zu hören war. »Falls mich Braun vor einer falschen Bianca Azzurra Segofina warnen wollte, vermutlich davor, dass sie unter falschem Namen zurückgekehrt sei. Und falls Frau Poller nichts durcheinanderbringt … und unsere ›Antik-Akten‹ nicht irren, gab es zur Zeit von Frau Segofinas seltsamer Überweisung sowie ihrem Verschwinden einen gefürchteten Zuhälter und Gewalttäter namens Kurt Worschak, dem Frau Segofina in inni-

ger Liebe zugetan gewesen sein soll. Da läge es doch nahe, sich aus ›seinen‹ Buchstaben einen neuen Familiennamen zu basteln. Ein Anagramm also … wenn auch ein schlampiges.«

»Und aus ›Kurt Worschak‹ würde wie Phönix aus der Asche Frau ›Kurtschak‹ auferstehen! Genial, Chef!« Beinahe hätte der Ingeniöhr Beifall geklatscht.

»Mehr noch! Worschak liebte Robin Hood, Segofina liebte Worschak, daher … Vorname ›Marianne‹, Firma und Parfum ›LadyMarian‹!« Diesmal war Verena vom Geistesblitz getroffen worden.

»Ausgezeichnet! Da war noch was … nur komm ich grad nicht drauf. Mein Hirn ist wie ein überhitzter Motor, aber ich kann es jetzt nicht abdrehen und auskühlen lassen. Toni, erinnere dich an das Essen mit Frau Kurtschak. Da lag irgendwas am Tisch, das mir in meinem hintersten Denk-Eckerl keine Ruhe gibt. Was?«

»Ein Lippenstift, daneben ein kleiner Spiegel. Außerdem Papierln … ein Notizblock, mehrere Kugelschreiber, Brillen …«

»Das war's!« Halb klang beinahe begeistert. »Mehrere Brillen! Und eine davon hab ich als Lupe missbrauchen wollen, um die winzigen Buchstaben auf der Speisekarte zu entziffern. Deshalb hab ich mir eine davon gegriffen … und mich gewundert, weil nur Fensterglas drinnen war. Und das wiederum passt zu einem Detail, das mir Delia erzählt hat. Die 1993er-Segofina sei so eitel gewesen, dass sie sich Brillen ›quasi als Gesichts-Accessoire‹ gekauft habe. Genau, das waren ihre Worte.« Halb zögerte kaum merklich, bevor er konzentriert fortsetzte. »Noch etwas lag am Tisch. Ein großer Schlüsselbund mit Anhänger, einem Wassermann aus Silber. Und Frau Segofinas Geburtsdatum …«

»Ist der 17. Februar 1960. Ich hab's mir gemerkt, weil genau an dem Tag meine Lieblingstante Anna geboren ist. Im Sternzeichen des Wassermann.« Wilt hatte mit seinem Einwurf keine Sekunde gezögert.

Vorsichtig räusperte sich der Ingeniöhr. »Schön und gut, aber das wäre kein Beweis dafür, dass Bianca Azzurra Segofina und Frau Kurtschak ein und dieselbe Person sind. Weil Wassermänner-Frauen gibt es sicher viele auf der Welt.«

Halb nickte zustimmend. »Sicher! Aber wenn wir alles zusammen nehmen. Außerdem hätte ich sogar noch ein ... etwas griffigeres Überführungs-Detail anzubieten. Glaubt ihr, dass sich Braun Kurtschak jemals mit seinem Vornamen ›Karl‹ vorgestellt hat?«

Verena schnaubte erbost. »Nie und nimmer! Lieber hätte der sich auf die Zunge gebissen, denn als gewöhnlicher Karl und nicht als ach so besonderer Tassilo von Oldenharth-Braun durch sein neues Leben zu stolzieren. Wieso?«

»Weil beim mittäglichen Plaudern Frau Kurtschak über Braun per ›der Karl‹ gesprochen hat. Woher sollte sie seinen einst üblichen Vornamen kennen, wenn nicht aus den alten Zeiten? Nur ...« Plötzlich begann Halb wieder in die Verzweiflung abzugleiten und unverständlich vor sich hin zu flüstern.

»Chef! Wir haben's fast geschafft! Noch einmal scharf nachdenken, wo Kurtschak Delia festhält, das Einsatzkommando alarmieren und ...«

»Aber vielleicht ist alles falsch, Kurtschak keine rächende Segofina und Delia ... zu spät!« Halb war kaum zu verstehen, er stieß die Silben einzeln hervor.

»Warum?«

»Weil Kurtschak alles, nur kein Zwutschkerl ist! Delia, Lisa Poller, vermutlich auch Olliau und Rudolfer – sie alle haben Segofina als Zwutschkerl bezeichnet, aber Kurtschak ist weder klein noch zart noch schwach! Kein Zwutschkerl, sondern das Abbild einer germanischen Kriegsgöttin. Mit einem Donnergrollen als Stimme. Das passt einfach nicht zusammen. Und deshalb …«

»Es sei denn …«, vorsichtig tastete Wilt sich Wort für Wort vor. »Denk an mein ›Hänschen klein‹ und dein ›Halberter‹. Ohne seine 1,98 Meter und seine imposante Schulterbreite hätte Johannes Albert nie diese Spitznamen bekommen. Was wäre, wenn …«

»Das lässt sich leicht überprüfen.« Diesmal fand Halb sofort sein Handy. »Halb hier, Ludwig Halb. Entschuldigen Sie die Störung, Frau Poller, aber es ist unbeschreiblich wichtig! Ihr Zwutschkerl, also Frau Segofina, war die tatsächlich klein, zart und … nicht? Dass das rein ironisch gemeint war, muss einem erst gesagt werden! … So gar nicht dem Klischee einer Sizilianerin entsprechend? … Eine Figur wie ein Olympiasieger im Gewichtheben! Und eine Stimme wie ein Reibeisen! Frau Poller, Sie sind einfach die Beste und … wie bitte? Sicher? Ja, ich schwör's, Sie erfahren's als Erste! Und … Danke!« Als Halb sein Handy sinken ließ, war wieder etwas Glanz in seinen Augen. »Ihr habt es gehört! Soeben ist ihr wieder eingefallen, woher sie den Mann in Delias Stiegenhaus kannte, den mit dem komischen Räuspern. Auch der war … Segofina.«

»Schön, aber wo? Wo hält sie Delia gefangen? Wo will sie sie …«

»Verena, das weiß ich jetzt! Toni, du fährst. Zur Burgruine Schwarzham!«

Noch während Wilt wendete, riss der Ingeniöhr die

Autotür auf. »Wartet's! Verena, du kommst mit mir ins Hotel. Wir sind in zwei Minuten wieder da.«

Als die beiden nach drei Minuten zurückkehrten, schoben sie einen der Hotelhallen-Koffertrolleys schwer beladen vor sich her und hievten fünf knallrote Zylinder stöhnend in den Kofferraum.

FREITAG, 6. JUNI 2014, 17.25 UHR

Die Szene, die sich ihnen bot, war je nach Blickwinkel bestens für Freunde moderner Architektur, Verehrer surrealen Geschmacks oder für Horror-Freaks geeignet. Kurtschak hatte nicht übertrieben, ihre Fabrik atmete pure Zukunft – Glas, Stahlträger und Sichtbeton bildeten sich zu einem Symbol nobler Gerüche. Aber unmittelbar daneben schien die Zeit über Jahrhunderte stehen geblieben zu sein. Wand an Wand mit der letzten Produktionshalle gähnten die grau-schwarzen Überreste einer einstmals stolzen Festung, deren verbliebenes Mauerwerk sich um einen Innenhof von beachtlichen Dimensionen gruppierte. Und in dessen Mitte …

»Delia!« Wenn ihn seine »Teamlinge« nicht zurückgehalten hätten, wäre Halb wie ein wilder Stier auf den kunst-

voll aufgeschichteten Scheiterhaufen zugestürzt, ohne Kurtschak und ihre Waffen im Geringsten zu beachten.

»Nein, so was! Der Herr Hofrat mit seinen Polizei-Sklaven. Kompliment, ich hätte nicht erwartet, dass Sie mein kleines Verwirrspiel aus alten Qualen und frischen Morden so schnell lösen können.«

»Zu viele Fehler, Frau Kurtschak! … oder wünschen Sie lieber mit ›Signora Segofina‹ angesprochen zu werden?«

Kurtschak stieß einen wüsten Schrei aus, der von den Steinmauern unheimlich widerhallte. »Segofina ist tot! Verrottet in einem thailändischen Gefängnis. Verwest wie ihr ungeborenes Kind, das die Schläge, das verfaulte Trinkwasser, das verdorbene Essen … alles nicht mehr ertragen konnte!«

Eine Sekunde empfand Halb Mitleid mit der Furie vor ihm, aber dann nahm er die brennende Fackel in ihrer rechten und die Maschinenpistole in ihrer linken Hand erst richtig wahr. Und Delia, leblos und gefesselt an einen Pfahl, der mitten aus dem Scheiterhaufen ragte.

Nein, mit Wut würde er nicht weiterkommen. Mühsam versuchte er, sein Wissen unzähliger Deeskalations-Seminare umzusetzen.

»Das tut mir entsetzlich leid. Ich nehme an, Sie sind in diese Hölle geraten, als Sie Ihren Geliebten … was eigentlich? Besuchen oder gar befreien wollten? Er war nach Thailand geflüch… gereist, um den falschen Beschuldigungen zu entgehen, oder?«

Wieder schrie Kurtschak – es klang, als ob sie die Verachtung aller vergangener Jahre auf einmal ausspucken wollte. »Jetzt tun Sie nicht so, als ob Sie mich irgendwie verstehen würden! Selbst wenn Sie's wollten – Sie könnten es nicht! Ein ehrbarer Vasall dieser Gesellschaft, die gestrauchelte

Menschen wie meinen Kurti einfach zum Abschuss frei geben. Wenn junge Frauen auf die schiefe Bahn gerieten, da brach das große Wehklagen aus … das weiß ich nur allzu gut, ich Idiotin war jahrelang Teil dieser Heulsusen-Partie. Aber kaum ließ sich ein echter Mann nur ein ganz klein wenig gehen – ein Mann, der mehr Männlichkeit im kleinen Finger hatte als die allermeisten in …«

»Und warum ist Herr Worschak überhaupt ins Gefängnis gekommen? Sie haben ihm doch mit ihrer großzügigen Überweisung im September 1993 liebevoll unter die Arme gegriffen, um ihm in Thailand den Aufbau einer neuen Existenz zu ermöglichen. Ist Ihr Geld nicht angekommen?«

»Wenn Kobras lächeln« – einen Wimpernschlag lang war Halb sicher, dass aus Kurtschaks Mund gleich eine gespaltene Zugen herausschösse, aber trotz ihres starren Blicks sprach sie normal weiter. »Ach, das wissen Sie auch? Mir scheint, Sie sind wirklich so gut wie Ihr Ruf. Schade, dass jemand wie Sie mit jemandem wie ihr … höchstens eine flammende Zukunft gemeinsam haben wird.«

»Frau Kurtschak, jetzt spannen's uns nicht auf die Folter! Ja, vom Geld wissen wir! Aber warum ist es nicht angekommen, warum ist Ihr Geliebter auch in Thailand so ungerecht behandelt worden?« Während Wilt und Mayer Halb dezent von hinten festhielten, hatte sich Planner in den Vordergrund geschoben.

»Manchmal war mein Kurti ein bisserl ein Dummian!« Kurtschaks Stimme schwankte zwischen bebendem Gebrüll und Kinderlachen, auch ihre Mimik schien immer mehr zu entgleisen. »In Wien hatte er immer brav die Finger von den Drogen gelassen. Also, zumindest vom Handel. Aber in Thailand wirst du unentwegt in Versuchung

geführt. Dort bieten sie dir das traumhafteste Heroin mitten auf der Straße an! Um kein Geld! Logisch, dass mein Kurti schwach geworden ist und für uns eine Zukunft im Export-Import gesehen hat. Aber sie haben ihn am Flughafen erwischt. Nicht nur lebenslänglich, nein! Hinrichten wollten sie ihn! Das ging nicht! Also bin ich hin und habe all mein Erspartes ... ich hatte gelesen, dass die Beamten dort so elend verdienen, dass sie bei entsprechenden Summen schon einmal ein Auge zudrücken würden. Aber nein, ihn haben sie ins dreckigste Loch gesperrt. Und mich ... wegen Bestechung! Zehn Jahre. Nach acht haben sie mich rausgelassen.«

»Aber Sie haben überlebt! Das war eine großartige Leistung! Warum sind Sie nicht nach Österreich zurückgekehrt und haben ...«

Kurtschak richtete die Maschinenpistole auf sie und trat einen Schritt näher zum Scheiterhaufen. Ihre Fackel war nur Zentimeter von den Holz-Scheiten entfernt. Ihre Stimme war eiskalt. »In ein Land, das sich weder um einen eigenen Staatsbürger noch um eine Bürgerin eines Nachbarlandes, die sich aber über Jahre für Österreich den Buckel krumm geschuftet hatte ... in ein Land, das sich um die beiden keinen Dreck geschert hat, als sie in der Hölle schmorten, in so ein Land sollte ich zurückkehren? Ich, der ich nicht mehr ich war? Kein ›wer‹, sondern ein ›was‹! ... ein Wrack! Und ein Wrack kehrt nicht zurück, es sinkt. Aber manchmal erheben sich vom Meeresgrund Geisterschiffe, die in der Dunkelheit leuchten, aber bei Licht unsichtbar sind. So ein Schiff ... wurde Marianne Kurtschak.«

»Eine wunderbare Symbolik! Kurt Worschak und Robin Hood, Marianne Kurtschak und ihre ›LadyMa-

rian‹. Sie müssen ihn unendlich geliebt haben. Aber vielleicht sind Sie gerade wegen dieser großen, tiefen Gefühle nach Österreich zurückgekehrt, um hier zu beweisen, wie sehr man Ihrem Kurt Worschak Unrecht getan hat?« Halb hatte sich wieder so weit im Griff, dass er Kurtschaks Drohgebärden gerade noch mit seinem Kamillentee-Honig-Tonfall abfangen konnte.

Kurtschak lächelte unendlich traurig. »Wissen Sie, Herr Hofrat, vor 18 Jahren wollte das Geisterschiff Marianne Kurtschak einzig und allein weg! Von überall nur weg. Von Thailand, von der Welt, von sich selbst. Auch hierher war es nur zum Vergessen zurückgekehrt. Aber vergessen kostet Geld, viel Geld. Und da bot es sich an …«

»… Ihre Kenntnisse der thailändischen Sprache, Kultur und Ihre Kontakte im Sinne Ihres Geliebten zu nützen und seinen ›Import-Export‹-Traum umzusetzen. Nicht wahr? Und … jetzt muss ich raten, aber ich nehme an, dass Sie anfangs den thailändischen Lavendel nur als Tarnung für das Heroin importiert haben, um eventuelle Suchhunde zu täuschen. Aber wie das Leben manchmal so spielt, haben sich im Lauf der Zeit Ihre legalen Geschäfte besser und besser entwickelt. Ganz die ›Money woman of the year‹, die in Ihnen steckt, haben Sie sukzessive expandiert. Und um kein Misstrauen zu erzeugen, mussten Sie sich wie eine ›toughe‹ österreichische Geschäftsfrau geben … und unter Ihresgleichen zu einigen Treffen diverser Wirtschaftsverbände gehen. Korrigieren Sie mich, aber …«

Kurtschak kicherte vor sich hin. »Nein, nein, Herr Hofrat, Sie haben wieder Recht. An so einem Abend traf ich den blauen Scharl wieder. Zuerst hat mich beinahe der Schlag getroffen … was macht der hier? Wie bitte, der Geschäftsführer vom GREHTTA, Tassilo von Olden-

harth-Braun … mich hat's vor Lachen fast zerrissen. Aber als er keine Reaktion gezeigt hat, habe ich innerlich tief durchgeatmet und mir gedacht – auch gut. Das war mein dümmster Fehler seit langem! Natürlich hatte er mich erkannt. Vier Wochen später ist er mit seiner schwachsinnigen Idee gekommen. Dieses Pferdebuch wolle er haben, dieser Bumbach sei ohnehin nur ein Trottel, der geradezu darum bettle, bestohlen zu werden. Den großen Plan mit den Überfällen habe ich entwerfen dürfen. Wenn er mich wenigstens ab da in Ruhe gelassen hätte. Aber nein, er wollte immer mehr! Zuerst nur immer mehr ›mitarbeiten‹ – so hat er das genannt. Eine Zeit konnte ich ihn damit beschäftigen, sich ein Versteck für die Pferde auszudenken – er hat elend lange dafür gebraucht. Bevor sie endlich im GREHTTA verborgen waren, haben wir sie in diesem Bahnhof, diesem ›Mittn'drin‹, stehen gehabt. Herrlich einsam, dort hat nie auch nur ein einziger Fremder vorbeigeschaut. Wobei, die Idee, die Tiere von dort mit dem Zug jeweils möglichst nah an den Tatort heran und wieder zurück zu bringen – glauben Sie mir, die Idee war meine! Dieser blöde Braun, nichts hat er zusammen gebracht! Zuerst nur geredet, heiße Luft, sonst nix! Aber dann wollte er immer mehr Geld von mir … nein, nicht für ihn persönlich, sondern für die Vorbereitung seines blödsinnigen Diebstahls. Der Idiot hat tatsächlich geglaubt, für dieses weltberühmte Kunst- und Wissenschaftswerk einen internationalen Käufer zu finden. Egal, über Tote soll man nur Gutes reden … was mir allerdings schwerfällt.« Kurtschaks kehliges Lachen hätte jedem Horrorfilm zur Ehre gereicht.

»Was Braun nicht wusste – ich hatte natürlich mehrere Ideen, wie ich die Raubritter-Überfälle zusätzlich nützen

könnte. Um ihn zu töten … eh klar. Außerdem bot sich lustigerweise ein Auftragsmord an – einer der GREHTTA-Gäste war seinem Geschäftspartner im Weg. Allerdings … ein Mord allein, das geht nicht! Natürlich musste ich meinen Auftraggeber vor jeglichem Verdacht schützen, weshalb ich Wojciechowski beauftragt habe, noch wen abzuknallen, damit es wie ein ›Unfall‹ im Zuge des Raubes aussehen wollte.«

»Und den hatten Sie über Braun kennengelernt?«

Wieder klang Kurtschaks Lachen wie eine Detonation aus den Tiefen ihres gewaltigen Bruskorbs. »Um Gottes willen, nein! Von so einem Trottel, wie Braun einer war, hätte ich nur andere Trottel vorgestellt bekommen. Nein, meinen Wojci habe ich schon vor Jahren kennen und – auf verschiedenen Ebenen – schätzen gelernt. Ein zuverlässiger Mann! Wie ich ihm das Raubritter-Szenario vorgeschlagen habe, war er sofort begeistert. Was mich sehr glücklich gemacht hat! Weil meine Idee, die Überfälle quasi ins Mittelalter zu verlegen, die hätte meinem Kurti wunderbar gefallen. Und nun gefiel sie auch meinem Wojci! Männer sind eben nur zu groß geratene Kinder. Nicht wahr, Herr Hofrat?« Langsam schien Kurtschak etwas zu ermüden. Zum einen verschliff sie einige Vokale, zum anderen ließ sie die Maschinenpistole immer mehr herabhängen.

»Übrigens, Gratulation zur Idee, gleich mehrere Überfälle als ›Generalproben‹ abzuhalten. War das seine oder Ihre Idee?«

»Seine! Weil, im Grunde seines Herzens ist Wojci ein Perfektionist! Er wollte nichts dem Zufall überlassen, weshalb er …«

»Aber das dürfte nicht ganz funktioniert haben. Warum sonst wurde Stanislav Lebar umgebracht?«

Wieder spiegelte sich purer Wahn in Kurtschaks Gesicht. »Lebar, dieser Idiot! Wenn er mir was gesagt hätte ... na gut. Aber hinter meinem Rücken einen separaten Mordauftrag anzunehmen ...«

»Den Japaner, den er mit der Armbrust erschossen hat?«

»Genau! Mein Wojci hat sich zwar noch für seinen Cousin eingesetzt, aber eine solche Ungehorsamkeit konnte ich nicht tolerieren.«

»Und daher haben Sie Lebar erschossen und im Kohlenmeiler verschwinden lassen. Pech, dass das schiefgelaufen ist, dass wir ihn zu früh gefunden haben.«

Segofina seufzte theatralisch. »Das kommt davon, wenn man nicht alles selber macht.« Langsam hob sie die Fackel. »Aber sosehr ich unsere kleine Unterhaltung genossen habe, nun, Herr Hofrat, kommen wir zu einem Ende. Um genau zu sein, zuerst für Ihre Delia, und danach ...«

»Zwei Fragen noch! Bitte, Frau Kurtschak!« Beinahe wäre Halb wieder losgestürmt, aber ein heftiges Zwicken in seinem Rücken hielt ihn gerade noch davon ab.

»Na gut, dann will ich nicht so sein. Bitte.«

»Weil wir gerade bei dem Thema waren. Die sieben Ritter ... oder, besser gesagt, acht – weil Lebar hatten Sie ersetzen müssen. Die acht hätten sich denken können, dass sie beim großen letzten Überfall im GREHTTA in eine Falle laufen? Ich meine, denen musste klar sein, dass wir von der Polizei uns Gedanken machen, wo der vierte Überfall, die ›Premiere‹, stattfindet?«

Kurtschak zuckte ungeduldig mit den Schultern. »Ach, Herr Hofrat, Sie wissen genauso gut wie ich, dass solche Leute vor Gier und gnadenloser Selbstüberschätzung ihre Augen oft gar nicht mehr aufbringen. Und wenn sie sie öffnen, sehen sie eben nur das, was sie sehen wollen. Und das

war die Beute, die wir ihnen als Belohnung versprochen hatten. So, aber Herr Hofrat … jetzt schnell noch Ihre zweite Frage, weil sonst verliere ich langsam die Geduld.«

»Warum Olliau? Rudolfer? Poller? Und jetzt …« Zu mehr als einer Geste in Richtung des Scheiterhaufens war Halb nicht imstande.

»Das fragen Sie noch?« Noch einmal ergossen sich Unmengen an Hass und Wut über die vier Kriminalisten, noch einmal brüllte Kurtschak, als ob sie auf dem Scheiterhaufen verbrannte. »Zugegeben, das Ganze hat mit einem Zufall begonnen! Olliau wollte ich ursprünglich nur wegen ihres dilettantischen Hineinpfuschens in mein Drogengeschäfts töten lassen. Wojci schlug eine Autobombe vor … da wollte ich ihm nicht dreinreden, in solchen Fragen kennt er sich besser aus. Aber! Nachdem wir Olliau losgeworden waren, fielen mir einige ihrer privaten Dokumente in die Hände. Und siehe da … ich hatte ganz vergessen, dass auch sie eine der Figuren von 1993 gewesen war. Und in dem Moment … ich kann es nicht beschreiben, es war, als ob sich noch einmal sämtliche Falltüren zur Hölle, aber auch alle Himmelstüren geöffnet hätten. Denn eines war klar! Mein Kurti war verraten worden! Niemand wusste damals, dass er es war, der diese damalige Hur' zur Vernunft gebracht hatte! Okay, vielleicht war er etwas zu grob … ich hatte ihm entsprechend Vorwürfe gemacht! Trotzdem – niemand wusste davon … außer dieser Frau selber. Und mir! Sie hätte garantiert niemandem etwas verraten – die war nicht lebensmüde. Aber ich Idiotin hab damals einen Brief auf meinem Schreibtisch … wirklich nur ganz kurz … liegen lassen, in dem er sich ausführlich entschuldigt und mir versprochen hat, so was nie wieder zu tun. Höchstens fünf Minuten … und dann hab ich

kurz hinaus müssen. Und wie ich zurückkomm, war der Brief weg. Eine Woche später wurde nach meinem Kurti gefahndet. Verstehen Sie jetzt, Herr Hofrat? Ich wusste nicht, wer ihn verraten hatte, aber es war eine von denen, die damals bei mir aus und ein gegangen sind – Olliau, Rudolfer, Schoitelmüller und wie sie alle hießen. Oder aber es konnte eine liebe Kollegin sein … wie Lisa Poller. Oder Margit Hopfner, Berenike Schopfmeyer, Anita Holl! Die müssen weg! Alle! So, aber das war's jetzt. Schreiten wir zur Tat und …« Leicht taumelnd drehte sich Kurtschak zum Scheiterhaufen. Während sie die Fackel hob und die Scheite in Brand setzte, wollte sich Halb aus der Umklammerung seiner »Teamlinge« reißen und …

Dabei bemerkte er, dass die drei zum Wagen gesprungen und aus dem Kofferraum die roten Zylinder gehoben hatten. Nun standen sie in einer Front neben ihm.

Wilt gab das Kommando. »Verena auf Delia. Ingeniöhr auf die Fackel. Ich auf den Scheiterhaufen. Chef … auf sie, aber von hinten. Und … los!«

Der Druck in den Feuerlöschern war so groß, dass der Löschschaum nicht nur das Feuer erstickte, sondern auch Kurtschak umwarf, die mit einem letzten Brüllen versucht hatte, mehr Feuer zu legen und gleichzeitig auf die vier Kriminalisten zu schießen.

FREITAG, 27. JUNI 2014, 23.10 UHR

Er hatte gar nicht gewusst, wie glücklich er sein konnte!

»Und auf das Brautpaar …« Selbst die »Hoch sollen sie leben!«-Rufe hinter ihm rissen ihn nicht aus seinem Glücks-Kokon. Als Halb auf seinen geliebten Michaelerplatz hinuntersah, hatte er das Gefühl, als ob er selbst diesen altehrwürdigen Platz umarmen und dadurch noch schöner machen könnte. Natürlich nur, während er Delia im Arm hielte.

»Ludwig! Ehrlich, ich habe noch nie einen Bräutigam erlebt, der noch vor meinen Worten ›Ja, ich will‹ gerufen hätte. Was heißt hier gerufen, mit Verlaub, gebrüllt hast du es.« Knuppa lächelte Halb etwas verlegen an, dann nahm er sich ein Glas Champagner und eines der köstlichen Sandwiches vom Buffet. »Wieso sitzt du hier im Winkerl ganz allein? Nimm dir an deiner Frau ein Beispiel, die hat sich gleich ins Treiben gestürzt und arbeitet ihr soziales Soll mustergültig Gast für Gast, Händeschütteln für Händeschütteln ab.«

Halb lächelte. »Weißt, ich bin ein bisserl müde. Glücklich müde … oder müde glücklich? Egal! Die zwei Schnitzel, die mir die Frau meines Vorgesetzten … du hast Hofrat Straka vorhin kennen gelernt, nicht wahr? Also, die zwei Schnitzel, die sie mir zur Feier des heutigen Tages mitgebracht hat, die haben mich ein wenig … glücklich müde eben gemacht. Übrigens, wo ist denn der Herr Hassan? Ich hab dich extra gebeten, ihn und einige deiner Schützlinge mitzubringen. Ohne seine Hilfe säßen wir heute wohl kaum hier.«

»Er und die anderen lassen euch alles Gute wünschen! Aber sie haben gemeint, dass sie nicht so ganz … also, wie soll ich sagen … eben hierher passen.«

Jetzt war es an Halb, verlegen zu lächeln. »Das wird sich hoffentlich bald ändern. Überhaupt fehlen heute einige, die wir bei unserer Hochzeit sehr gerne dabeigehabt hätten. Korbers sind auf Urlaub. Und der ›Halberte‹ jettet wieder einmal irgendwo in der Weltgeschichte herum, aber sein Geschenk … nicht von schlechten Eltern. Hast du's dir angeschaut?«

Bereits auf der zweiten Seite erbleichte Knuppa. »Mein Gott, das sind …«

»Genau! Albert hat im GREHTTA zahlreiche Kameras anbringen lassen, ohne den blauen Scharl darüber zu informieren. Und dann hat er die dramatischsten Überfall-Fotos in diesem Album zusammengestellt. Allerdings nur die jugendfreien. Die mit den Leichen …«

»Leichen? Nicht schon wieder! Nicht heute, nicht hier!« Seine »Teamlinge« waren inzwischen wieder komplett, nachdem Schwejk vorgestern das Krankenhaus verlassen hatte.

»Monsignore, bitte, wir wollen Sie nicht vertreiben. Aber …«

»Ja?«

Der Ingeniöhr grinste unverschämt. »Wir wissen nicht so genau – haben Sie als Mann der Kirche eine besonders niedrige oder besonders hohe ›Schreck-Schwelle‹? Weil wir würden gerne die lauschige Gelegenheit nützen, um noch letzte Fragen …«

»Das kommt aber gar nicht in Frage, dass ihr meinen Mann an unserem Hochzeitstag mit Fragen bombardiert.« Mit elegantem Schwung setzte sich Delia an die Seite ihres Mannes.

»Doch, o du mir angetraute göttliche Gemahlin. Die dürfen das! Aber … warum seid ihr eigentlich g'rad jetzt so neugierig?«

Offenbar hatten sich Verena, Schwejk, Toni und der Ingeniöhr vorher abgesprochen, wer als Rädelsführer auftreten sollte. »Weil ich so lange im Spital war … und weil du in den letzten Tagen einige Gespräche mit Frau Segofina-Kurtschak geführt hast … und weil ihr ab Montag unvorstellbare drei Wochen auf Hochzeitsreise seid. Da würde uns unsere Neugier umbringen, bis ihr wieder zurück seid. Und deshalb …« Schwejk lächelte entschuldigend.

»Was wollt's denn wissen? Also, von uns beiden wissen.« Demonstrativ zog Halb Delias Sessel näher zu seinem.

»Na ja, ich hoffe, Monsignore, Sie haben noch nicht allzu viel gegessen. Weil die Frage, die uns vier … ich möchte nicht sagen, dass sie uns auf der Zunge brennt, aber …«

Halb begriff sofort. »Warum diese Wahnsinnige ihren Rachefeldzug wortwörtlich mit flammender Inbrunst geführt hat? Ganz einfach – ihr heiß geliebter … nein, vielleicht sollte ich das nicht so formulieren. Ihr geliebter Kurt Worschak war bereits vor seiner Hinrichtung bei einem Gefängnisbrand ums Leben gekommen. Deshalb die Brandopfer! Und an Delia wollte Segofina-Kurtschak ein besonderes Exempel statuieren, weil sie sich immer mehr in die Idee verrannt hatte, dass Delia den Brief gestohlen und ihren Kurti der Polizei – das heißt auch mir – verraten hätte. Und zwar deshalb, weil diese Irre uns beiden unterstellt hat, schon 1993 ein Paar gewesen zu sein. Was zwar ein völliger Blödsinn ist, aber Tatsachen haben Verrückte bekanntlich noch nie sonderlich beeindruckt. Und

wie sie dann Poller bei Delia im Stiegenhaus … apropos, wo ist denn deine Trauzeugin?«

»Nach Hause gegangen! Weil sie ›ganz bei sich‹ sein und nicht im Geringsten durch irgendwelche Schmerzmedikamente ›daneben‹ sein wollte, hatte sie heute keines ihrer Medikamente genommen. Mit dem Effekt, dass sowohl das Gipsbein sowie etliche andere Verletzungen bald heftig zu schmerzen begonnen haben. Sie lässt dich ganz lieb grüßen!«

»Ich werde mich morgen telefonisch bedanken. Wo war ich?«

»… bei Delia im Stiegenhaus …«

»Genau! Als sie Poller bei Delia sah, war Kurtschak endgültig überzeugt davon, dass eine von ihnen die Verräterin sein musste. Als Poller gegangen war, sei sie umgehend hinauf zu Delias Wohnung. Und dann …«

»Na ja. Kaum, dass es geläutet hat, habe ich mit den Worten ›Hast du was vergessen?‹ aufgemacht. Dann habe ich nur mehr eine Nadel im Arm gespürt … und das war's mit meiner Erinnerung, bis ihr mich vom Scheiterhaufen heruntergeholt habt.« Delia lächelte ganz unbefangen, als ob es das Normalste von der Welt wäre, beinahe verbrannt worden zu sein.

»Und obwohl Kurtschak Braun gehasst hat, hat sie ihm gesteckt, dass Delia … also, ich meine, dieses Detail aus Delias Vergangenheit?« Als Verena begriff, dass Monsignore Knuppa vielleicht nichts über das einstige Vorleben der Braut wüsste, begann sie zu stottern.

Knuppa grinste unverschämt. »Wissen Sie, im Brautunterricht herrschte absolute Offenheit zwischen Ludwig, seiner zukünftigen Frau und mir. Daher bin ich sehr wohl über die kurze dunkle Zeit in den jungen Jahren der

heutigen Frau Halb, geborene Schoitelmüller, informiert. Oder, meine Lieben?«

»Durchaus, durchaus.« Jetzt war es am Brautpaar, leicht anzüglich zu grinsen. »Verena, um auf deine Frage zurückzukommen – so richtig ›gesteckt‹ hatte Segofina-Kurtschak es dem blauen Scharl nicht, aber sie hatte sich unvorsichtigerweise verplappert. Und blöd, wie er war, wusste er natürlich nichts Besseres, als es mir um die Nase zu reiben.«

»Jetzt bin aber ich an der Reihe!« Ganz gegen seine Gewohnheit schob sich Wilt in den Vordergrund. »Chef, hast du inzwischen herausgefunden, wer den Brief von Zwutschkerls Schreibtisch gestohlen hat? Ihr wisst, Worschaks Brief, in dem er ihr die Misshandlung dieser Prostituierten gebeichtet, sich dafür sogar entschuldigt hat. Den Brief, den sie höchstens fünf Minuten aus den Augen gelassen haben will. Eine der Klientinnen? Oder gar eine ihrer Kolleginnen?«

Halb schüttelte wehmütig den Kopf. »Dank Frau Pollers Leidenschaft für ihre Tagebücher wissen wir inzwischen, dass damals der blaue Scharl erstaunlich oft wegen irgendwelcher Aussagen zu Gast bei den Sozialarbeiterinnen war. Er war zwar immer in Polizei-Begleitung, aber es wäre denkbar, dass er …«

Knuppas Seufzen übertönte alle anderen. »Was für eine böse Ironie!«

»Und eine letzte Frage«, begann der Ingeniöhr nach kurzem Zögern, »wenn auch eine grausliche. Aber sie beschäftigt Verena und mich sehr, weil immerhin sind wir bei der Explosion von dieser ›Mitt'ndrin‹-Bahnstation fast umgekommen. Warum hat sie denn die sprengen wollen? Die Leiche von Rudolfer hätte die Wahnsinnige auch anders verbrennen können?«

Mit einem Mal war jegliches Lächeln aus Halbs Gesicht verschwunden. »Nicht die, sondern der Wahnsinnige. Es war Wojciechowski, der von Segofina-Kurtschak den Auftrag erhielt, Rudolfers Leiche zu verbrennen. Als ›wahnsinnig‹ großer Fan von Explosionen dachte er, wenn er die Leiche im Bahnhof deponieren und ihn dann in die Luft jagen würde, hätte er zwei Fliegen mit einem Schlag getroffen. Zum einen dem Wunsch seiner Auftraggeberin entsprochen, zum anderen alle Spuren beseitigt. Dass ihr zwei beinahe draufgegangen wäret, war – so brutal das klingt – reiner Zufall. Und damit ...«

»... wünschen wir dem Brautpaar alles erdenklich Gute und eine wunderschöne Hochzeitsreise! Auf euch!« Knuppa erhob das Glas als Erster, und alle fielen in den Chor aus Gläserklirren und Glückwünschen ein.

Als Ludwig und Delia Halb spät in der Nacht vom Michaelerplatz über den Kohlmarkt zum Graben, weiter über den Stephansplatz und die Rotenturmstraße zum Donaukanal spazierten, spürte er es in ungeahnter Intensität.

Er war öfter sehr glücklich gewesen.

Aber jetzt war er ... waren sie ganz glücklich!

Ganz Halb!

DANKESWORTE

Hofrat Halb liebt ganz besonders seine Delia, aber auch seine Umgebung, seine Rituale, seine Reserve-Enkel, sein Team, seinen Vorgesetzten … eben Vertraute und Vertrautes.

Und dann das! »Auge um Auge, Mord um Mord« – sein fünfter Fall erscheint in einem für ihn neuen Verlag! Und siehe da, Hofrat Halb fühlt sich auch diesmal pudelwohl.

Ganz besonders liegt das an der wunderbaren Betreuung durch das Team des Gmeiner-Verlags, allen voran Claudia Senghaas und meine Lektorin Anja Kästle, die mit charmant-humorvoller Präzision manch hofrätliche Ungenauigkeit zurechtrückt.

Aber auch sein Wien-Team half – und hilft – Hofrat Halb immer wieder, trotz aller Dramatik der liebenswürdig-kluge Genießer zu bleiben, der er seit der ersten Szene war.

MMag. Volker Hornberg zum Beispiel regt mit seiner Wissens-Fülle immer wieder den »ebenfalls-Juristen« Hofrat Magister Ludwig Halb an, doch bitte schön auch auf dem Boden der Rechtswissenschaften zu bleiben.

Alexandra Wondrak wiederum hat mit ihrer profunden Kenntnis der sozialarbeiterischen Situation wesentlich dazu beigetragen, dass Delia ihre Vergangenheit hinter sich lassen und somit das »junge Glück« endlich seinen gemeinsamen Weg finden kann.

Und ohne meine Mutter Dr. Eva Wehle hätte Hofrat Halb nicht nur nicht das Licht der Krimi-Welt erblickt, er hätte auch keinen einzigen seiner fünf Fälle auch nur ansatzweise aufgeklärt, geschweige diesen fünften, besonders anstrengenden, überlebt.

Vielen lieben Dank!